이산화

2024. 06. 29

KB136209

지금, 다이브

ⓒ 김이환, 박애진, 박하루, 이산화, 이서영, 정명섭 2023
이 책은 저작권법에 따라 보호받는 저작물이므로 무단전재와 무단복제를 금합니다.
이 책의 전부 또는 일부를 이용하려면 반드시 저작권자와 에디토리얼 양측의 동의를
받아야 합니다.

지금, 다이브

사이버펑크 서울 2123

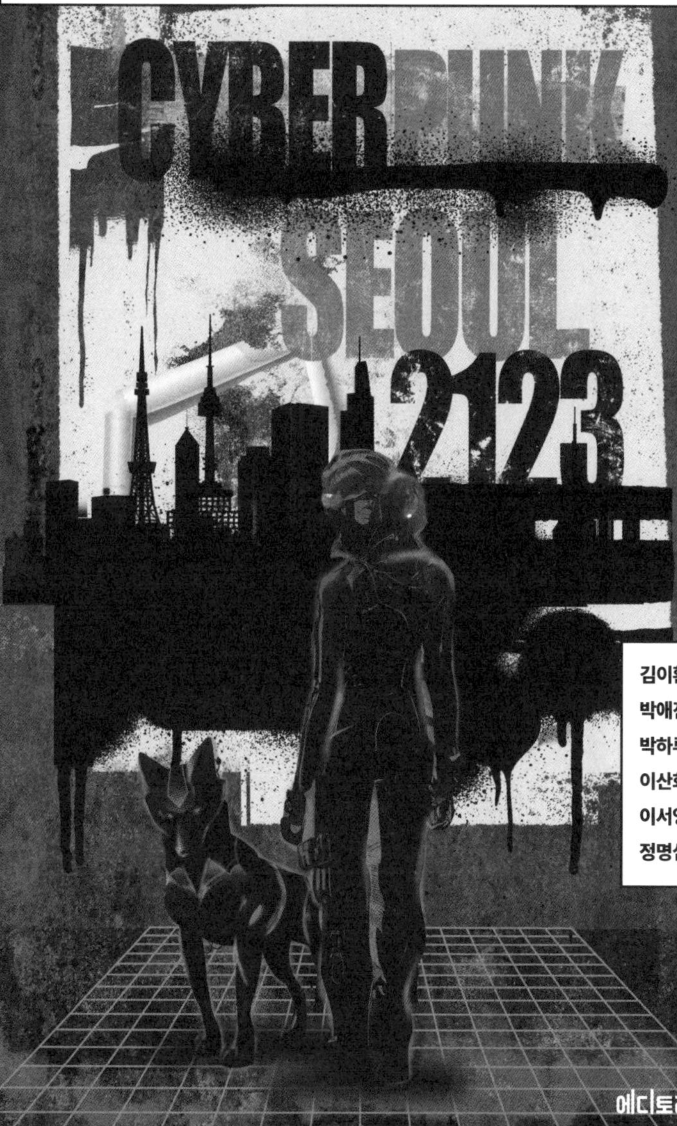

김이환
박애진
박하루
이산화
이서영
정명섭

에디토리얼

차례

CYBERPUNK
SEOUL
2123

언제나 마지막에는 한잔 더

이서영

You Shook Me All Night Long

　종로 거리는 어김없이 어두웠다. 길 맞은편에는 네온사인이 찬란했지만, 여자는 결코 그쪽으로는 걸을 생각이 없었다. 화려한 곳에는 짐작도 할 수 없는 위험이 많았다. 이 나이를 먹고 그 위험이 두려운 건 아니었지만, 그걸 매번 재확인하기는 이제 귀찮았다. 대신 여자는 어두운 청계천 다리를 건너, 작고 낡은 나무 문을 스스럼없이 열어젖혔다. 안쪽으로 이어지는 통로를 몇 걸음 걸어 들어가자, 이런 노래가 있었던가 싶게 오래된 노래가 쨍쨍하게 공간을 휘돌고 있었다. 약간 성마른 표정의 사장은 여자를 휙 보더니, 싱긋 웃고는 닦던 컵을 마저 닦았다.

　여자는 익숙하게 노래를 흥얼거리며 아예 도로맥주를 하나 꺼내서 자리에 앉았다.

　"Cause the walls start shaking, the earth was quaking, my

mind was aching."

　제대로 된 후렴구가 시작되는 것과 동시에 사장은 잔과 컵 받침을 여자 앞에 내려두었다.

　"이제 뭐 흔들리고 어쩌고 할 일도 없지 않아?"

　"이런 식이라면 절대로 없지."

　여자는 낄낄대며 왼손바닥에 심어둔 오프너로 가볍게 맥주를 땄다. 오프너를 왼손에 심어둔 건 서른다섯쯤 되었을 때였다. 그사이 38년 동안 다섯 번 정도는 날을 갈아줘야 했다. 오프너가 늙는 시간만큼 손도 함께 늙었다. 주름진 손가락이 맥주병을 스치자 가볍게 뚜껑이 날아갔다. 주둥이가 좁은 긴 잔에 맥주는 변함없이 경쾌한 소리를 내며 떨어졌다. 노래가 끝나갈 때쯤, 여자가 입을 열었다.

　"아직 손님 없는데, 한 번만 더 틀어주지."

　"이걸로? 다른 AC/DC를 듣지. Let There Be Rock도 좋아하잖아."

　"아니, 오늘은 You Shook Me All Night Long 느낌이야. 침대는 아니라도 흔들릴 일밖에 안 남았다고."

　"어디서 또 괴상한 일이라도 받아 왔구먼."

　여자는 낄낄대며 맥주를 한 모금 삼켰다. 깔끔한 맛이긴 했지만 늘 조금 부족한 느낌이었다.

　"괴상한 일밖에 못 하는 남의 직업을 쉽게 비웃지 말라고."

　처음부터 다시 시작하도록 판을 조정하면서 사장이 말했다.

"한 번뿐이야."

"알아."

"그래서, 이번엔 무슨 괴상한 일이길래?"

"그….."

인정하고 싶진 않았지만, 여자에겐 정의감이라던지 윤리의 식이라는 게 살아 있는 편이었다. 이런 일을 맡는 '수주인' 족속 중에서는 특히나 더. 물론 이건 아무짝에도 쓸모없는 고리 타분한 감각이었다. 수주인이라면 당연히 잊어버려야 할 감정이었다. 어떻게 보면 그놈의 윤리의식이라는 건 수주인의 직업의식과는 병행하기 어려운 것이었다. 여자는 다시 맥주를 한 모금 꼴깍 들이켰다. 1980년대면 벌써 140년 전이다. AC/DC의 You Shook Me All Night Long이 발매된 1980년에서 140년 전이면 대충 베토벤이 천하를 평정할 시기다. 물론 지금도 베토벤만 듣는 사람이야 찾아보면 있겠지만, 그 사람의 윤리감각도 지금 세상을 살아가기엔 좀 버거운 것일지도 모를 일이지.

아무튼 여자는 수주를 가려 받는 수주인으로 이미 업계에 알려진 사람이었다. 인간의 정신에 직접 관여하는 일은 한 번도 맡아본 바가 없었다. 그리고 명백하게 이건 유리할 게 하나도 없었다. 어떤 의뢰인들은 여자가 *꼬나풀*이라고 의심하기도 했다. 실제로 수주인들 사이에선 쉬이 그런 비난이 횡행했다. 그런 문제에 귀를 기울이고 신경 쓰는 게 아니라고 해도, 실제로 여자의 일거리는 다른 수주인들에 비해 부족했다. 한마디로 돈이 없었다. 맨날 이런 허름한 맥주집에 와서 맥주나 마시는 것도 그 때문이라고 여겨질지도 몰랐다. … 아니, 그 때문이 조금은 있을지도. 그러기엔 가격이 썩 저렴한 것도 아니었지만.

"마약이야."

"하는 쪽은 아닐 거고. 잡는 쪽?"

"그렇지 뭐."

"꽤 큰가 보네."

"크기도 크기고, 종류도 좀 그래."

경찰 새끼들은 도대체 뭘 하고 있길래 수주인이 매번 이런 일까지 해야 하냔 말이지. 언제나 하던 생각을 잠깐 하다가 그냥 손을 뻗어 과자를 집었다. 와작와작 과자를 씹으며 그래도 경찰이 고맙지, 생각을 바꿔 먹었다. 저렇게 갱단이랑 결탁해서 돈이나 처먹는 경찰이 아니었으면 수주인으로 살아남을 수도 없었을 거다. 그리고 이런 세상에 수주인이 아니면 대체 무슨 직업을 가지고 살아야 한담? 여자는 수주인이란 자기 직업에 꽤 만족했다. 물론 여자의 의뢰인들은 대체로 경찰에게 상당히 불만족하는 사람들이었지만.

"왜 그렇게 머뭇거려. 이번엔 좀 자신이 없나?"

"자신이 있었던 적도 없어."

"잘해 왔으면서 그러네."

사장이 웃으면서 안경을 살짝 올렸다. 안경이라니, 언젠가 몇 십 년 전에 많이 취했을 때 저 안경이 너무 신기해서 괜히 빼앗아 써본 적도 있었다. 안경을 쓰는 사람이란 그야말로 이상한 역사적 모멘텀의 마니아들뿐이었다. 하지만 사장은 굳이 그런 것 같지도 않았다. 혹시 존 레논이랑 닮아 보이려고 쓴 거냐고 물어본 적도 있지만 웃으며 고개를 흔들었다. 여자는 유심히 사장의 안경을 보다가, 물어보고 싶은 말을 꾹 삼켰다. 어차피 말해주지도 않겠지.

그러니까 여자는 벌써 70이 넘어 있었다. 몸을 씻을 때마다 몸 여기저기에 탄력이 줄어들어 팽팽하던 살갗들이 보드라워지는 게 느껴졌다. 아무리 수주인의 일이 대부분 정신노동이라고 해도, 결국엔 뇌도 늙는 법이다. 슬슬 은퇴를 준비해야만 했다. 하지만 이 시기가 은퇴할 그 시기인지 여자는 확신이 서지 않았다. 어쨌든 여자는 이번 생이 처음인 사람이었다. 은퇴하고 나면 어떻게 되지. 여생을 하드록이나 들으면서 어딘가에 숨어서 평범하게 살다가 죽으면 되나. 시골 마을의 작은 할머니가 되어서, 텃밭을 가꾸면서 지나가는 아이들에게 상추나 나눠주고… 까지 생각하다 어이가 없어서 헛웃음이 나왔다. 요즘 시골에 사람이 어딨담.

"한 병 더 마실게. 가지고 와도 되지?"

사장은 고개를 끄덕였다. 어릴 적에는 사장에게 이것저것 물어보는 일도 많았다. 하지만 사장은 대부분 빙그레 웃을 뿐 대답을 돌려주지 않았다. 자연스럽게 맥주를 따면서, 카운터 안을 힐끗 보았다. 처음 손에 오프너를 이식하고 왔던 날, 여자는 사장이 오프너를 건네주면 왼손을 보여주려고 조금 기대를 하고 있었다. 하지만 사장은 이상하게 그날따라 오프너를 건네주지 않았다. 한참을 기다리던 여자가 볼멘 소리로 먼저 입을 열었었다.

"오프너 안 줘요?"

"너 이제 그냥 딸 수 있잖아."

사장은 다 안다는 듯 웃었다. 여자가 한참을 늙어 가는 동안 사장은 조금도 늙지 않았다. 처음 만났을 때부터 그다지 젊은 사람은 아니었지만, 아마 저 자리에서 계속 저렇게 지나가는 순간들을 지켜보고 있었겠지. 사장은 은퇴하라는 말도 하지 말라는 말도 아마 하지 않을 것이다. 그건 오로지 여자가 혼자 결정해야 할 몫이었다. 여자는 묵묵히 다시 맥주를 입에 가져갔다.

"아예 안 늙으면 어떤 기분이야?"

사장은 어깨를 으쓱해 보였다. 어쩌면 이 질문도 들어본 적이 있을까.

"늙는 게 무슨 기분이 들지. 안 늙는 건 바뀌는 게 없는데 무슨 기분이 들겠어. 늙는 게 어떤 기분인지 내가 물어봐야지. 근데 물어볼 생각 없어."

"왜?"

"내가 젊은 게 아니잖아? 나도 다 늙어봤다고."

여자는 피식 웃었다. 맞는 말이었다. 저 정도로 늙을 때까지는 그래도 50년은 걸렸을 터였다. 늙어 온 세월로 보면 사장이나 여자나 크게 다를 건 없었다. 여자가 조금 더 많이 늙긴 했지만, 그거야 출발 지점이 다르니 어쩔 수 없는 노릇이고.

"기왕 나이를 멈출 거면 좀 젊은 나이로 돌려서 멈추지 그랬어."

"어색하잖아. 갑자기 젊어지면. 좀 순리에 안 맞는 거 같고."

그래, 이것도 아마 늙은 노래를 좋아하는 사람들의 이상한 윤리감각 중 하나겠지. 사장은 매번 늙는 선택을 한 나를 놀렸지만, 나는 사장이 이 선택을 이해할 거라는 것도 알고 있었다.

"갑자기 나이 얘기는 왜?"

아마 당신이 들어본 적 있을 이야기.

"아무래도 나 너무 늙은 것 같아서. 슬슬 은퇴해야 할까 봐."

"그래서 계속 얘기했잖아. 굳이 늙는 의체를 왜 쓰냐고."

"아니, 술집 사장이 되어서 그걸 아직도 몰라?"

사장은 빈 그릇에 다시 과자를 채워서 들고 왔다.

"뭔데?"

"술을 마실 거면 젊음과 건강을 허비해야 할 거 아니야. 젊음과 건강이 계속 유지되면서 술을 마시면, 대체 그게 무슨 맛이야? 몸도 망가지고 속도 버리고 술로 하루하루 얼굴이 삭아지는 록 스타처럼 살아야지."

사장은 킬킬 웃으며 내 잔을 가리켰다.

"한 병 더 가지고 오지?"

Rock and Roll

결심을 하고 새로운 의체를 주문한 지 벌써 2주일이 지났
다. 언젠가는 이런 날이 올 건 알고 있었지만, 알고 있었던 것
에 비해 그다지 각오는 되어 있지 않았다. 이렇게까지 각오가
되어 있지 않을 줄은 여자도 몰랐던 사실이었다. 나이 먹으면
새 의체를 사야 한다는 걸 알고는 있었기에 의체용으로 침대
아래 트렁크까지 마련해 돈도 따로 모아 두었지만(은행의 시스템
이 언제까지나 제대로 굴러갈 거라는 걸 믿을 수가 없어서, 이 돈만은 적금 대신
에 현금으로 모아 두었다), 막상 의체를 주문하고 나자 말도 안 되게
싱숭생숭해졌다.

2주 동안 여자는 흡사 완경기를 겪을 때처럼 혼란스러웠
다. 홀가분하고 속이 다 시원했다가 벌써 인생이 다 끝난 기분
이 들기도 했다. 무엇보다 의체를 깨우고 나면 대체 어떻게 해
야 할지 알 수가 없었다. 어쨌든 여자는 평생을 수주인으로 살
았다. 태어난 후 잠깐 외에는 다른 사람과 협력해본 적도 없고,
다른 사람을 가르쳐본 적도 없었다. 이 의체와 함께 무슨 일을
해야 한단 말인가. 더욱이 새 의체가 일에 익숙해지고 나면?
그때는 정말 어떻게 하지?

잠깐 떠올렸던 시골 생각은 말도 안 되는 소리였다. 시골에
는 특별히 사람이 살지도 않을뿐더러, 여자는 시골 같은 곳은 알
지도 못했다. 평생을 도시에서 자라서 도시에서만 살아왔다. 도

시의 숨막히는 공기와 눈이 아플 정도로 번쩍이는 네온사인이 없는 삶이라니. 여자가 생각하기에 그건 이미 삶이 아니었다.

이런 저런 고민을 하는 사이에, 의체가 도착하는 바로 그날이 되었다. 의체가 도착하면 무엇을 해야 할지, 우선 꼼꼼하게 메모를 해 두었다. 메모를 서너 번 읽고 나서, 여자는 냉장고 안에 있는 맥주 캔을 들고 와서 땄다. 언제나 똑같은 핫핑크의 패키지, 갓 쓴 남자가 그려진 라거맥주. 그리고 익숙한 음악을 재생했다.

Let me get it back, baby, where I come from.

로버트 플랜트의 목소리는 언제 들어도 기분이 묘해지곤 했다. 날카롭게 높으면서도 거칠게 긁어대는 게. 그 목소리로 그는 이제 왔던 곳으로 돌아가겠다고 했다. 여자는 자기가 이전에도 이 순간에 이 노래를 들었는지 궁금했다. 물론 알 방도는 없었지만. 오늘은 의체가 도착할 때까지 이 노래만 들을 생각이었다.

이번 의뢰인은 지하 범죄에 맞서는, 정확히는 지하 범죄를 방조하는 국가에 맞서는 시민단체 중 한 곳이었다. 의뢰인 대표로 나온 키가 훤칠한 여자는 모자를 푹 눌러쓰고 있었다. 자신을 랑이라고 불러 달라고 했다.

랑과 여자는 청계천 아래쪽으로 걸었다. 감시의 시선은 반드시 우범지대를 피해 갔다. 범죄를 없애려는 범죄도, 범죄 속에서만 숨겨질 수 있었다. 대체로 여자의 의뢰인은 소위 '신념

인간'이었다. 그러나 랑은 단순히 신념만으로 행동하는 사람은 아니었다. 랑의 동생은 전자마약 때문에 뇌사 상태가 된 지 꼬박 1년이 되었다고 했다. 랑은 동생이 돌아올 수 있으리라는 희망도 버린 모양이었다. 랑은 그저, 명백한 이 사안의 고리들을 밝혀서 복수하고 싶다고 했다. 복수라는 단어를 나지막하게 입에 담는 랑의 눈이 번뜩였다.

정확하게 의뢰는 국가가 적극적으로 만들고 유통시킨 전자마약의 유통 경로를 파악해 달라는 것이었다. 가능하면 전자마약의 운송 경로를 차단해주면 더 좋다고 했다. 하지만 핵심은 유통 경로 파악 그 자체였다. 부정할 수 없을 만큼 명백한 증거로서, 국가와 전자마약을 유통하는 갱단의 연결 고리를 찾아내 달라는 것이었다. 그것이 랑과 사람들의 '복수'였다. 무슨 일이 일어났는지 명확하게 밝히고 책임을 묻는 것. 가장 당연해 보이지만 가장 어려운 일.

이런 일들이 그렇듯이 갱단에 관한 정보는 많을 수가 없었다. 갱단에 대한 정보를 구하기 쉽다면 그건 이미 갱단이 아니겠지. 그러나 여자는 늘 하던 방식이 있었다. 모든 범죄는, 특히 타인을 이런 방식으로 갉아먹는 범죄는 뚫리는 곳이 있을 수밖에 없다. 타인을 착취하는 일은, 또 다른 타인을 착취함으로써만 가능해지곤 했다. 이들의 관계는 단단한 착취의 성채로 구성되어 있었다. 그리고 그 가장 아래쪽에는 반드시 '일하는 사람'이 있었다. 이 모든 사안에서 그저 연결고리로만 존재하는 이들이었기에, 아무도 이들을 중요하게 여기지 않곤 했다.

나쁜 놈들은 그걸 몰랐다. 일하는 사람들은 모든 곳에서 모든 것을 관장하고 있다는 사실을. 그들이 없으면 아무 짓도 할 수가 없을 거라는 것까지.

어떤 방식으로 데이터를 되짚어 갈까 한참 메모를 하고 있던 와중에, 벨이 울렸다. 여자는 숨을 크게 들이쉬었다. 결국, 그 시간이 오고야 말았군.

도착한 의체는 당연하게도 여자보다 조금 더 키가 컸다. 신체란 원래 사용할수록 조금씩 낡고 무너지는 법이었다. 여자는 의체의 몸을 천천히 훑어보았다. 어린 시절의 몸이 이랬던가, 기억이 잘 나지 않았다. 피부는 지금보다 팽팽했고, 어깨와 팔의 근육이 단단했다. 하지만 여자가 평생에 걸쳐서 갈고닦아 온 두뇌는 분명 다를 것이다. 가장 많이 사용된 방식으로 두뇌는 길을 내기 마련이니까. 여자는 의체의 머리통을 쓰다듬다가, 머리통에 붙어 있는 머리카락들을 만지며 피식 웃었다. 머리카락은 여자의 머리카락과 똑같이 힘이 없고 가늘었다. 변하지 않는 것은 있게 마련이었다.

돈을 모아 둔 트렁크 속에는 돈만 있었던 건 아니었다. 스물다섯 살, 오래된 여자의 의식이 들어 있는 드라이브를 꺼냈다. 이것도 이제 좀 다른 데로 옮겨 둬야지. 여자가 처음 의체를 받았을 때 옮겨 둔 거라, 몇 십 년 전의 두터운 드라이브였다. 여하간 아직까지는 잘 돌아가고 있었고, 바로 어제 확인해

둔 터였다. 징징 울리는 기타 소리를 들으며, 여자는 의체의 뇌에 드라이브를 연결했다.

Carry me back, Carry me back, Carry me back.

의체에 의식이 입력되는 동안 로버트 플랜트는 가늘고 거칠게 울었다. 어쨌든 어딘가로 돌아가고 있었다. 여자는 돌아갈 수 없는 곳이, 곧 여자의 눈앞에 펼쳐질 것이었다. 이전에 여자를 이곳으로 '되돌려 놓은' 여자는 어떤 생각이었을까. 천천히 의체의 여기저기가 꿈틀대기 시작하는 걸 바라보며 여자는 죽어버린, 아니, 정지되어버린 예전의 그 늙은 여자를 생각했다. 이제 여자도 늙은 여자이니 곧 사라지게 될 것이다. 그러면 이 의체는 또 길고 아름다운 시간을 홀로 보내게 되겠지.

Been a long time, been a long time, Lonely, Lonely, Lonely….

반짝, 의체가 눈을 떴다. 의체는 몸을 일으키자 자신의 몸을 먼저 훑어보고, 여자의 얼굴을 한 번 물끄러미 바라본 뒤 두 다리를 만지고 벌떡 일어났다. 방을 둘러보고 거울을 확인했다. 거울에서 자신의 나신을 위아래로 훑어보고는, 나오는 레드 제플린의 노래를 흥얼거리기 시작했다.

"제대로 됐나 보네."

"그럼, 당연히 제대로 됐지. 이게 몇 번짼데."

"몇 번째야?"

"다섯 번은 됐을걸."

"세상에, 지금 몇 년도야?"

"2123년."

"이야, 대성공이네!"

젊은 여자는 짝 박수를 치더니 싱글 웃었다.

"늙은 현아 씨, 레드 제플린 틀어 놓고 있는 거 보니까 내가 맞긴 맞는 거 같은데. 혹시 집에 맥주 좀 있어?"

"있긴 있는데, 맞다. 그랬지."

"뭐가?"

"지금 맥주 맛 다 기억하고 있지?"

"맥주 맛?"

"왜 있잖아. 버드와이저니, 런던프라이드니, 아인베커니, 테넌트니, 조넨호펜이니 하는 것들 말이야."

"당연하지. 그걸 어떻게 잊어버려."

"난 다 잊어버렸거든."

"뭐?!"

늙은 여자는 당연하게도 냉장고에 가득 차 있는 도로맥주를 꺼내어 건넸다. 젊은 여자는 한입 마시고는 기묘한 표정을 지었다.

"나쁘다고 말할 순 없는데, 이제 이 맥주밖에 없다고? 다른 맥주가 하나도 없다고?"

"뭐, 그렇게 됐어."

"최악이야. 너무 디스토피아야. 나 뭐 하러 돌아온 거야?"

늙은 여자는 캔을 기울여서 가볍게 젊은 여자의 캔에 부딪혔다.

"일단 마셔 두고, 어떻게 할지나 생각해. 우리 의식이 들어 있는 드라이브도 좀 새걸로 바꿔야 될 것 같으니까, 뭘로 할지도 좀 골라보자고."

Thunder Road

몸의 모든 말단 부위에 플러그를 연결하고, 커다란 VR 헤드기어를 뒤집어쓴 여자는 조용히 미소지었다. 그럼 그렇지, 있을 줄 알았다니까. 이런 운송에는 좀 더 특별한 기밀 사항이 필요하게 마련이었다. 그냥 일반적인 정보처럼 보안 따윈 신경도 안 쓰고 흘려버릴 수는 없었다. 누구에게도 들키지 않게 정보를 보내야 했지만, 동시에 누구 손에 어떻게 들어가는지 면밀한 추적이 필요했다. 그러려면 자연스러운 패킷으로 보낼 순 없었다. 당연히 몸으로 추적을 막고, 고용한 이들의 추적을 감내할 수밖에 없는 '사람'들이 필요하게 마련이었다.

이상한 패킷의 흐름을 찾아내는 건 늙은 여자한테는 일도 아니었다. 같이 VR을 쓰고 지켜보던 젊은 여자는 숨을 훅 들이켰다.

"너 대단하다. 그게 지금 바로 보인 거야?"

"나이는 허투루 먹은 줄 아냐. 네가 디스크 속에 잠자코 있는 동안 내내 이것만 했는데."

"와… 적응하려면 시간 좀 걸리겠는데."

"그러니까. 그래도 매번 이렇게 다시 깨어나는 게 좋아?"

젊은 여자는 입술을 삐죽 내밀었다.

"뭐, 난 아직 스물다섯 살이니까, 당연하지."

맞는 말이었다. 처음 깨어났을 때는 늙은 여자한테 물어도 똑같은 대답을 했을 것이다.

패킷은 단순히 암호화되어서 이동하고 있는 게 아니었다. 전자마약을 통째로 뇌 속에 담은 채 이송하는 '인간 패킷'들이 떠다니고 있었다. 아무리 전자마약이라고 해도 패킷은 패킷이다. 정보화된 형태로 이동하는 것과 VR에 접속한 채 인간이 직접 이송하는 것에는 차이가 있을 수밖에 없었다. 이런 일에 종사하는 사람들이라면, 결국 이 일밖에 할 일이 남지 않은 사람들이다. 마약은 다양한 곳으로 이송되었다. 기업도, 정부도, 조금씩은 마약을 활용하고 있었지만 누구도 정확한 출처는 알 수 없었다. 누군가의 업무 능력을 아주 조금 향상시키기도 하고, 누군가의 우울감을 아주 조금 줄이기도 하고, 용산역 부근에서 사이버 덱을 벗지 못한 채 비틀대는 이들을 만들어내기도 했다.

늙은 여자는 이 일을 하며 온갖 사람들을 만났다. 빚 때문에 존재가 통째로 지워진 사람, 오래 앓은 정신질환과 빈곤이

겹쳐 탈출구를 찾기 어렵게 된 사람, 나이가 '너무' 든 사람, 혹은 '너무' 젊은 사람, 어떤 경우든 사회 안쪽에 붙어 있기엔 '너무'라는 부사가 붙을 수밖에 없는 사람들.

여자는 지켜보고 있는 사람들이 알기 어려울 만큼만 패킷의 흐름을 조정했다. 운송이 약간 더뎌졌고, 운송하는 이는 흔들림에 잠깐 멈춰 섰다. 분명히 혼란스러워하고 있었다. 흐름 바깥으로 나가려는 움직임은 약간 뒤틀려 있었다.

"왜 저러는 거지?"

"당연하지, 지금 저 사람이 옮기는 게 뭐라고 생각해."

늙은 여자는 씩 웃으며 볼륨을 높였다. 젊은 여자는 늙은 여자의 볼 옆에 푹 패이는 주름을 가만히 바라보았다. 나도 저렇게 나이 들게 되는 거겠지. 미간에 있는 얇은 주름, 눈가에 있는 좀 더 깊은 주름. 어떤 표정을 더 많이 짓느냐에 따라 조금씩 달라지긴 하겠지만, 기본적으로는 이 여자와 같은 얼굴을 한 채 늙을 것이다. 그사이 두 여자의 귓전에는 음악 소리가 쟁쟁했다.

Show a little faith there's magic in the night, You ain't beauty but you're alright.

늙은 여자는 상대방의 패킷을 넘어 접속을 시작했다. 마약 패킷은 흐름 가운데에서 길을 잃은 것처럼 보였다. 틀림없이 인간이 움직이고 있지만, 인간을 만날 순 없는 자리에서 늙은 여자는 신호를 송신했다. 패킷 무더기가 갑자기 흐름을 빠져나갔다.

"뭐야, 다 없어졌잖아."

"들키면 안 되니까."

"그래도 돼? 다 놓친 거 아니야?"

"걱정하지 마."

늙은 여자는 도로맥주 캔을 땄다. 탕, 맥주 캔 뚜껑 떨어지는 소리가 유쾌하게 울렸다.

"금방 돌아올 테니까."

젊은 여자는 아무 말 없이 가만히 패킷량이 오가는 모양을 지켜보았다. 쑥 빠져나간 존재들은 두 시간이 넘도록 돌아올 생각을 하지 않았다. 늙은 여자는 신경조차 쓰지 않는 모양으로 맥주를 마시면서 느긋하게 책을 읽고 있었다. 브루스 스프링스틴의 Born to Run 앨범이 한 바퀴 다 돌아가서 다시 Thunder Road가 나왔다. 분명 나와 같은 사람일 텐데, 저렇게 느긋한 인간으로 늙는다고? 내가 저럴 수 있다고? 젊은 여자는 눈살을 찌푸리며 가만히 늙은 여자의 옆모습을 바라봤다. 그때, 갑자기 벌떡 늙은 여자가 일어났다.

"패킷 돌아왔지?"

젊은 여자가 대답도 하기 전에 늙은 여자는 여기저기 널린 플러그들을 몸에 연결하기 시작했다. 엄지발가락부터 잰 손놀림으로 플러그를 몸에 연결하면서, 늙은 여자가 입을 열었다.

"자기, 책상 아래에 있는 노란 상자 꺼내봐."

"응?"

노란 상자 안에는 똑같은 플러그와 헤드기어가 들어 있었다.

"내가 자기 부르기 전에 먼저 사 두지 않았겠니. 어떻게 하는지는 배워야 될 거 아니야. 어디 연결하고 어떻게 들어오는 건지 다 쓰여 있으니까, 발가락부터 연결해서 들어오기야."

늙은 여자는 가볍게 눈을 찡긋하고는 먼저 헤드기어를 썼다.

처음 넷러너의 장비를 연결했을 때가 기억났다. 이제는 없는 여자도 똑같이 장비를 준비해 두고 있었다. 어떻게 연결하면 된다고 가볍게 설명해주었다. 여자를 따라 들어간 패킷의 세계는 어디가 어딘지 알 수 없는 심해 같았다. 바닥을 못 찾고 허우적대는 여자를 이제는 없는 여자가 선배답게 이끌어주었다. 그때는 여자가 왜 그렇게 장비를 준비해 두고 있었는지 알지 못했다. 아마 지금 나와 다를 게 없었겠지. 뭐, 산다는 건 다 그런 모양새다.

금방 따라 들어온 젊은 여자는 처음 여자가 그랬듯 팽팽한 신경을 제어하지 못해서 허우적댔다. 늙은 여자는 이미 없는 여자가 그랬듯, 젊은 여자를 패킷 안으로 자연스럽게 이끌었다. 그 와중에도 신경회로의 한 부분에 접촉이 잘 되지 않는 걸 알 수 있었다. 몸이 낡아 가고 있었다. 아무리 새 장비를 뽑아내도, 낡아 가는 신경은 그 장비에 날카롭게 닿아내지 못했다. 이 위험을 감지한 건 이전 프로젝트부터였다. 젊은 여자의 의체를 주문한 것도 그 때문이었다. 버틸 만큼 버텼다. 더 더뎌지기 전에 얼른 이곳을 떠나야 했다.

돌아온 패킷들은 재송신된 신호를 알아보았다. 여자는 이번엔 웹의 좌표를 던지고 빠르게 접속을 끊었다. 젊은 여자는 약간 헤매긴 했지만, 늙은 여자를 따라 같이 접속을 끊었다.

"아니, 뭘 설명을 해줘야지!"

"이런 건 설명한대도 몰라. 그냥 부딪혀보면서 배우는 거지."

"무슨 선배가 이렇게 무책임해?"

"네가 네 선배가 아니었으면 좀 더 친절했을지도 모르지만, 내가 넌데 어쩌겠냐."

젊은 여자와 늙은 여자는 나란히 서서 던져 놓은 웹 주소로 그들이 들어오기를 기다렸다. 머지않아 누군가가 들어왔다. 헤드기어를 벗을 용기를 낸 사람이었다. 젊은 시기에 때로 여자는 이런 이들에게 너희들을 도와주겠다고 말한 적도 있었다. 하지만 이제 돈을 받고 도와주겠다는 말을 내뱉는 자신보다 이들이 훨씬 용기 있는 사람이란 걸 잘 알고 있었다.

채팅을 지켜보던 젊은 여자는 한숨을 깊게 내쉬었다.

"이걸로 어떻게 되긴 하겠어?"

용기 있는 이들은 당연하게 엉망진창이었다. 그나마 모습을 나타냈다는 이들은 신용 불량자, 정보 탈취 도주자, 주민등록 말소자, 그리고 하나같이 마약중독자였다.

"마약중독자일 건 알고 있었잖아."

"마약중독자인 게 지금 문제가 아니잖아."

늙은 여자는 어깨를 으쓱했다. 무슨 말인지 잘 알았다. 이런 삶을 살아온 이들에게 보이는 특유의 태도가 있다. 채팅창에 올라오는 글씨들만 봐도 알 수 있었다. 삶의 무엇에도 우선순위가 없는 사람들, 계획을 세워본 지 너무 오래되었고, 아무렇게나 굴러가는 삶에 익숙해서 오로지 쾌락과 공포만이 삶의 원동력인 글자의 뭉텅이들이 번갈아 가며 화면 위를 지나갔다. 무엇보다, 그들도 자신을 알고 있었다.

—근데 우린 어차피 다 찌들었어요.

—나 하나 뒈져도 아무도 모르니까 여기 있는 거지. 여기 있으면 돈도 주고 약도 주니까.

—우리 가지고 뭐 어쩌겠다는 거래요?

변함없이 브루스 스프링스틴은 신념에 찬 목소리로 노래하고 있었다.

We got one last chance to make it real to trade in these wings on some wheels.

늙은 여자는 청계천 아래에서 마주했던 랑을 생각했다. 깨어나지 못하게 되어버렸다는 랑의 동생도 잠깐 떠올렸다. 하지만 이 사람들에게 그런 경고는 아무 의미도 없었다. 정직하게 말하자면 여자에게도 아무 의미가 없었다. 이 사람들이 그런 나락으로 떨어지지 않는다면 좋겠지. 하지만 세상에는 그런 일이 수도 없이 일어난다. 이 사람들 한둘을 구한다고 그런 세상이 없어지는 건 아니다. 역시 아무래도 나는 그런 '신념적인간이 아니야. 하지만 이들의 마음을 바꿀 수 있는 마법의 단어를 여자는 알고 있었다.

—다들 돈 떼이고 있잖아요. 그거 한 방에 받을 수 있게 해줄게.

Oh Thunder Road Oh Thunder Road.

코 아래를 쓱쓱 긁으면서 늙은 여자가 자리에서 일어났다.

"오늘 남은 분량은 거기 가서 들으면서 먹자."

젊은 여자의 눈이 휘둥그렇게 커졌다.

"거기? 아직 있어?"

"당연하지, 옷 입어."

같은 유전자와 기억을 공유하는 두 여자는 계단을 총총 내려가다가, 문득 멈춰 섰다.

"왜 이렇게 하기로 한 거야? 그냥 쭉 안 늙어도 괜찮지 않아?"

"이제 와서 싫어졌어? … 아니, 아니다. 네가 뭘 알겠냐."

"몇 십 년 더 살았다고 잘난 척한다?"

늙은 여자는 젊은 여자의 어깨에 팔을 둘렀다.

"몇 십 년 더 살았는데 잘난 척 좀 할 수도 있지."

Heroes

"Just for one day!"

늙은 여자가 노래를 부르며 몸을 움직이다가 허리를 붙잡았다.

"아, 늙는 거 진짜 별로야. 너도 하다보면 이거 아니었다 싶을 거야. 지금이라도 잘 생각해봐."

"그건 살면서 생각해볼게. 근데 선곡 좋네."

"그치? Today is the day보다 낫지?"

데이비드 보위의 목소리가 2017년에 리마스터링된 버전으로 방을 촘촘하게 메워 나갔다. 약속대로 패킷은 흐르지 않았다. 30명이 넘는 운송자들은 전자마약을 움켜쥔 채 꼼짝도 하지 않았다. 얘기를 나눈 사람은 단 세 사람뿐이었다. 늙은 여자는 분명히 갱단이 무서워서 못하겠는 자들은 아예 접속하지 말라고 단속해 두었지만, 접속조차 안 한 이는 고작 2명뿐이었다. 젊은 여자는 상황을 확인하고 고개를 절레절레 내저으며 숨을 크게 들이쉬었다.

"어떻게 한 거야? 평생 책임감이라곤 안 가지고 살았을 거 같은 사람들을?"

"평생 책임감이 없게 살아온 결과가 지금 이거잖아."

"그런데 왜 지금은 약속을 지키냐고?"

"다 망가뜨리는 약속이니까 그렇지. 잃을 게 없으니까 망가뜨리는 약속을 지킬 수 있지. 한 50년 더 살아봐라. 너도 알 거다."

물론 그것만은 아니었다. 잃을 게 없는 사람이라고 해도 반드시 잃을 수밖에 없는 게 있다. 누구나 죽음은 두렵기 마련이었다. 공포를 이기는 건 억울함, 분노, 복수심뿐이다. 삶을 잃고, 정신을 잃고, 몫을 빼앗긴 사람들은 언제나 복수에 최적화된 사람들이니까. 얼굴 한 번 보지 않았지만 주저앉은 패킷의 흐름에서 늙은 여자는 복수심을 읽는다.

운송자들이 모두 접속을 하지 않았다면 갱단은 금방 다른 사람을 찾아서 그 자리를 메웠겠지만, 약속한 이들이 패킷을 쥐고 주저앉자 할 수 있는 방도가 없었다. 갱단이 상황을 파악하기까지는 그리 오랜 시간이 걸리지 않을 것이다. 어떤 방식으로 대응할지도 뻔했다. 쥐고 있는 게 마약이니, 마약을 조정해서 패킷을 당겨 오려고 할 것이었다. 여자가 뇌신경을 직접 연결한 것도 그 때문이었다.

손으로 관자놀이를 누르고 싶었지만, 이미 척수까지 연결한 다음이라 그래선 안 될 것 같았다. 꼼꼼하게 연결한다고는 했지만, 어딘지 신경 연결이 성긴 느낌이 들었다. 머릿속으로 천천히 신경 다발들을 쓰다듬었다. 실제로 할 수는 없지만, 전기적 자극이 가볍게 머리 전체를 훑었다. 아무래도 너무 낡은 몸이었다. 이번 프로젝트를 잘 수행해서, 젊은 여자에게 인수인계를 제대로 한 다음 빨리 떠나야겠다고 여자는 다시 한 번 다짐했다. 젊은 여자는 약간 긴장했지만, 준비 만반이었다.

And the guns shot above our heads, and we kissed.

둘은 데이비드 보위의 목소리를 들으며 함께 다이브했다.

갱단이 패킷이 움직이지 않는다는 걸 알게 된 건 예상보다 빨랐다. 생각해보면 당연했다. 여자들처럼 지켜보고 있을 리가 없지. 움직이지 않으면 즉각 조치가 취해질 것이다. 어쩌면 여자들이 맞서 싸우고 있는 건 사람이 아니라 랜덤으로 자동화된 프로그램일 수도 있었다.

이미 마약에 중독된 이들에게 마약을 기반으로 오염된 정보를 흘려보내는 건 당연히 쉽다. 늙은 여자는 그 사이에 서서 흐름을 감각했다. 신호가 오갈 수 있는 길은 어디로든 트여 있었다. 신호들 사이에는 분명 악성 신호가 뒤섞여 있겠지만, 그건 반대로 보면 상대방도 악성 신호에 열려 있다는 의미였다. 시작하기 전에 내용을 설명해주자, 젊은 여자는 경악했다. 도대체 그사이에 세상이 어떻게 되었길래 답이 그거밖에 없느냐고 되물었다. 글쎄, 그렇게 되고 말았네. 늙은 여자는 그저 웃고 말았지만 생각해보면 일하는 건 날이 갈수록 어려워졌다. 전류 사이에 몸을 싣는 것도 갈수록 많은 걸 걸어야 했다. 그사이 누가 봐도 특수한 전기 신호가 포착되었다.

늙은 여자가 신호의 방향을 가볍게 돌리자, 젊은 여자가 감탄했다.

"이런 식으로 하는 거구면."

"맞부딪히면 큰일 나. 앞으로도 이 일 계속할 거면 뇌 근육을 유연하게 만들어 놓으라고."

신호는 금세 또 다른 방향에서 날아왔다. 이번에는 젊은 여자가 방향을 홱 돌려 놓았다. 아니, 거의 왔던 길로 돌아가도록 맞받아쳤다. 신호의 빈도수는 점점 늘어났다. 어떤 신호가 악성 신호고, 어떤 신호가 원래 흐름인지 알 수 없을 정도로 여기저기에서 밀려오기 시작했다.

"아, 이거 구분이 안 되는데."

"구분이 안 되면,"

젊은 여자는 매번 왔던 길로 그대로 신호를 다시 보냈다. 저런 식으로 하는 게 꼭 좋지만은 않겠지만, 일단은 빠르고 간편한 방법이긴 했다.

"다 쳐내면 되지!"

20대는 패기가 넘치네. 늙은 여자는 피식 웃었다. 젊은 여자가 뇌신경을 다루는 건 능숙하진 않아도 감각이 있었다. 무엇보다도 완벽한 패링이었다. 나도 저랬었던가. 기억이 잘 나지 않았다.

"근데 이거 좀 심하지 않아? 직사당하면 죽는 거 아니야?"

"죽을걸?"

"너무 빡센데. 이걸 어떻게 혼자 해?"

"하다 보면 다 돼."

"나 네가 있는 동안 첫 번째로 다시 살린 거 맞아? 일 시키다가 죽어서 새로 만든 거 아니야? 이걸 어떻게 한 번에 배워."

"헛소리 하지 마. 나도 한 번에 배웠고, 내 전 의체도 한 번에 배웠어."

"거짓말인 거 같은데."

"입 좀 다물어. 그러다 진짜 죽겠다."

말이 끝나기 무섭게 대형 신호가 날아왔다. 젊은 여자가 반응하기엔 너무 늦었다. 늙은 여자는 뇌신경을 뒤틀었지만, 걸리적거리던 바로 그 부분이 문제였다. 왼쪽 뒤통수에 강한 통증이 밀려왔다. 늙은 여자는 신호를 빼지 않았다. 오히려 그 신호에 신경을 죄다 들이묶었다. 무언가 공격 시스템이 망가졌다는 걸 직관적으로 알 수 있었다. 눌러앉아 있던 마약 운송자들도 정보의 흐름을 느꼈다. 공격 시스템이 망가진 틈에 운송 시스템을 박살내야 했다. 늙은 여자에게 더 이상 반응이 없다는 걸 알았지만, 멈춰선 안 되었다. 젊은 여자가 운송 시스템에 개입하기 시작하는 걸 보고, 운송자들은 자기를 옭아매던 시스템에 하나둘씩 스며들었다. 길이 하나둘씩 터지기 시작했다. 하나같이 마약 중독자일 여자들이 오늘 이곳에서 싸움박질을 벌이지 않았다면 머지않아 식물인간이 되어서 정보의 꿈속을 영혼으로 떠다녔을 이들이 자신의 족쇄를 마약에 중독된 뇌신경으로 무너뜨리기 시작했다.

처음에 젊은 여자는 그들을 어떻게든 리드하려고 했지만, 리드는 의미가 없었다. 사람들은 제각기 자기의 속도에 따라 길들을 폭파시켰다. 모든 길은 끝내 터질 요량이었고, 멀리서 지켜보던 시민사회단체도 눈치를 챈 모양이었다. 폭파하는 흐름은 돌이킬 수 없었다. 갱단을 없애진 못했지만, 당분간 마약이 운송될 길은 완전히 봉쇄되었다. 터지는 라인들을 보다가,

젊은 여자는 접속을 종료했다.

얼른 헤드기어를 벗고 늙은 여자에게 연결된 플러그들을 떼어냈다. 늙은 여자의 얼굴은 새하얗게 질려 있었다.

"봐, 내 말 들려?"

"들리는 건 아주 잘 들려."

늙은 여자는 말을 하면서 자신의 혀가 꼬였음을 깨달았다. 어딘가 확실하게 고장났고, 이 몸의 수명이 거의 다 되었다는 걸 알 수 있었다. 젊은 여자는 어찌할 바 모르고 누워 있는 늙은 여자의 손발을 주물렀다. 늙은 여자는 어찌할 바 모르고 종아리를 주무르는 젊은 여자를 내려다보았다. 당혹스러워하는 표정이었다. 50년 전쯤 내가 지었을 바로 그 표정이겠지.

그러고 보면 늙은 여자의 전임자는 운이 좋았다. 늙은 여자는 전임자의 죽음을 눈앞에서 보지는 못했으니까. 그렇게 따지면 젊은 여자는 운이 나쁜 걸까, 좋은 걸까. 늙은 여자는 50년 전에 스물다섯 살로 막 다시 태어난 자신을 바라보던 전임자를 떠올렸다. 삶이 복잡하게 느껴질 때마다 언제나 그녀를 떠올렸다. 그녀는 어떻게 세상을 떠났을까, 행복하게 떠났을까. 전임자는 아무런 정보도 남기지 않은 채 떠났다.

사실 늙은 여자는 죽고 싶지 않았다. 그러나 그 말은 입에 담지 않을 요량이었다. 아마도 죽지 않을 것이다. 죽음은 스쳐 지나갈 뿐이고, 여기엔 젊은 여자가 또 남아 있다. 너는 내가 아니지만, 나는 너니까. 하지만 삶은 분명히 끝나 가고 있었다.

늙은 여자는 마지막으로 청각을 장식하는 노래를 낡아버린 몸 전체로 들으려고 팔을 벌렸다.

Though nothing, nothing will keep us together, We can beat them.

젊은 여자는 늙은 여자의 얼굴을 두 손으로 감싼 채 자기도 모르게 노래를 따라불렀다.

Forever and ever.

Jump

늙은 여자의 의체는 회수되었다. 인격이 있었다고 해도 의체를 인간처럼 장례식 치르는 문화는 없었다. 어차피 업로드된 인격은 진짜 인격도 아니니까. 인격이 아닌 건 아니지만, 대충 자율 AI 비슷한 거라고 여겨지고 있었다. 어쨌든 인간에게서 출발한 거니, 젊은 여자는 조금 억울했지만 그렇게 오랫동안 억울해하지는 않았다. 이렇게 매번 의체에 업로드하겠다는 생각을 할 수 있었던 것도, 아무려면 어떻냐고 쉽게 납득하고 별로 생각을 깊게 하지 않는 자기 성격을 믿었기 때문이기도 했다.

늙은 여자의 의체는 젊은 여자의 의체가 왔던 통에 담겼다. 통에 늙은 여자를 넣으면서, 젊은 여자는 조금 몸이 줄어들었다는 사실을 발견했다. 인간의 몸과 똑같이 만들어 놓은 거니까 당연히 그렇겠지. 원래 인체는 늙으면 줄어드는 법이니까. 젊은 여자는 정수리에 살짝 손을 얹었다. 나는 얼마나 더 줄어들까 생각하다가, 늙은 여자의 정수리에도 손을 얹었다. 늙은 여자와 젊은 여자가 함께 보낸 시간은 일주일도 안 되었다. 조금 더 오래 같이 있었다면 좋았을까. 삶에 대해 많은 걸 알려줬을까.

젊은 여자는 금방 생각을 털어버렸다. 어쨌든 사는 건 사는 거고, 모두의 삶은 다를 수밖에 없다. 그게 내가 살아간 삶이라고 해도 마찬가지다. 데이터라는 게 전류를 통해 전송된 이래 같은 데이터가 전송된 적은 단 한 번도 없었다. 사는 것도 똑같았다. 나와 동일한 신체와 동일한 유전자의 인간이라고 같은 삶을 살 리가 없으니, 어차피 산다면 부딪쳐 가며 배워야 했다.

그나마 얼마나 좋은 일이람.

늙은 여자가 떠나간 방을 돌아보며 젊은 여자는 생각했다. 이렇게 꼭 내 취향인 방을 남겨주고 떠난 선배가 있다는 건. 방문 뒤에 걸려 있는 천으로 된 포스터를 만졌다. 끄트머리가 프린지로 된 포스터는 약간 나달나달해져 있었다. 담배를 한쪽 손가락 사이에 끼우고는 고개를 외로 꼬고 있는 소년 천사. 아주 마음에 쏙 들었다. 이번엔 도르륵 꽂혀 있는 CD와 LP 들을 손가락으로 훑었다. 향후 50년 동안 높은 확률로 음악 취향은 변하지 않는 모양이었다. 냉장고 안에 꽉 차 있는 맥주들도 마찬가지였다. 한 가지 맥주만 남았다는 건 좀 개같았지만, 맥주가 없어지는 것보다는 낫지.

도로맥주 한 병을 따서 입가에 가져갔다. 회사를 하나로 만들 거면 옛날 러시아 사람들처럼 발티카 번호 매기듯 만들면 안 되나. 왜 라거 한 종류뿐인 거야. 그냥 이 일 때려치우고 맥주 회사나 차릴까. 아니, 혹시 맥주 회사를 차릴 수가 없는 정치적 환경인가? 젊은 여자가 단숨에 맥주 반병을 비우고 고개를 갸웃거리던 차에 컴퓨터로 전화가 걸려 왔다.

"네?"

짧은 머리에 코가 길고 입술이 작은 여자였다.

"이번 의뢰를 맡겼던 랑입니다."

젊은 여자가 눈을 크게 떴다. 아. 늙은 여자는 모자를 푹 눌러쓰고 있어서 얼굴은 제대로 보지 못했다고 했지.

"아, 말씀 들었습니다."

"수주인은 자리를 비우셨나요?"

"제가 수주인인데요."

의아하다는 듯 랑이 가만히 젊은 여자를 보다가 눈을 깜빡였다.

"아… 저도 얘기는 들었는데. 새 복제이신가 보군요. 가시고 나면 새 복제가 오신다고. 제가 이 순간을 볼 수 있다니, 영광이네요. 아무튼 반갑습니다. 의뢰금은 전자화폐로 들어갔으니 확인해보시면 됩니다."

"사실 제가 들은 게 별로 없고, 온 지가 얼마 안 되어서 그걸 어디서 확인할 수 있는지를 잘 모르는데요."

랑은 멋쩍게 웃었다.

"새로 태어난 전문가 분한테 제가 이걸 전달드리게 되다니 영광이고 쑥스럽네요. 저도 듣기만 했는데, 수주인한테 일을 맡긴 사람들은 모두 미리 들어 두는 얘기거든요. 전달해주기 전에 갑자기 사고가 생길 수도 있으니까요. '구체적인 내용은 종로3가의 그 술집으로 가, 일단 한잔 해'라고, 전해드리라는 얘기요."

청계천을 지나서, 광교를 올라와서, 조금만 더 내려가면 그 자리에 있다. 브루스 스프링스틴을 듣던 날, 젊은 여자와 늙은 여자는 그야말로 코가 비뚤어지도록 맥주를 마셨다. 젊은 여자는 그날 엎어진 무릎의 멍이 아직 지워지지도 않았지만, 늙은 여자는 그새 없어졌다. 술집까지 가는 길은 많이 어둡고 음침해졌지만 거리 자체는 달라지지 않았다. 서울이란 동네는 많이 변하지만, 또 그만큼 잘 변하지 않기도 했다.

낡은 나무 문을 열고 좁은 통로를 지나서 안으로 들어가자 익숙한 얼굴이 보였다. LP를 꺼내고 있던 사장은 여자 혼자 들어온 걸 보고 톡톡, 바를 두드렸다. 여자는 자연스럽게 바에 앉았다.

"간 거야?"

"그렇게 됐어요."

"오랜만에 존댓말 듣네."

"저 반말했어요?"

"70대 할머니가 잘도 존댓말 하겠다."

사장님은 얼굴 하나 변하지 않았다. 여기도 마인드 업로딩이구먼. 50대의 몸에서 늙지 않으면, 50대의 삶을 계속 살게 되는 걸까. 자연스럽게 여자 앞에 도로맥주가 놓였다. 사장님이 방금 전에 갈아 끼운 음반은, 여자의 방문 뒤에 걸려 있던 포스터 속 앨범이었다. 신디사이저의 산뜻한 사운드가 낭랑하게 어두운 술집 안을 채웠다.

"제가 통장 번호 이런 거 다 남겨 뒀다면서요?"

"어디 그것만 남겨 놨겠냐."

사장님은 바 아래쪽에서 작은 통 하나를 꺼냈다.

"첫 번째 너부터 여기에 차근차근 다 넣어 두고 갔으니까, 천천히 읽어봐."

제일 위에 놓인 건 당연히 바로 전에 떠난 여자의 편지였다. 말투는 조금씩 달랐지만, 모든 글씨체는 동일했다. 여자는 편지를 읽으면서 싱글 웃었다. 그러다 문득, 반 에일런의 목소리가 귓전에 날카롭게 들이박혔다.

You've got tough, I've seen the toughest around

And I know, baby, just how you feel

You got to roll with the punches and get to what's real.

여자는 안 보이게 살짝 눈물을 훔쳤다. 아무튼 이제 여자가 뜰 시간이었다. 여자는 손을 들었다.

"한잔 더 주세요."

소켓 꽂은 고양이

박애진

다음 생에는 부잣집 고양이로 태어나고 싶은 이들이여, 내게 경배하라. 이 몸이 바로 그대들의 꿈의 결정체, 부잣집 고양이다.

한때 돈이 많다고 다 행복한 게 아니라는 돈 많은 사람들의 말을 배부르니 하는 소리라고 생각했는데 사실이더라. 내 문제는 돈은 많은데 생물학적으로 고양이이기 때문에 내 마음대로 돈을 쓸 수가 없다는 데 있었다. 그래서 나는 한 세기 전 예능 프로그램을 보는 게 유일한 취미인 집사를 고용했다. 사실상 시종인데, 시종이라는 말에 펄펄 뛰어서 비서로 승급시켜주니 부득불 집사여야 한단다. 이 대목에서 짐작하겠지만 내 집사는 조금 모자라지만 착한 친구로 이름은 정준희다. 잊을 만하면 한 번씩 자기 이름이 준하가 아니라 준희여서 천만 다행이라며 혼자 웃는 것만 빼면 쓸 만한 집사다.

이제부터 굶주린 채 정처 없이 떠돌던 내가, 비좁은 옥탑방에서 살던 정준희를 만나서 한강이 내려다보이는 34평 아파트에서 살게 된 이야기를 들려주겠다. 고작 34평이 무슨 부자냐고? 5평 원룸에서 살던 정준희가 이보다 더 넓은 집에 가면 심장마비 올 것 같다고 해서 이 정도에서 타협했다.

꼭 1년 전 이맘때인 11월 말, 어느 가문의 가훈이라는 겨울이 오고 있던 무렵이었다. 나는 상처가 낫지 않은 오른쪽 앞발을 절룩거리며 홍대 길거리를 헤매고 있었다. 연구소에서 도망친 지 대략 한 달째였다.

내가 어디서부터 얼마나 도망쳤는지는 몰랐다. 홍대까지 오게 된 건 추적자들보다 다른 고양이에게 쫓기는 과정에서였다. 내가 있는 곳이 홍대라는 걸 알게 되자 검은 양복을 입고, 선글라스를 낀 자들에게 납치됐던 이래 처음으로 안도감을 느꼈다. 납치되기 8개월 전까지 내가 살던 곳이었다. 하지만 집으로 가지는 않았다. 신원 인식 장치를 통과할 수도 없을 뿐더러 검은 양복을 입은 자들이 근방을 감시하고 있을 게 뻔했다.

들떴던 마음이 가시며 반동으로 더 깊은 절망이 몰려왔다. 게다가 실제 홍대 거리는 내게 너무 낯설었다. 나는 접속하지 실제 외출은 잘 하지 않는 랜선형 인간이었다. 아, 내가 말 안했나? 나 원래 인간이었다. 지금은 빌어먹을 고양이 몸에 갇혀버린 신세지만. 그러니 당장 고양이가 아니라고 좌절하는 사람들이여, 재차 내게 경배하라. '부잣집 고양이가 되는 게 제일 쉬웠어요' 특강을 해주겠다. 3강까지는 무료고 이후는 지금 어떤 책이든 읽고 있는 사람 한정으로 특별히 50퍼센트 할인한다. 혹시 우연찮게 책을 읽는 중에 이 광고를 보게 된 사람이 있다면, 단언하건대 우연이다.

홍대는 그간 거쳐 온 곳들보다는 살 만했다. 고양이에게 밥을 주는 사람을 의미하는 캣맘이 많아서 곳곳에 사료를 놓은 밥터가 있었다. 문제는 다른 고양이들이었다. 어쩌다 운 좋게 밥터에 다른 고양이가 없을 때면 쥐가 나타났다. 쥐라니! 내가 겁먹은 걸 간파한 쥐가 득의만만해서 날 위협했다. 아픈 다리를 끌고 쥐를 피해 도망치는 내 모습에 누군가 고양이가 쥐를 피해 도망친다고 깔깔 웃으며 사진을 찍었다. 당연히 저 사진을 어디든 업로드하겠지? 지금 내 몰골이 꾀죄죄하긴 해도 놈들이 알아볼까 두려웠다.

낮이 빠르게 사라지고 긴 밤이 내려오기 시작했다. 홍대는 밤이면 더 화려해진다. 바로 옆인 신촌과 이대는 9시만 지나도 어두워지지만, 홍대는 오래전 팬데믹의 시대에도 사람들로 붐볐다.

겁에 질린 데다 춥고 배가 고팠던 나는 온기와 위안을 찾아서 홍대에 접속했다. 직사각형 간판, 사선과 직선으로 된 건물들, 손님의 눈을 끄는 색색의 전구들이 사라지고 내게 익숙한 세상이 나타났다. 건물들은 현재의 건축술로는 구현하기 어려운 기하학적인 형태로 탈바꿈했고, 하늘에서는 레이저 쇼를 방불케 하는 빛의 향연이 나타났다. 전광판은 하늘을 향해서 빛을 쐈고, 거리는 "남부 프랑스 풍" "방콕을 홍대에서" "데뷔 1주년 축하해" 따위의 홍대 가게나 아이돌 팬들이 건 광고로 점멸했다. 본디 사는 세상을 2차원 세계처럼 보이게 만드는 현란한 공간감이 숨 쉬는 세계였다. 그건 접속자에게 높이에 구애받지 않고 움직이는 감각을 준다. 바닷속에서 잠수하거나 우주를 유영하거나 하늘을 나는 새처럼 말이다.

광고들 중 가장 화려한 건 곧 홍대에서 열릴 홀로그램 가수 레지나의 공연 홍보였다. 테라스나 옥상이 있는 가게들마다 자기들 가게가 공연을 보기 제일 좋다며 각종 할인과 쿠폰을 걸고 광고 경쟁을 펼쳤다. 레지나는 몇 년 전에 등장해서 전지구적 인기를 끌고 있었다. 딱히 홀로그램 가수에게 관심을 둔 적이 없던 나도 티켓을 살까 고민했을 정도로 차원이 다른 무대와 노래를 선보였다. 무심코 레지나 공연 홍보 홀로그램을 보려 했으나 홀로그램은 내가 관여할 수 없는 영화 속 장면처럼 멀어졌다.

원래대로라면 내가 집중하는 불빛이 확대되고 메뉴를 선택할 수 있어야 하지만 어떤 이미지도 내게 반응하지 않았다. 내 인식코드를 포함한 개인 정보는 모두 압축된 채 방화벽 뒤에 있었다.

물론 나는 내 인식코드를 외우고 있다. 그럼 뭐 하나. 설사나 자신의 주민등록번호를 외우고 있다고 해도 투표를 하려면 신분증을 가져가야 하듯, 인식코드가 없으면 시스템은 내가 나라는 사실을 인정해주지 않았다. 나는 땡전 한 푼 없는 사람이 무력하게 쇼윈도 너머를 바라보듯, 개방된 공용 회선으로 사이 버스페이스를 다만 바라보았다.

내가 만든 방화벽이니 깨면 그만이지만, 내 인식코드로 접 속하면 놈들에게 꼬리를 밟힐 것이다. 내 몸에 진짜 꼬리가 있 다는 데 생각이 미치며 울적해졌다. 놈들은 내가 접속할 때를 대비해서 내 인식코드를 감시하고 있을 게 분명했다.

갑자기 전생처럼 느껴지는 10년 전, 열아홉 살 어느 날이 생 각났다. 자판기에서 맥주를 사려는데 인식코드 에러가 났다. 당 시 나는 법적으로 술을 마시고, 담배를 피울 수 있는 나이였는 데 인식코드 에러로 인해서 그걸 증명할 수 없었다. 내 뒤에서 줄을 섰던 사람이 날 제치고 맥주를 샀다. 그리고 날 불법으로 성인 인증 코드를 심은 아이 취급하며 눈을 흘겼다. 모든 게 시 작된 날이었다. 그때 인식코드 에러만 안 났어도, 내가 성인이 라는 걸 입증할 수 없어서 설득할 도리조차 없는 자판기 앞에서 막막하지만 않았어도, 날 경멸어린 눈으로 보던 사람만 없었어 도, 내가 고양이 뇌에 갇혀서 고양이 밥을 두고 다른 고양이와 경쟁하고 쥐에게 쫓겨 도망치는 신세는 되지 않았을 것이다.

배고픈데 먹방을 보면 더 배고파지는 것처럼, 한때 내 공간 처럼 노닐던 사이버스페이스에서 이방인으로 있자니 내 신세 가 더할 나위 없이 처량해졌다.

어디선가 고양이가 콧소리까지 섞어 야옹 하고 우는 소리가 들렸다. 무심코 소리 나는 곳을 보니 덩치 큰 노란 수고양이가, 꼬리 끝을 우산 손잡이처럼 휜 채 몸을 비비 꼬고 있었다. 그러자 지나가던 인간이 반갑게 인사하며 품에서 직사각형 비닐을 꺼내 찢었다. 수고양이는 다리를 모으고 앉아 인간이 비닐에서 짜주는 걸 받아먹었다. 달콤한 닭고기 향이 몰려왔다. 입에 침이 고였다. 남 먹을 때 쳐다보는 게 제일 추한 거랬는데, 알지만, 나, 나도, 한입만….

날 발견한 인간은 "어떡해. 하나뿐이었어. 미안."이라고 말하더니 내 사진을 찍고 가버렸다. 인간이 사라지자 수고양이가 언제 그렇게 아양을 떨었냐는 듯 돌변해서 눈과 입을 찢고 으르렁거렸다. 몸은 고양이지만 고양이의 언어는 모른다. 그래도 저 소리가 꺼지라는 소리라는 건 이해할 수 있었다.

배고픈 데는 장사 없었다. 나는 수고양이가 하는 행동을 따라 해보기로 했다. 그런데 이놈의 터줏대감들이 도통 틈을 주지 않았다. 먹을거리를 가지고 다니는 인간들이 다니는 길목은 늘 차지하고 기다리는 고양이들이 있었다. 찬물 더운물 가릴 때가 아니었다. 나는 인간이 보일 때마다 콧소리를 내며 다가갔다. 드물게 편의점에서 소시지를 사다주는 인간도 있었지만 대부분 그냥 지나치거나 미안하다며 사진을 찍었다. 먹을 것도 안 주면서 사진 찍지 마!

어쩌다 얻어먹는 소시지 하나로는 배를 채우기 어려웠다. 나는 점점 지쳐 갔다. 그래, 그걸 뭐라고 하더라? 냥줍! 길에서 허기지고 아픈 고양이를 발견해서 집으로 데려와 키운다는 사람들이 그런 말을 했었어. 냥줍이라고. 날 주워 가. 콧소리를 내고, 배를 보이며 몸을 이리저리 돌리고, 종아리에 몸을 비볐다. 날 데려가면 널 부자로 만들어줄게. 나 그럴 수 있는 능력 있어. 오죽 잘했으면 그놈들이 날 잡아다가 고양이 몸에 넣었겠어. 제발, 제발, 날 데려가. 죽고 싶지 않아. 그것도 고양이 몸에 갇혀서, 길에서 굶어 죽는 것만은 사절이라고.

그자들에게 돌아간다면 고양이 몸이나마 목숨은 부지할 수 있었다. 그 생각이 떠올랐다는 것만으로도 나 자신에게 욕지기가 치밀었다.

눈이 내리기 시작했다. 망할 첫눈이었다. 내가 실제 눈을 몸에 맞은 게 얼마 만이지? 눈은 사이버스페이스에서나 보는 거라고! 손바닥만 하게 확대한 결정을 가지고 노는 거야. 고양이털은 기름기가 있어서 잘 젖지 않는다는 걸 알았다. 그래도 추위를 막아주지는 못했다. 곪아 가는 앞발 상처에서 치통처럼 온몸에 퍼지는 지독한 통증이 느껴졌다. 몸에 열이 오르는데 더럽게 추웠다. 빌어먹을, 빌어먹을!

홍대 주변에는 고양이캔과 간식 자판기가 널려 있었다. 나는 자판기에서 흘러나오는 길고양이에게 캔을 따주는 사람들, 행복하게 웃으며 그 캔을 먹는 고양이의 홀로그램을 보았다. 지나갈 때 저 광고 뜰 거 아냐? 혹시 관심 없음에 등록시켰어? 저거 하나 사줄 돈 정도는 다들 있잖아. 왜? 도대체 왜 그냥 지나치는 거야?

눈앞이 가물가물해졌다. 정말, 이렇게 죽는 건가?

부스럭거리는 소리가 들리더니 달콤한 참치 냄새가 풍겼다. 나 이제 저거 이름 안다. 츄르다.

"이거 먹… 악!"

나는 그 인간의 손등을 할퀴었다. 그리고 바짝 마른 치약을 짜듯 기운을 쥐어짜내 거칠게 목을 울렸다. 꺼져! 내 발톱에서 비릿한 피 냄새가 났다.

『아라비안 나이트』에는 어부와 요정 지니의 이야기가 있다. 참고로 알라딘과 마술 램프에 나오는 요정만 지니가 아니다. 『아라비안 나이트』에 등장하는 요정은 다 지니다. 어쨌든 어부는 바다에 던진 그물에서 항아리를 건져서 뚜껑을 연다. 항아리에 봉인되어 있던 지니가 나타나서 말한다. 널 죽여야겠다. 어부는 그를 꺼내준 자기를 왜 죽이려 드는지 묻는다. 지니가 대답한다. 처음 백 년은 누구든 자기를 구해주기만 한다면 온 세상 보물은 다 가져다주리라고 맹세했다. 이백 년이 지나자 자기를 꺼내주는 사람을 제왕으로 만들고, 자기는 그의 충실한 신하가 되리라 다짐했다. 삼백 년이 흐른 지금, 그는 자기를 구해주는 사람을 죽여버리리라 결심했다.

나는 그 지니의 마음을 이해할 수 있었다. 건드리기만 해봐! 뼈째 손가락을 물어뜯어줄 테니.

다친 사람이 멀어져 갔다. 나는 가쁜 숨을 몰아쉬었다. 아무래도 오늘 밤을 못 넘기지 싶었다. 초점이 흐릿해 가던 찰나에 무언가가 나를 덮쳤다. 꼬리 끝을 들 기운조차 없었는데, 죽는구나 싶자 힘이 솟구쳤다. 놔! 놔!

그때는 내게 무슨 일이 생겼는지 몰랐다. 나중에 정리한 상황은 이러했다. 아까 내게 츄르를 주려다 손등을 다친 인간이 자기 패딩으로 날 덮어서 잡아 병원으로 데려갔다. 나는 절박하게 몸부림쳤지만 사나운 길고양이를 다루는 데 익숙한 의사는 손쉽게 날 제압했다. 8개월 전 그날 우리 집에 들이닥쳤던 자들도 그랬다.

토요일이었다. 주말답게 나는 집에서 컵라면을 먹으며 새도웹을 구경하고 있었다. 새도웹은 해커들이 만든 사이버스페이스였다. 오래전에 딱 한 번 활동한 이래 나는 아무것도 하지 않고 구경만 했다. 게임은 하지 않아도 게임 프로그램은 보는 사람처럼 그냥 구경하는 게 재밌었다. 갑자기 문이 열리는 소리가 들렸다. 우리 집 인식코드에 인식된 사람은 나 하나라 어리둥절했다. 방에서 나가니 검은 양복을 입고, 눈이 보이지 않는 짙은 선글라스를 낀 건장한 남자 두 명이 신발을 신은 채 우리 집으로 들어오는 모습이 보였다. 현실감각이 사라지고 정교한 가상세계 게임을 하는 착각마저 일었다.

"코드명 제이?"

앞에 선 남자가 물었다. 그 말에 나는 거의 반사적으로 책상 위에 둔 후추 스프레이를 집어서 뿌렸다. 정통으로 맞은 사람은 얼굴을 가리며 괴로워했지만 대가로 다른 놈의 무자비한 폭력에 노출되어야 했다. 그자가 나를 잡고 던지고 걷어차는 것에 따라서 벽이 나를 덮치고 바닥이 일어섰다. 그 어떤 저항조차 불가능한 절대적인 물리력의 차이가 준 충격에 신체적 아픔은 오히려 느껴지지 않았다. 후추 스프레이를 맞았던 자가 날 때리던 자를 밀치고 온힘을 다해 내 배를 걷어찼다. 내 뒤통수가 싸구려 금속 책상 모서리에 부딪쳤다.

"야!"

날 때리던 자가 후추 스프레이를 맞은 자를 밀치고 검지를 내 코에 가져다 댔다. 코피가 그자의 손에 떨어졌다. 그자들은 날 이불로 둘둘 말아 안고 나갔다. 기절한 건 아닌데도 어딜 어떻게 다쳤는지 손가락 하나 움직일 수 없었다.

"괜찮을까요?"

정준희가 수의사에게 물었다. 나한테 츄르를 주려다 손을 다쳤는데도 날 붙잡아 병원에 데려온 바보 같은 이 아이가 내 집사가 되는 정준희였다.

"숫냥이고요. 확실하지는 않지만 한 살 정도네요. 귀 커팅과 중성화가 되어 있는 걸로 보아 길고양이 같습니다. 허피스가 심한데 그보다 신장이 더 문제예요."

길고양이는 중성화 후 암컷은 왼쪽, 수컷은 오른쪽 귀 끝부분을 잘라서 중성화를 했다는 표시를 했다. 그걸 귀 커팅이라고 했다. 허피스는 말하자면 고양이들이 걸리는 감기였다.

"오른쪽 앞발 상처가 깊습니다. 봉합했으니 사흘 뒤 소독하러 오세요. 영양실조와 탈수 증상이 있으니 수액을 맞고, 네뷸라이저도 하면 좋겠는데요. 그리고 신장은 처방식과 약을 먹여서 관리해야 해요."

"네, 다 해주세요."

의사는 내가 마취에서 깨면서 점점 눈빛과 기세가 사나워지는 걸 보고 정준희에게 조심하라고 당부했다. 정준희는 나를 자기가 사는 5평형 옥탑방으로 데려갔다. 그때까지도 나는 자기를 꺼내준 어부를 죽이고자 마음먹은 지니 모드였다.

준희는 그릇 두 개에 사료와 물을 담아 한쪽에 놔주었다. 그러더니 택배 상자 위에 비닐을 씌우고 모래를 부었다.

"화장실은 바로 주문할게. 며칠만 참아."

이때 정준희는 스물일곱 살로, 욕설과 반말이 난무하던 회사에서 1년을 버티고 나와 실업급여를 신청한 참이었다. 회사가 중간에 이사를 가는 바람에 거리가 멀어져서 아슬아슬하게 실업급여를 받을 수 있는 조건이 충족되었던 것이다. 그런 주제에 날 데려오다니. 나는 일단 배를 채운 뒤 기회를 틈타 도망치기로 했다. 누구도 믿을 수 없었다.

정준희가 양말 따위를 넣어 두던 수납 상자 하나를 비우고 수건을 깔아주었다. 나는 정준희가 나를 보지 않을 때 수납 상자에 들어갔다. 거기서 몸을 납작 엎드리고 귀를 뒤로 젖힌 채 호시탐탐 정준희를 공격할 틈을 노렸다. 정준희가 내 쪽으로 다가오는 순간 달려들었는데 꼴사납게 미끄러졌다. 넥 칼라와 오른쪽 앞발을 소시지처럼 부풀린 붕대로 인해 몸이 둔해졌고, 바닥 재질이 미끄러웠던 탓이었다.

내가 자기를 공격하려던 걸 안 정준희가 당황스러운 표정을 지었다. 나는 다시 상자 속으로 들어가서 붕대를 풀어보려 했다. 왼쪽 앞발만으로는 무리였다. 게다가 병원에서 발톱을 바짝 깎았다. 이빨로 해보려 했으나 넥 칼라 때문에 닿지 않았다.

흥. 나 한때 인간이었어. 이걸 못 벗을 줄 알고? 나는 넥 칼라의 구조를 살폈다. 지퍼라서 만만하게 봤는데 끝에 잠금장치가 있었다. 엄지가 없는 데다 짧은 고양이의 발톱으로 어찌 해볼 게 아니었다. 굴하지 않고 씨름하는데 정준희가 다가왔다.

"미안해, 정말 미안해."

정준희는 예쁘다며 혹은 그저 고양이라며 사진 찍고 가던 사람들처럼, 말로만 미안하다고 하며 무릎 덮개로 날 덮고, 입을 벌리더니 약을 먹이는 기구인 필건으로 약을 쐈다. 안 먹어! 안 먹는다고! 뱉으려고 난리치다 그만 깨물었다. 캡슐이 깨지며 쓴맛이 워터파크의 인공 파도처럼 내 몸을 휩쓸었다. 키야아아아아악!

두 시간 남짓의 사투 끝에 나는 약을 두 개 씹어서 고통의 파도를 두 번 겪었고, 분하게도 하나를 삼켰고, 정준희는 녹초가 되어 깨진 달걀처럼 흐물거렸다. 나는 고양이도 지나치게 숨이 가쁘면 개처럼 혀를 내밀고 헉헉거리게 된다는 걸 알게 되었다.

정준희가 잠든 뒤 나는 정준희의 개인 인식코드를 해킹했다. 자기 노트북에는 접속하는 곳마다 다 비밀번호 저장을 해두듯, 정준희의 집에서 개인 인식코드를 해킹하는 건 일도 아니었다. 마침내 사이버스페이스에 관람자가 아닌 참여자로 접속한 순간 집에 돌아온 것처럼 안도감이 밀려왔다.

검은 양복을 입은 두 사내는 차를 몰고 가다가 길에서 죽어가는 고양이를 발견했고, 고양이를 집어 전속력으로 차를 몰고 연구소에 온 끝에 고양이가 막 숨이 끊어진 순간 내 인격을 고양이 뇌에 전송시키는 데 성공했다. 미친놈들. 그자들은 고양이 몸에서 깨어난 나에게 지시에 따르면 다시 몸을 돌려주겠다고 했다.

인간의 인격을 담기에는 터무니없이 작은 뇌였다. 당장 용량 초과로 뇌가 녹아버려도 이상하지 않을 상황이었다. 나는 사력을 다해서 나 자신과 관련된 부분은 다 압축했다. 그리고 몸을 돌려받기 위해 놈들이 시키는 일을 했다. 범죄라는 건 알았지만 어쩌겠는가. 나 말고도 잡혀온 해커들이 있었는데 실제 몸을 잃은 건 나뿐이었다. 다른 사람들은 타박상 정도였다. 더럽게 운이 없었다.

나는 정준희의 방에서 내가 납치된 뒤 저지른 일의 결과를 검색했다. 날 납치한 자들은 플라이투더스타, 흔히 플라타라고 부르는 인식코드 서비스 회사였다. 그들은 현재 인식코드 시장의 5할을 차지하는 캐러멜라이징의 방화벽을 뚫고 바이러스를 심어서 캐러멜라이징의 신뢰도를 떨어뜨린 뒤 업계 1위로 올라갈 궁리를 하고 있었다. 플라타가 인식코드 시장의 절대 강자가 되면 서비스는 형편없어지고 가격은 오를 것이다. 여러 기업이 경쟁하던 시장에서 한 기업이 절대 강자가 된다는 건 그런 것이다.

나는 바이러스를 만드는 한편으로 바이러스를 심도록 캐러멜라이징의 방화벽의 8할을 뚫는 길을 만들고 나왔다. 다행히 캐러멜라이징은 아직 공격받은 기미는 없었다. 하지만 시간 문제였다. 거기 붙들려 있는 다른 해커들이 결국 뚫을 것이다. 말 안 들으면 나처럼 고양이 몸에 넣겠다고 협박하는데, 목숨, 아니 몸을 걸고 하겠지.

사이버스페이스는 학교에서 적응하지 못한 나에게 친구를 사귀게 해주었고, 게임, 영화, 드라마, 애니메이션, 만화로 내 삶을 채워주었으며 해킹 기술에 관심을 두게 해서 회사에도 취직하게 해주었다. 사람을 납치하고 날 고양이 몸에 넣은 자들이 사이버스페이스를 장악한다는 건, 무뢰배들이 우리 집에 신발을 신고 들어와서 세간살이부터 집을 통째로 부숴버리는 것이나 다름없었다.

그놈들을 저지하는 것만으로는 부족했다. 복수해야 했다.

연구소에서 나는 놈들의 눈을 피해서 백신과 함께 백신으로 접근할 백도어를 만들어 두었다. 문제는 백도어로 들어가서 백신을 작동시키려면 페타바이트 단위의 데이터를 써야 한다는 데 있었다. 그 정도의 데이터를 가정집에서 썼다가는 바로 놈들의 표적이 될 터였다. 바이러스 제작에 핵심적인 역할을 맡았던 내가 도망친 이상 놈들은 내 개인 인식코드만이 아니라 데이터 사용량이 급증하는 지역 또한 감시하고 있다고 가정해야 했다.

놈들에게 끌려가 강제로 바이러스를 만들던 7개월 동안 나는 내 실력을 명확히 알게 되었다. 나는 굳이 등급을 나누자면 S급 해커의 자질이 있었고, 그 자질을 유감없이 발휘했다. 어쩌면 사이버스페이스에 있을 때만이 내가 고양이 몸에 갇힌 신세임을 잊고 자유로워질 수 있었기에 더 몰두해서 일했기 때문이었는지도 모른다.

다 빌어먹을 맥주 때문이었다. 나는 호기심과 취미 삼아 해킹 기술을 배우고 있었다. 그러다 인식코드 에러로 맥주를 사지 못한 날 이후 본격적으로 해킹 기술을 연마했고, 왜 에러가 났는지를 찾아버렸다. 당시는 막 사이버스페이스에 개인 인식코드를 심어 카드 같은 물리적 결제 수단이 사라지던 무렵이었다. 개인 인식코드 업계에서는 파프리카와 공룡 두 기업이 가장 치열한 경쟁자였다. 한 세기 전으로 따지면 KT, LG, SK가 휴대전화 통신망 경쟁을 하던 때와 비슷하다고 할 수 있겠다. 그때 오류는 파프리카에서만 발생했다. 오류를 겪은 이들은 탈퇴해서 공룡으로 건너갔다. 공룡은 기회를 틈타 제 살 깎아 먹기에 가까운 할인으로 이용자를 모았다. 나는 섀도웹에서 해커들이 파프리카의 오류에 이상한 점이 있다고 하는 말을 들었다. 안 되면 말고라는 마음으로 파프리카와 공룡 해킹을 시작했는데, 성공해버렸다. 그리고 양쪽에서 정보를 모은 끝에 공룡이 의도적으로 바이러스를 심어서 파프리카에 엿을 먹였다는 걸 알게 되었다. 파프리카로서는 바이러스에 당했다고 인정하는 자체가 기술력과 안정성 부족을 드러내는 거라 대놓고 말은 못하고 방화벽을 강화하며 공룡에게 반격할 기회를 노리고 있었으나 속속 빠져나가는 이용자 앞에서 속수무책이었다. 나는 섀도웹에서 익명으로 해커들에게 내가 찾은 정보를 뿌렸다. 덤으로 공룡의 방화벽을 뚫고 들어갈 실마리도 남겼다. 내가 직접 할 수도 있었지만 소심해서 못했다. 그때 내가 쓰던 사이버네임이 '코드명 제이'였다. 그 무렵 우연찮게 본 지난 세기 SF영화에서 충동적으로 따온 이름이었다.

내가 뿌린 정보와 공룡의 방화벽을 뚫을 코드를 본 해커들이 공룡에 연합 공격을 시작했고, 상황을 눈치 챈 기자들이 뉴스로 다루었다.

파프리카는 공룡을 고소해 일부 승소했다. 하지만 개인 정보를 다루는 회사가 바이러스에 당한 전적을 딛고 일어서는 건 어려운 일이었다. 어부지리로 신생기업이었던 캐러멜라이징이 치고 올라왔다. 공룡은 플라이투더스타로 이름을 바꾸었으나 현재 개인 인식코드 시스템은 파프리카가 2할, 플라타가 3할,

캐러멜라이징이 5할을 차지하고 있다. 그리고 플라타는 공룡일 때와 같은 방법을 더 지독하게 쓰려 들었다. 사람만이 아니라 기업도 고쳐 쓰는 거 아니었다.

나는 철저하게 내 정체를 감췄기에 아무도 코드명 제이가 나인 줄 몰랐다. 그런데 검은 옷을 입은 자들이 날 추적해 온 것이다. 그때 내 해킹 실력은 지금만 못했으니 어디엔가 흔적을 남겼던 모양이었다. 나중에 더 철저하게 지웠어야 했는데 지나간 일이라 생각하고 방심했다.

나는 중소기업의 내부 업무용 프로그램을 짜는 부서에서 일했다. 두어 번 이직한 끝에 나만 한 실력자를 찾기 어렵다는 걸 아는 회사에 입사했다. 연봉이 풍족하진 않은 대신 야근과 회식이 없었고 다들 내가 퇴사하지 않기를 바라며 잘해줬다. 퇴근하면 취미 삼아 새도웹을 구경하고 지나치게 불법적이지 않은 선에서만 해킹 기술을 써먹으며 풍족하진 않아도 부족하지는 않게 살았다.

납치범들은 날 개똥 취급했다. 내게는 육체를 돌려받아야 한다는 갈급함이 있었으니까. 놈들은 나에게 고양이 밥을 주고 화장실에서 볼일을 보는 모습을 동영상으로 찍으며 낄낄거렸다. 수치스러울 때마다 첫 번째 회사의 쓰레기 같은 상사 밑에서도 1년을 버틴 나라고 날 다독였다. 1년을 채워 퇴사한 뒤 쓰레기 상사의 인식코드를 해킹해, 상사가 사이버스페이스에 감춰 뒀던 소장품 목록을 회사의 전 직원이 알게 했다. 적당히 눈감아줄 만한 수준을 넘는 것들도 있던 터라 누군가 신고해서 3년 형을 선고받았다. 이번에도 반드시 살아남아 복수하리라.

고양이의 몸에도 차츰 익숙해져 갔다. 기척 없이 움직일 수 있다는 게 가장 매력적이었다. 은신 암살 특화 직업이랄까. 내가 고양이 몸으로 도망치리라고는 생각도 못하는 놈들로 인해서 나는 연구소 내부에서는 비교적 자유롭게 돌아다닐 수 있었다. 그래서 놈들이 내가 자기 육체가 진즉 죽은 줄도 모른다고 낄낄거리는 소리를 듣게 된 것이다.

나는 전보다 더 이를 악물고 일했다. 먹다 남은 밥을 주며 조롱하는 것도 견뎠다. 놈들이 보는 앞에서 똥을 싸고 모래로 파묻었다. 살아남아 복수하기 위해서라면 못할 게 없었다. 가끔 화장실 붙박이장 위나 변기 뒤에 숨어서 놈들이 내가 거기 있다는 걸 눈치 채지 못한 채 상사 험담을 하고 똥을 싸고 방귀를 뀌는 걸 지켜보았다. 그러다 감시원 중 한 놈이 3층 화장실 가장 구석 칸에서 몰래 경보기를 끄고 담배를 피운다는 사실을 알게 되었다. 놈이 창문을 열고 담배를 피우면서 똥을 싸는 틈을 타서 나는 창턱에 올랐다. 고양이니까 괜찮을 거라고 나를 어르고 달래도 작은 몸으로 인해 3층이 아니라 10층처럼 보이는 건물을 내려갈 엄두가 나지 않았다.

터지기 직전 풍선처럼 한 가닥 숨을 들이마신 뒤 나 자신에게 물었다. 평생 이놈들에게 조롱받으며 고양이 몸으로 살래? 아니면 빠져나가서 복수할래? 나는 몸을 날렸다. 창문 난간에서 난간으로 뛰어내리며 스스로가 놀랄 만큼 깔끔하게 바닥에 착지했다. 아직 건물 내부 통신망을 이용할 수 있는 거리라 바로 내 내부에 깔린 위치 추적 앱을 제거했다. 놈들이 시킨 일을 하는 틈틈이 추적 앱을 해킹해 두었던 것이다. 그리고 오른쪽 앞발을 물어뜯어서 물리적인 추적 장치도 파냈다.

연구소를 나오자 어떤 사이버스페이스에도 참여자로는 접속할 수 없었다. 놈들은 연구소에서 외부와 차단된 독자적인 회선을 사용했고, 고양이에게 입력된 인식코드는 연구소 내부 회선에만 반응했다.

다시 인간 육체로 돌아갈 수 있을까? 뇌사자의 몸을 통째로 기증받거나 배양 육체를 사야 했다. 하나는 기약 없는 순번을 기다려야 했고, 하나는 천문학적인 돈이 필요했다.

정준희는 나에게 기린이라는 이름을 붙였다. 지난 세기 예능 프로그램인 런닝맨에서 이광수를 제일 좋아했고, 이광수의 별명이 기린이었다나? 그래서 나는 인간의 인격을 가진 고양이의 몸으로, 인간의 별명을 딴 동물의 이름을 갖게 되었다. 망할. 정준희의 방 천장에는 런닝맨, 무한도전, 레지나의 포스터가 붙어 있었다. 벽에는 붙일 자리가 없었던 것이다.

정준희가 잠든 밤이면 정준희의 인식코드로 사이버스페이스를 돌아다녔다. 내가 불편해서 인식코드 보안을 강화하고 쓸데없는 것들을 정리했다. 정준희는 속도가 빨라지고 스팸이 줄어들자 의아해했다.

"나 잘 때 네가 소켓 꽂고 사이버스페이스에 접속하니?"

후… 충전도 무선으로 하는 시대에 웬 소켓 타령? 나는 귀를 뒤로 젖히고 이빨을 드러냈다.

"알아, 비좁고, 답답하지? 정 싫고 적응 못하겠으면 다시 보내줄게. 그래도 앞발은 다 낫고 가야지."

정준희의 코가 루돌프처럼 빨개졌다. 언제 봤다고 애틋한 척이야?

"너 데려온 날이 나 퇴사일이었거든. 그래도 나온다고 인사하는데… 와, 사람들 어떻게 그래? 완전 유령 취급에, 다른 이야기 하는 척하면서 욕하고…."

정준희의 첫 직장이었고, 안타깝게도 세상에 몹시 흔한 거지 같은 회사였다. 10개월이 지나 연봉 협상을 할 때가 다가오자 화장실 가는 시간을 기록하고, 물을 마시면 생수 값 다 정준희 씨 거였네라고 비아냥거리고, 퇴근 시간 5분 전에 일을 준 뒤 자기는 퇴근하면서 야근은 무능한 사람이나 하는 거라고 했다.

자기가 뭘 잘못했나 싶어 더 열심히 일하고 상사와 대화하며 노력한 끝에 정준희는, 회사에서 바라는 건 연봉 동결 혹은 인하라는 걸 알게 되었다. 정준희의 입에서 일을 잘 못하니 연봉을 깎겠다는 말이 나오길 기다리는 것이었다. 여기서 더 일하면 우울증에 걸리든 자존감이 바닥을 쳐서 자학에 빠지게 되든 자기가 어딘가 망가질 것 같았다. 정준희는 퇴사하겠다고 알린 뒤 한 달 동안 심연 같은 가스라이팅에 시달리며 7킬로그램이 쪘다.

정준희가 발악하는 나를 데리고 병원으로 갔다. 의사가 붕대를 풀고 반창고를 붙였다. 반창고만 떼면 이 집을 떠나야지. 그날 밤 사이버스페이스에서 캐러멜라이징이 해커들의 공격을 받았으나 수월하게 방어했다는 뉴스를 보았다. 본격적으로 공격하기 전에 간을 봤구나. 실행일이 멀지 않았다.

이 일을 도대체 어떻게 하면 좋지? 아, 복수하고 싶다. 복수하고 싶다아아아! 정준희가 깰까 봐 소리 없이 포효하며 컴퓨터 책상 의자를 모래 파헤치듯 긁었다. 겉면이 뜯어지며 드러난 내부 스펀지까지 다 찢어 놓고도 분이 가라앉지 않았다.

어떻게 해야 복수할 수 있을까? 무력한 마음으로 사이버스페이스에서 나오려는 찰나 정준희에게 알람이 왔다. 레지나 공연 티켓 구매에 성공했다는 알람이었다. 공연은 3주 뒤였다.

레지나는 홀로그램 가수였다. 홍대를 배경으로 공연하지만 전 세계로 방영될 것이다. 엑사바이트 단위의 회선이 열릴 거라는 소리였다. 플라타를 저지할 길이 열렸다!

다음 날 머리를 써보겠다고 튀김 젓가락으로 캔이 담긴 그릇을 미는 정준희에게 몸을 던져 손등을 한 번 할퀴고 밥을 먹는데 날 물끄러미 보던 정준희가 말했다.

"레지나 티켓은 팔아야겠어."

뭐? 갑자기 그게 무슨 날벼락 같은 소리야?

"네가 약을 한 번에 안 먹으니까, 약값도 두세 배가 들고…

너 좋아하는 캔이 사실 좀 비싸거든. 비싼 만큼 맛있는 거겠지?"

정준희는 내가 갓 딴 캔만 먹는 건 언급하지 않았다. 나는 냉장고에 들어갔다 나와서 이것저것 뒤섞인 냄새가 배면 입도 안 댔다. 뚜껑 없는 화장실이 싫어서 벽을 다 긁어 놨더니 정준희가 뚜껑 달린 걸 샀다. 신장 처방식 사료의 가격은 모르지만, 어쨌든 더럽게 맛이 없어서 입도 안 댔다. 그래서 정준희가 처방식 캔을 사 왔는데… 캔이 더 비싼가? 그러고 보니 처방식 사료를 안 먹는다는 말에 의사가 영양제를 먹이라고 했다. 나는 영양제가 묻은 캔을 한입 넣은 뒤 뱉었다.

정준희가 겉면이 국수 면발처럼 가닥가닥 분해된 패딩을 입었다. 내 발톱 힘이 저 정도다. 방어구를 착용하는 걸 보니 약을 먹이려는 모양이군. 나는 털을 부풀리고 엉덩이를 올려 공격 자세를 취했다.

"기린아, 약 먹자. 다 나으면 보내줄게. 약속해."

뭐 이렇게 바보 같은 애가 다 있지? 나 같으면 진즉 내보냈다. 정준희가 겁먹은 중에도 어떻게든 약을 먹이겠다는 의지로 날 단단히 잡았다. 나는 파리라도 반기겠다는 듯 입을 쩍 벌렸다. 정지 화면처럼 굳어 있던 정준희가 내 입에 약을 넣었다. 젠장, 입천장에 달라붙었다. 입안을 보여주자 정준희가 약을 떼어주었다. 꿀꺽 삼켰다.

"먹었어?"

정준희는 자기 고양이의 몸을 빼앗고 고양이인 척하는 외계인 보듯 나를 보다가 새 캔을 따려고 했다. 나는 급하게 정준희의 몸을 막았다. 정준희는 하마터면 날 밟을 뻔했다.

"미안!"

네가 잘못한 게 아닌데 사과하지 마!

아까 두 알 먹고 만 사료가 그릇에 소복이 쌓여 있었다. 나는 그릇 앞으로 가서 열심히 먹었다. 반쯤 먹다가 정준희를 보며 꼬리를 살랑거렸다. 잠시 고민하던 정준희가 캔 위에 영양제를 뿌렸다. 펙, 이 냄새 진짜 싫어. 나는 속으로만 몸서리를 치고 겉으로는 순순히 먹었다. 오후에 병원에 가서 소독할 때도 가만히 있었고, 의사가 잘했다며 엉덩이를 토닥거리는 치욕도 참아냈다.

5만 원만 더 내면 반려동물과 함께 레지나 공연 관람이 가능한 카페도 찾아서 정준희에게 안내 메일을 발송하게 했다. 그리고 온종일 정준희를 쫓아다니며 몸을 비비고, 정준희의 옆에서 꼭 붙어 잤다. 정준희가 귀 뒤를 쓰다듬으면 고개를 쳐들고 눈을 감았다. 귀 뒤가 긁히는 게 나쁘지 않았다. 특히 넥 칼라 때문에 가려운 부분을 긁어주니 시원하니 좋았다. 내 목에서 고르륵거리는 진동이 울렸다. 나 이런 것도 할 줄 안다!

"나랑 살 거야?"

그 말에 나는 정준희의 손바닥에 한껏 머리를 문댔다.

"와아, 기린아! 고마워, 정말 고마워!"

자기가 사료 사고, 자기가 내 똥 치우면서 도대체 뭐가 고맙다는 건지 모를 노릇이었다. 정준희는 나를 끌어안고 쓰다듬었다. 너무 세게 안으면 답답할까 살살 안는 모습이 가소로웠다. 회사에서 그 가스라이팅을 당하고도 여전히 호구처럼 굴어? 아, 여보게, 정신 차려, 이 친구야!

나는 정준희가 레지나 노래를 틀면 목을 진동시키고, 데굴데굴 구르며 기분 좋은 시늉을 했다. 정준희가 나가려고 할 때마다 분리불안이라도 있는 양 데려가 달라고 야옹댔다. 내가 나가고 싶어 하나 고민한 정준희가 무릎 덮개로 날 돌돌 말아 이동장에 넣었다. 나는 이동장에서 나가려고 하지 않고 그저 정준희 옆에 있는 게 좋다는 듯 굴었다. 정준희는 오래도록 짝사랑한 사람이 자기 마음을 받아준 양 기뻐했다.

"너, 정말 나랑 살 거야?"

나는 그렇다는 듯 정준희에게 온몸을 비벼댔다.

"고마워, 내 친구들은 다들 돈 빌려 간 뒤 연락 끊더라."

그거 친구 아니거든.

하지만 정준희는 여전히 티켓을 팔려고 했다. 실업 급여로 빠듯하게 사는 주제에 나에게 이미 쓴 돈이 만만치 않았던 것이다. 게다가 5평 방에 캣타워를 놓겠다며 가격을 알아보기 시작했다. 이 멍청아! 절망스러웠다.

정준희는 웃돈을 주겠다는 사람에게 팔고 싶지만 암표 상인이라고 욕먹을까 고민한다는 핑계로 주저하고 있었다. 값비싼 티켓이었다. 실업 급여로 살면서 아픈 고양이를 들인 입장에서는 고민되는 게 당연했다. 하지만 가고 싶었다. 끔찍했던 회사 생활 중에 이 공연을 기다리는 게 동아줄처럼 버티는 힘이 되어 주었었다. 레지나 노래만 틀면 내가 춤을 추는 것도 고민에 무게를 더했다. 반려동물과 같이 고대하던 공연을 보러 간다니. 상상만으로도 짜릿하리라. 공연이 이틀 앞으로 다가오며 암표값은 세 배로 올랐다.

귀찮음을 무릅쓰고 정준희가 흔드는 낚싯대에 장단을 맞춰주는데 정준희의 친구가 만나자고 연락을 했다.

"이 친구에게 연락 온 게 3년 만이야."

옷을 입고 나갈 채비를 하며 정준희가 말했다. 나는 하네스를 물고 현관 앞에서 엉덩이는 땅에 붙이고, 단정히 붙여 세운 앞발을 꼬리로 만 채 정준희를 올려다보았다.

"너도 갈래?"

나는 다소곳이 기다리는 자세로 대답을 대신했다. 다행히 약속 장소가 반려동물을 동반할 수 있는 곳이었다.

이날 만나는 친구는 대학 친구였다. 둘 다 아웃사이더 기질이 있어서 다른 친구들과 어울리지 못하고 둘이서 붙어 다녔다. 어느 날 친구가 정준희에게 돈을 빌려 달라고 부탁했다.

초등학생 때부터 정준희 주변에는 이런저런 핑계로 돈을 빌려 가는 친구들이 있었다. 정준희는 있는 만큼 빌려주다가, 대학생이 되고 아르바이트를 시작한 후 친구들이 빌려 가는 액수가 점점 늘어서야 자신이 호구였음을 인지했다. 아무도 돈을 갚지 않으면서 새로 산 각종 아이템을 사이버 관계망 서비스에 올렸다. 정준희가 더 이상 돈을 빌려주지 않자 친구들은 연락을 끊었다. 그리고 정준희는 다시는 그 누구에게도 돈을 빌려주지 않기로 결심했다.

하지만 이 친구는 정말로 사정이 절박했다. 집에 가니 가구가 다 밖으로 나와 있더라고 했다. 월세가 밀리다 못해 보증금을 다 까먹은 것이다.

정준희는 친구에게 아르바이트로 모은 돈을 빌려주었고 이후 휴학한 친구와는 연락이 끊겼다. 먼저 연락해볼 수도 있었지만 정준희는 굳이 그러지 않았다.

"여기 등심 스테이크가 맛있대."

친구는 약속 장소인 식당에서 가장 비싼 음식을 시키고 정준희에게 돈을 갚았다.

"돈도 못 갚으면서 연락할 수가 없었어."

이날 밤 집에 돌아온 정준희는 날 쓰다듬으며 조금 울었다.

"내가 호구고, 바보고, 잘못 살았다고 생각했어. 내 잘못이니 누굴 탓하겠느냐고. 근데 그게 아니었던 거야. 누가 나에게 잘해준다면 나도 상대에게 잘해주리라고 생각하는 게 정상이지, 아, 호구 삼아야겠다, 하는 사람들이 나쁜 거지. 안 그래?"

아니, 너 호구 맞아.

나는 긴 한숨을 쉬고, 정준희와 레지나 공연을 가기 위해서 최선을 다해 개냥이 흉내를 내면서도 한 번도 하지 않았던 짓을 했다. 정준희의 눈물을 핥아주었다. 후, 고양이니 해준다.

　다음 날 대학 친구가 레지나 공연 좌석을 반려동물 동반 입장 가능으로 업그레이드해주는 옵션 티켓을 보냈다. 정준희의 화제는 끔찍했던 회사와 나뿐이었는데 회사는 입에 올리기도 싫어서 내 이야기만 실컷 했기 때문이었다.

　"어, 이걸 바라고 한 이야기가 아니었는데…."

　정준희는 티켓을 받고 어쩔 줄을 몰랐다.

　"기린아, 우리, 같까? 레지나 공연?"

　나는 기꺼이 엉덩이춤을 추어주었다. 엉덩이춤이 강아지의 전유물이 아니란 말씀.

　우리는 홍대 루프탑 서머 스케치에 자리를 잡았다. 서강대역과 홍대입구역의 중간에 자리해서 기찻길이 내려다보여 전망이 좋았다. 루프탑에 앉은 30여 명의 손님들 모두 경치를 보는 대신 고글을 쓰고 있긴 하지만 말이다. 고글을 쓰고 티켓 구매 인증을 해야만 공연을 볼 수 있었다. 그러니 물론 집에서 봐도 된다. 그런데 왜 여기에 오느냐면, 집에서 봐도 되는 축구를 시청까지 나가서 보는 사람들과 같은 마음이라고 할 수 있다. 혼자 보는 것보다 한마음인 사람들과 모여 있으면 더 신나지 않는가.

　공연 한 시간 전인 오후 세 시였다. 루프탑은 난로가 필요 없을 정도로 후끈한 열기로 달아올라 있었다.

내가 이동장에서 나오고 싶어 하자 정준희는 날 꺼내서 내 하네스 끈을 자기 손목에 묶었다. 그리고 접속해 티켓 구매 인증을 했다. 그 순간 고글을 통해 보이는 하늘의 빛깔이 비현실적인 분홍빛으로 바뀌었다. 공연을 기다리는 사람들을 위한 사전 여흥이었다. 연분홍부터 진보라까지 그러데이션 효과를 준 돌고래 떼가 홍대 기찻길을 따라 기차처럼 줄지어 헤엄치더니 하늘로 솟아올라 파스텔 톤으로 물든 구름을 헤치며 유영했다. 안녕, 안녕, 물고기는 늘 고마워요. 이어 손바닥만 한 나비와 새를 섞어 디자인한 생물들이 작은 회오리처럼 돌고래를 감싸며 함께 날다가 폭죽으로 화해 터지고 그 끝에서 인어들이 탄생했다. 모두 각양각색의 새, 물고기, 곤충을 모티브로 창조한 생명체였다. 돌고래만 색깔 외에는 원형을 그대로 썼다. 돌고래에 뭐가 더 필요한가.

작년에 데뷔한 아이돌 그룹이 날개 달린 롤러스케이트를 신고 파도를 타는 서퍼들처럼 바람을 타고 곡예를 펼치며 기량을 뽐냈다. 아이돌의 사전 무대가 절정에 달했을 때 캐러멜라이징의 로고가 점멸했다. 레지나 공연의 가장 큰 협찬사였다.

뭐가 나오든 환호할 준비가 되어 있던 정준희는 상상 이상으로 화려한 오프닝 쇼에 열광했다. 나는 그동안 방화벽 입구를 찾았다. 어느 순간 공중은 바다와 하늘을 뒤섞은 이미지에서 우주로 바뀌었다. 곧 레지나가 등장하리라는 신호였다.

별과 은하수와 은하수를 헤엄치는 다채로운 색상의 앵무새와 열대어를 모티브로 한 생명체들 너머 밤보다 짙은 어둠이 자리하기 시작했다. 블랙홀을 연출하려는 모양이었다. 저기서 레지나가 등장할 거다. 나올 수 있다면 들어갈 수도 있는 법, 입구와 출구는 분리될 수 없었다. 나는 투명하게 만든 가상 몸으로 블랙홀의 중심을 향해 달려갔다. 수백 마리의 판타지 생물들이 때로는 무리지어, 때로는 흩어지며 하늘을 수놓고 있었다. 스치기만 해도 침입자가 있다는 게 들킬 터였다. 나는 나비고기 무리를 건너뛰고 오렌지색 갈매기가 아슬아슬하게 내 머리 위로 날아가도록 납작 엎드리고 투명한 날개를 단 요정 무리를 피해서 전진했다. 마침내 블랙홀의 중심이 열리며 레지나가 등장했다. 사람들의 환호성이 만드는 진동에 운동선수에게 인디언밥 벌칙을 받는 듯 전신이 얼얼하게 울릴 때 중심을 통과하는 데 성공했다.

현란했던 무대가 사라지고 겉면을 벗긴 컴퓨터 내부처럼 질서정연하면서 섬세한 기계 부품들이 나타났다. 저 복잡한 장치 어딘가에 데이터 전송기가 있을 것이다. 거기서 연구소의 회선을 잡아 백도어로 들어가 바이러스에 대항하는 백신을 풀면 되었다.

나는 고양이 몸을 한껏 가늘고 길게 늘였다. 그리고 레이저 보안 장치를 통과하는 캐서린 제타존스처럼 복잡하게 얼기설기 얽힌 관을 유연하게 넘었다. 무사히 데이터 전송기에 도착한 뒤 연구소를 찾았다. 물리적인 위치가 어디인지는 중요하지 않았다. 나는 연구소 회선에 추적 앱을 깔아 놓았다. 물론 외부 회선과 연결하지 않는 한 추적 앱을 찾을 도리가 없다. 그러나 지금 레지나가 공연을 하고 있었다. 누군가는 레지나의 팬일 것이다. 누군가는 관리자 몰래 레지나의 공연을 보고 있으리라.

내 예상이 맞아 떨어졌다. 추적 앱을 찾아서 백도어로 연구소에 들어갔다. 내 백도어는 검은 가죽 장갑을 낀 손이 엄지를 치켜올린 모양이었다. 이제 엄지를 눌러 안으로 들어가서 백신 프로그램을 활성화하면 되었다. 그런데 뭔가 이상하게 돌아가기 시작했다. 그럼 그렇지, 이렇게 쉬울 리가.

사람들은 주어진 상황에 스스로를 합리화하는 경향이 있다. 내 추적 앱이 지나치게 빨리 찾아졌는데도 나는 몰래 레지나 공연을 보는 사람이 있어서라고 내 멋대로 믿었다. 그게 아니었다. 바이러스를 침투시키기 위해 연구소에서 외부 회선을 열었던 것이다.

캐러멜라이징은 레지나 공연의 최대 후원자였다. 전 세계에서 이 공연을 지켜보고 있었다. 놈들은 애초에 레지나 공연에 맞춰서 바이러스를 활성화시킬 계획이었다. 어쩐지 내가 거의 다 만들어 놨는데도 공격이 없더라니….

나는 레지나 공연의 방화벽이 쇠가 녹슬듯 검붉은 색으로 변해 가는 모습을 보았다. 재빠르게 엄지를 누르고 백도어로 들어가 백신을 활성화시켰다. 바이러스가 백신의 공격에 주춤

하는 모습이 보였다.

백신 프로그램이 발동된 걸 알아챈 놈들이 추적 프로그램을 가동했다. 고양이 눈처럼 둥글고 긴 검은 줄이 그어진 눈동자 수십 개가 나와 백신이 나오는 백도어를 찾아서 두리번거렸다. 나는 다급하게 내가 할 수 있는 수단과 방법을 다 동원해서 이중, 삼중, 사중, 칠중으로 백도어를 막았다.

그때 내 안에서 경보가 울리는 게 감지되었다. 망할, 이놈들이 추적 앱을 하나 더 심어 뒀던 것이다. 내가 바깥에서 연구소에 침투하면 발동되도록 만들어진 앱이었다.

나는 레지나 공연의 방화벽을 두고 바이러스와 백신이 싸우는 모습을 보며 정준희의 몸을 당겼다. 도망쳐야 해, 당장! 정준희가 내 양 어깨를 잡아 안았다. 그래, 그거야, 도망치자! 그리고 날 이동장에 넣으려 했다. 내가 옛날 버릇이 도져서 발광한다고 생각하는 눈치였다. 안 돼! 이동장에 들어가면 정말 옴짝달싹 못하는 상황이 되는 것이다. 나는 네 다리를 최대한 벌려 이동장을 밀어낸 뒤 정준희의 품에 파고들었다. 정준희가 날 안자 그대로 가만히 있었다.

공연은 보고 싶고 내가 난리 치면 바깥에 있기 불안한 정준희가 달래듯 목덜미를 쓰다듬었다. 나는 고분고분히 몸을 맡겼다. 정준희는 하네스가 단단히 조여 있는지 확인하고 손목에 한 번 더 끈을 감은 뒤 다시 공연에 몰두했다.

레지나가 우주를 다스리는 여신처럼 오로라를 형상화한 치맛자락을 나풀거리며 신곡을 열창했다. 정준희는 노래를 따라 부르느라 혼이 나간 상태였다. 어떡하지?

다시 접속해서 보니 놈들이 내 방화벽을 뚫고 있었다. 다급히 보안을 하나 더 걸었다. 안타깝게도 급하게 들어오느라 내가 들어온 흔적을 다 지우지 못했다. 내가 홍대에 있다는 걸 들키는 건 시간문제였다. 이번에 잡히면 놈들은 날 죽일 것이다. 아니면 내 인격을 뱀에 넣고 장난감으로 삼을지도 몰랐다.

도망쳐야 하는데, 정준희에게 그걸 어떻게 알리지?

신곡을 마친 레지나가 낭랑한 목소리로 이벤트의 시작을 알렸다. 레지나의 소매에서 연두색 쥐가 나왔다.

—이 쥐를 잡는 분은 전광판을 이용할 수 있습니다. 최대 여덟 글자예요. 사랑하는 사람에게 고백하고 싶으세요? 청혼은 어떨까요?

레지나의 머리 위에서 전광판이 만들어지더니 '레지나 정말 사랑해'라는 글자가 점멸했다. 사람들이 지르는 함성이 달까지 닿을 듯 울려퍼졌다.

—준비되셨나요?

"네!"

정준희가 두 주먹을 허공에 휘두르며 소리쳤다. 쥐가 날아오르자 정준희를 포함한 사람들의 아바타 수백만 개가 쥐를 목표로 달려들었다. 나도 쥐를 쫓았다. 망할, 하필 쥐라니, 쥐라니, 쥐라니? 연두색이라도 쥐는 쥐잖아!

누군가 쥐를 잡으려는 순간 갑자기 쥐가 곰만큼 거대해졌다. 그 사람은 놀라서 딱 굳었고 쥐는 까르르 웃더니 다시 작아져서 도망쳤다. 쥐는 몸체를 부풀렸다가는 줄였고 나비고기 떼가 몰린 곳에 가면 보호색처럼 색을 바꿨다. 그래도 형태는 계속 쥐였다.

나는 쥐의 움직임을 파악했다. 얼핏 무작위로 움직이는 듯했지만 법칙이 있었다. 쥐는 협찬사의 로고가 있는 곳에서 정해진 시간만큼 모습을 드러내야 했다. 법칙을 간파한 나는 캐러멜라이징의 '러' 밑에 몸을 숨겼다가 쥐를 잡았다.

안타까운 탄식과 축하하는 박수가 울렸다. 최대 여덟 글자였다. 어떡하지? 뭐라고 써야 정준희가 움직일까?

나는 고양이 아바타로 레지나 앞에 섰다. 레지나가 환하게 웃으며 숫자를 세기 시작했다.

―문구를 입력하세요. 셋, 둘, 하나!

나는 문구를 썼다. 전광판에 글자가 떴다.

방울 숨바꼭질 뛰어!

처음엔 영문을 모르던 사람들 중 몇 명이 이 또한 일종의 이벤트라고 생각하고 일어나서 무작정 뛰기 시작했다. 그러자 다른 사람들도 덩달아 달렸다. 정작 뛰어야 하는 정준희는 뚫어져라 전광판만 보고 있었다.

정준희, 이 바보야, 뛰라니까!

무언가를 골똘히 생각하던 정준희가 기습적으로 날 잡아서 이동장에 엉덩이부터 밀어 넣었다. 그리고 루프탑 가장자리로 가서 아래를 내려다보며 상황을 살폈다.

뭐야, 갑자기 왜 똑똑하게 굴어?

난데없이 벌어진 상황을 알아서 합리화하는 인간답게, 정준희는 이걸 레지나 공연에서 준비한 깜짝 이벤트로 받아들인 눈치였다. 런닝맨은 초창기에는 다운로드로, 나중에는 스트리밍 서비스로 전 세계에서 인기를 끈 예능 프로그램인지라 지금까지도 패러디와 오마주가 이어지고 있으니, 그렇게 받아들일 수도 있다고 나도 정준희를 합리화했다.

"미션이 뭐지?"

정준희가 중얼거렸다. 런닝맨 방울 숨바꼭질은 공격팀과 수비팀으로 나뉘었다. 공격팀은 수비팀의 등에 붙은 이름표를 모두 떼면 이기고, 수비팀은 이름표가 떼어지기 전에 주어진 미션을 완수하면 이긴다. 정준희는 혼란스러운 얼굴로 고민했다. 그리고 내 이름을 기린으로 지은 인간답게, 당연히 자기가 수비팀이라고 생각했다.

아래에서 검은 양복을 입은 사람이 이동장을 가지고 움직이는 사람을 잡았다. 그리고 이동장 안에 든 동물을 확인했다. 강아지였다.

"널 지키는 게 미션인가 보다!"

검은 옷을 입은 자들이 이 카페로 다가오는 게 보였다. 예상보다 훨씬 빨리 들켰다. 내 장비를 썼다면 이렇게 쉽게 추적

당하지 않았을 텐데…. 제 아무리 뛰어난 패셔니스트라도 체형에 맞지 않는 남의 옷을 입고도 멋질 수는 없는 법이다. 젠장.

루프탑의 뒷문으로 내려온 정준희는 인적이 드문 골목길과 사람이 많은 대로변 중에서 고민했다. 대로변으로 가서 인파 속에 묻힐 것인가, 골목길로 가서 찾기 힘든 곳에 숨을 것인가. 정준희는 골목을 택했다. 하지만 골목길에도 검은 옷을 입은 사람들이 돌아다니고 있었다.

몇 안 되는 외출복이 엉망이 되는 것도 아랑곳하지 않고 정준희는 차 밑으로 기어 들어갔다. 검은 구두가 우리 코앞을 스치고 지나갔다. 숨어 있기에는 괜찮은 장소였지만 문제는 추위였다. 찬 바닥에 누워 있으니 한기가 정준희를 덮쳤다. 결국 오래 못 버티고 나왔다. 정준희의 유일한 패딩을 걸레로 만든 과거의 나, 아직까지 시간 여행이 불가능한 걸 다행으로 알고 살아라. 시간 여행이 가능해지는 날, 넌 내 손에 비 오는 날 먼지나게 맞는다.

주택가와 카페, 술집, 식당이 뒤섞인 골목은 한적한 곳이 이어지다가도 갑작스레 음악과 불빛이 나타나기를 반복했다. 정준희가 도망치는 동안 나도 놀지 않았다. 나는 내 안에 있는 추적 앱을 무효화했다. 그래도 바로 홍대를 벗어나는 건 무리니 놈들은 계속 이 근방에서 날 찾을 것이다.

할 수 있는 만큼은 해야 했다. 계속 백신 프로그램을 풀고, 백도어도 강화했다. 러시아 인형 마트료시카처럼 놈들은 지금

방화벽을 하나 뚫으면 또 나오고 뚫으면 또 나오는 모습에 환장하고 있을 것이다. 하지만 그것도 한계가 있었다. 안에 넣는 인형이 바깥에 있는 인형보다 클 수는 없는 것이다. 전 우주에서 내부가 바깥보다 큰 상자는 닥터의 파란 상자가 유일했다. 내가 만들 수 있는 방화벽은 이제 한두 개가 다였다.

레지나의 공연은 계속되고 있었다. 백신이 성공적으로 바이러스를 방어하고 있다는 뜻이었다. 와, 나 자신 대단해. 완성되지 못한 바이러스에 대항하기 위해 일부 어림짐작으로 만든 백신이 이 정도로 활약하고 있다니!

정준희가 트럭 뒤로 몸을 숨겼다. 골목 끝에 검은 양복을 입은 남자 두 명이 보였다. 둘은 자기들끼리 뭔가 이야기하느라 아슬아슬하게 정준희를 보지 못했다. 정준희는 바로 앞에 있던 카페로 들어갔다.

"사장님, 정말 죄송한데 잠깐 화장실 좀 쓸 수 있을까요?"

긴장한지라 식은땀을 줄줄 흘린 정준희의 모습을 오해한 카페 사장은 화장실 위치를 빠르게 가리켰다. 화장실에서 정준희는 짜릿한 환호를 질렀다.

"너 찾는 거면 좋겠다. 내가 끝까지 안 잡히면 이기는 거지. 근데 이거 언제까지 해야 하는 거지?"

정준희는 까치발을 하고 화장실 창문으로 바깥을 살폈다. 검은 옷을 입은 두 남자가 이 카페의 옆옆 식당에 들어가는 모습이 보였다. 하나씩 확인하려는 심산이었다.

"흠…."

화장실 문을 노크하는 소리가 들렸다. 정준희는 밖으로 나왔다. 카페에서 커트 머리의 여자가 어깨를 흔들며 손가락으로 피아노를 치는 시늉을 하고 있었다. 레지나 1집 수록곡의 안무였다.

"저기요. 정말 죄송한데요, 아무래도 저 같거든요?"

정준희가 여자에게 다짜고짜 말을 걸었다. 여자는 사이버 스페이스를 반투명하게 하고 정준희와 이동장을 보았다.

"안에 고양이예요? 고양이 찾는대요."

"진짜 고양이래요?"

"네. 이마에 치즈 깻잎 붙인 흰색 애요. 그런 고양이 데리고 다니던 사람이 엄청 꼼꼼히 검사를 받았다고 했어요."

"와, 그럼 기린 맞네요!"

"이름이 기린이예요? 진짜 잘 어울린다!"

…뭐라고?

"근데 지금 그 사람들이 가게를 하나씩 수색하고 있거든요. 지금 애가 든 가방이 너무 딱 봐도 이동장이라서…."

그 사람은 즉각 자기 백팩을 비웠다. 말이 통하는 것만도 신기한데 호흡마저 척척 맞아떨어졌다. 덕후들이란….

"애가 여기 얌전히 있을까요?"

"애 되게 똑똑해요."

정준희가 날 이동장에서 꺼냈다. 저 백팩에 들어가고 싶지 않았다. 아니야, 저거 아니야! 하지만 놈들은 코앞에 닥쳐 있었고 잠깐이라도 시간을 벌 유일한 방법이었다.

"여기 잠깐 계세요. 제가 이 이동장 들고 도망칠게요."

"와!"

이동장에 자기 물건을 넣어 무게감을 준 여자가 카페를 나가서 냅다 달리기 시작했다. 바로 옆 가게에서 나온 검은 옷을 입은 남자 둘이 여자를 쫓았다. 정준희는 그 사람들이 사라지기를 기다렸다가 반대쪽으로 발을 놀렸다.

반려동물 이동장 대신 백팩을 멘 정준희는 의기양양하게 기찻길로 향했다. 기찻길은 홍대에서 드물게 유아부터 노인까지 다양한 연령대의 사람들이 모이는 곳이었다. 유모차를 끄는 부부, 개를 데리고 산책하는 견주, 팔짱을 낀 연인들, 의자에 앉아서 고글을 끼고 레지나의 공연을 보는 이들까지 가지각색의 사람들이 있었다. 그래서 여길 택했겠지. 하아, 정준희야, 정준희야, 정준희야! 이 착하지만 많이 모자란 친구야! 키 190센티미터에 체중 100킬로그램의 거구가 자기 어깨로는 메지도 못할 앙증맞은 개나리색 백팩을 팔에 걸고 가는 게 눈에 안 띌 것 같아?

"어?"

이제 다 됐다며 마음 푹 놓고 앉아서 레지나 공연을 볼 적당한 곳을 물색하던 정준희가 이상한 낌새를 알아챘다. 기찻길 곳곳에서 검은 옷을 입은 사람들이 숨어 있던 장소에서 나와

적을 포위하는 게릴라들처럼 정준희 쪽으로 다가왔다.

"어, 어?"

짜릿한 흥분에 젖었던 정준희의 몸에서 오소소 소름이 돋았다. 놀이라기에는 검은 옷을 입은 자들의 기세가 지나치게 흉흉했다.

"이거 왜 이래?"

주변에서 레지나의 공연을 보던 사람들이 웅성거리기 시작했다. 나는 방화벽을 확인했다. 내 마지막 방화벽이 녹아내리며 바깥에 있는 노란 눈의 추적자가 비치기 시작했다.

"가방 좀 보죠."

정준희의 코앞에 온 검은 양복 남자가 말했다.

"왜 이러세요?"

"안에 고양이 있잖아."

"없거든요?"

검은 양복 사내가 정준희의 손에 묶인 하네스와 그 줄이 연결된 가방을 보며 코웃음쳤다.

"그거 네 고양이 아니지?"

검은 양복 사내가 더 몰려와서 정준희를 둥글게 에워쌌다. 동시에 내 마지막 방화벽도 뚫렸다.

"말로 해서 안 듣겠다면…."

"저거 뭐야?"

"플라타가 뭘 어쨌다고?"

절체절명의 순간 주변이 시끄러워졌다. 검은 양복 사내들이 플라타라는 말에 소란의 진원지로 눈을 돌렸다. 기찻길 곳곳에 있는 광고용 전광판에서 괴이쩍은 홀로그램이 쏟아지고 있었다.

플라타는 레지나 공연에 대한 공격을 즉각 중단하라!

긴급 속보! 플라타, 레지나 공연에 바이러스 공격 감행!

검은 양복을 입은 악당들, 백신 살포자에게 물리적 공격 중!

고양이를 보호하라!

레지나 사랑해요! 플라타 꺼져!

기찻길에 있던 사람들의 시선이 일제히 정준희와 정준희를 에워싼, 누가 봐도 수상한 검은 양복의 사내들에게 가 꽂혔다. 그리고 내 방화벽을 공격하던 눈동자들이 정지했다. 무슨 상황인지는 모르겠으나 이 기회를 놓치면 안 된다는 본능에 이끌려, 마치 정지한 사람들 틈에서 혼자 움직이는 영화 속 인물처럼 눈동자들을 피해서 레지나의 회선을 나왔다.

정준희는 나와 가방을 끌어안고 주변 사람들에게 도와 달라는 뜻을 담아 절박하게 소리쳤다.

"내 고양인데, 가방 안에 얌전히 있는데, 하네스도 했는데, 나랑 기린에게 왜들 이래요?"

주변에 있던 사람들이 조심스레 우리 쪽으로 다가왔다.

"임자가 있는 고양이인데 이 사람이 훔쳐간 겁니다."

검은 양복 사내 중 한 사람이 당당하게 말했다. 그러더니 내 고양이 사진을 허공에 띄웠다.

"주인님께서 애타게 찾고 계시다. 가자."

다른 검은 양복 사내가 가방끈에 손을 댄 순간 정준희가 가방을 앞으로 해서 날 힘껏 끌어안았다. 그리고 아까보다 더 큰 소리로 외쳤다.

"임자 있는 고양이가 왜 귀 커팅이 되어 있어요?"

"뭐?"

"길고양이니까 귀 커팅한 거잖아요. 얘 수술한 병원은 어디에요? 대봐요!"

정준희는 가방 지퍼를 열고 내 얼굴을 꺼내 커팅된 귀를 보였다.

"길고양이였어요. 영양실조에 허피스에 신장도 하나 망가져서 진짜 상태 안 좋았다고요! 제가 데리고 갔던 병원에 전화해서 확인시킬 수 있거든요? 혹시 당신들 길고양이 잡아다가 이상한 실험하는 사람들이에요?"

마지막 말에 허를 찔린 듯 찔리지 않은 듯 검은 양복 사내들이 주춤했다. 사람들이 우리 모습을 녹화하기 시작했다. 이어 검은 양복 사내들이 멈칫하는 게 통신이 온 눈치였다. 통신을 마친 검은 양복 사내들이 빠르게 흩어졌다.

정준희는 나를 소중하게 끌어안고 집으로 돌아갔다. 비싸게 주고 산 공연 후반은 보지 못했다.

이후 플라타와 캐러멜라이징, 잠시 화소가 깨졌던 레지나 공연에 대한 온갖 루머가 떠돌았다. 내가 정리한 상황은 이러했다.

납치된 후 다른 궁리를 했던 사람이 나만이 아니었던 것이다. 나는 백신을 만들었다면 다른 사람은 바이러스 자체를 무력화하는 방법을 궁리했다. 레지나 공연에 바이러스를 심으려고 외부와 연결하기 무섭게 그 사람은 새도앱에 있는 친구들에게 도움을 청했다. 쳇, 내 백신 덕분만이 아니었다.

잡혀 갔던 해커들은 모두 무사히 풀려났으나 다들 임시 고용이었다는 데 합의하고 아무도 플라타를 고소하지 않았다. 합의금이 엄청났던 모양이었다. 나만 합의금을 받지 못했다. 나와 합의하려면 내 육체를 죽였다는 걸 플라타에서 인정해야 했기 때문이었다. 살인은 합의로 끝날 수 없었다.

나는 플라타를 신고하지 못했다. 내 시체는 이미 소각되었고 어디에도 증거가 없었다. 신고해봐야 시간과 돈만 잡아먹지 승산 없는 싸움이었다.

플라타는 레지나 공연을 공격한 적 없다고 반박하며 악성 루머를 퍼뜨리는 사람들은 다 고소하겠다고 으름장을 놓았다. 캐러멜라이징이 플라타와 물밑 합의를 봤다는 소문이 퍼졌다. 플라타에서 캐러멜라이징에게 거액의 배상금을 지급하고 개인 인식코드 시장에서 아예 빠지는 게 조건이라고 했다.

내 34평형 아파트와 배양 육체 제작비는 레지나에게서 나왔다. 쥐 한 마리에 걸린 상금이 그렇게 어마어마했을 줄 미처 몰랐다. 어쩐지 다들 눈에 불을 켜고 달려들더라니. 지난 세기의 로또 같은 거였다.

캐러멜라이징은 내 공로를 인정하지 않았다. 대기업이란 다 그놈이 그놈인 것이다. 내가 백신을 살포했다는 걸 인정하는 건 바이러스 공격을 외부의 도움으로 해결했다는, 자기들의 무능을 공포하는 것과 다를 바 없었다.

나는 아파트에 내 장비를 가져다 놓고 플라타를 해킹해서 바이러스를 풀었다. 캐러멜라이징을 해킹하려고 했을 때에 비하면 식은 죽 먹기였다. 연구소에서 지낸 덕에 그놈들 내부 회선에 대해서는 빠삭했다. 아무도 시키지 않았는데 다른 해커들도 가담했다. 그러게 겁도 없이 레지나를 건드려. 덕후들 무서운 줄 알아야지.

플라타의 주가가 가파른 절벽처럼 곤두박질치는 모습을 즐거운 마음으로 감상하는 중에 레지나 제작사에서 나를 방화벽 부서로 스카우트하고 싶다고 연락했다. 나는 고액의 연봉과 재택근무, 근무시간 탄력제를 조건으로 수락했다.

그리고 정준희와 함께 레지나 제작사에서 소개해준 배양 육체 제작사로 갔다. 예전의 나였다면 상상도 못할 정도로 비싼 값이었으나 누구나 눈 돌아갈 만큼 환상적인 몸을 만들어주는 곳이었다.

나를 담당한 매니저가 특별히 준비한 샘플이라며 홀로그램을 띄웠다. 키 188센티미터에 78킬로그램, 잔 근육으로 도배

된 몸이었다. 얼굴은 취향대로 고르라며 꽃미남부터 상남자까지 다양한 모델을 제시했다.

"이 몸에는 3번 얼굴이 제일 잘 어울립니다. 어떠십니까?"

매니저가 감탄과 칭찬을 기대하며 날 보았다. 나는 음성합성기를 작동했다.

"저, 시스 젠더입니다."

나는 이를 악물듯 말했지만 음성합성기는 미세한 감정까지 전달하지는 못했다. 어리둥절해진 매니저가 나와 정준희를 번갈아 보았다. 정준희가 자기도 무슨 소리인지 모른다는 얼굴로 눈을 끔뻑였다.

"아, 여자분이셨어요?"

뒤늦게 알아챈 매니저가 물었다.

"네."

화가 나서 귀를 뒤로 젖힌 내가 대답했다.

"너 여자였어?"

"김현진이 어디가 남자 이름으로 보여?"

주민등록번호에서 성별에 따른 숫자가 사라진지라 이름만으로 성별을 추측해야 했다.

"류현진도 남자잖아!"

정준희는 여러 번 돌려본 런닝맨의 초능력 야구가 생각났다. 그래, 류현진, 지난 세기 야구 선수, 남자였지.

"아무튼 나 여자라고!"

"죄송합니다, 여자 모델로 다시 준비하겠습니다."

매니저가 빠르게 사과하며 급히 여자 모델을 준비하기 시작했다. 정준희가 미안한 몸짓으로 부풀어 오른 내 털을 쓰다듬어 가라앉혔다. 후, 그래, 오해할 수도 있지. 기왕 배양 육체로 가는 거, 꿈꾸던 몸매와 얼굴로 살아볼까?

"저기 있잖아."

정준희가 내 눈치를 살피며 조심스레 입을 열었다.

"응?"

"기린, 그러니까 네 몸 말이야. 네가 몸을 받고 나면 장례 치러줘도 될까?"

"그러든지."

나는 쌀쌀맞게 말하며 고개를 돌렸다. 유리창에 흰색을 바탕으로 이마와 등, 꼬리에 노란 줄무늬가 있는 고양이가 비쳤다.

놈들은 나와 고양이를 뒷좌석에 대충 던져 두었다. 흔들리는 차 안에서 고양이와 눈이 마주쳤다. 본능이었을까? 고양이는 꼼짝 못하는 내가 자신과 같은 처지인 걸 인지한 듯했다. 고양이의 눈이 너는 이게 무슨 일인지 아느냐고 묻는 것 같았다.

여긴 어디야? 앞으로 어떻게 되는 거야?

피차 음성 언어가 통하지 않기에 오히려 더 실체를 가지고 와 닿던 작은 고양이의 혼란과 공포, 같은 포로였기에 아무것도 해줄 수 없던 나 자신…. 나는 그 순간을 영원히 잊지 못할 것이다.

이 고양이가 아팠던 건 누구의 잘못도 아니다. 하지만 아픈 고양이라 쉽게 잡았다고, 딱 알맞은 타이밍에 죽어서 다행이라는 놈들의 손에서 극한의 두려움에 함몰된 채 죽어서는 안 되었다. 고양이 몸에 날 넣은 뒤 집중 치료를 하자 회복된 걸로 보아 살 기회가 있던 생명이었다. 고작 한 살이었다.

고양이 몸에서 깨어난 뒤 거울을 보며 말했다.

반드시 복수해줄게.

내가 외형을 고르자 매니저가 제작 기간은 1년 반이고 적응 훈련도 2~3년은 걸린다고 했다. 1년 6개월을 고양이 몸으로 더 살고 이후 적응 훈련을 할 동안 내 일상을 도와줄 사람이 필요했다. 그래서 정준희를 입주 집사로 고용했다.

개나리색 백팩 여자, 최수민이 종종 놀러 와서 내게 습식을 만들어주었다. 맵고, 짜고, 단 거 먹고 싶다고! 고양이 몸에는 그런 거 넣으면 안 된다니, 원통하다.

정준희와 최수민이 창가에 있는 티테이블에 앉아서 커피를 마시며 풍경을 감상하는 모습이 눈에 들어왔다.

"습식은 핑계고 정준희랑 한강이 내려다보이는 곳에서 공짜 커피 마시러 오는 거잖아. 데이트는 카페에서 하지?"

내 말에 최수민이 정준희의 소매를 걷었다. 내가 할퀴어 놓은 자국이 아직 남아 있었다.

"그러니까 너, 얘가 너 치료시키려고 데려온 거 알았으면서도 이렇게 긁어 놨다는 거지?"

"출출하지 않아? 피자 시켜줄까?"

내가 잽싸게 태세를 전환하자 최수민이 피식 실소를 흘렸다.

소변이 마려워 화장실로 갔다. 발판과 작은 시트를 놓고, 고양이 발로도 편하게 물을 내릴 수 있는 손잡이를 단 변기가 있었다. 다른 이가 보지 못하는 곳에서 내가 싼 똥 내가 물 내려서 치운다는 게 인간의 존엄성에 얼마나 큰 영향을 미치는지 뼈저리게 느꼈다.

해피엔딩이다. 일단은.

부드럽고 향기로운 것

박하루

CYBERPUNK
SEOUL
2123

하늘 높은 줄 모르고 으스대던 옛 주상복합 오피스텔 건물도 지금은 겉보기에만 번지르르한 슬럼가가 되어 있었다. 아니, 표현을 달리해야 할지 모르겠다. 그곳은 멀리서 봤을 때만 그래 보였으니까. 실제로 그 안은 여기저기 썩고 얼룩진 카페트, 연탄재처럼 굴러다니는 담뱃재와 꽁초, 점멸하는 전등, 누가 언제 치울지 기약 없는 옛 미국 대통령의 액자와 사인으로 인해 마치 폐허를 방불케 했다.

그렇지만 그곳도 엄연히 사람들이 사는 곳이었다. 온갖 기발한 방법으로 뜯어고쳐진 현관문 안에는 제각기 다른 방식으로 방의 소유권을 주장하는 사람들이 살고 있었다. 엄연히 불법이었지만 누구도 트집 잡을 생각을 하지 못했다. 왜냐하면 세상에는 그것 말고도 골치 아픈 일이 많기 때문이었다.

탐정 사무소는 그 건물 꼭대기층에 있었다.

"이런 곳으로 직접 행차하라니, 아주 상전 납셨구먼."

국회의원 최 씨는 투덜대며 방 안으로 들어섰다. 비서관 한 명, 경호원 한 명과 함께였다. 매캐한 냄새에 콧잔등을 찡그리던 그는 그곳의 은은한 오디오 소리와 디퓨저 향기, 그리고 그 사이로 새어나오는 음식 냄새에 가로막히듯 멈칫했다.

묘한 취향의 방이었다. 한쪽 벽면은 책꽂이가 가득 채웠고, 반대쪽 구석에는 골동품인지 에이징 처리된 모조품인지 모를 고풍스런 투정갑과 투구가 진열돼 있었으며, 마티스의 그림과 이런저런 흑백 사진, 사람 키만 한 거울이 벽에 붙어 있었고 그 앞에 크고 작은 분재가 놓여 있었다. 가운데 창문 바로 밑으로는 시장실에서 본 것보다도 커다란 책상이 방의 이런저런 장식물 사이에서 균형을 맞춰주고 있었다.

탐정은 거기에 앉아서 식사 중이었다. 등으로 쏟아지는 역광에 그의 모습은 커다란 그림자처럼 보였다.

"약속 시간은 두 시였을 텐데?"

그가 말했다. 낮고 무거운 음성이었다.

"시간이 안 된다고 했잖습니까. 약속 시간보다 일찍 왔으니…."

"그래서 나더러 밥 먹다 말고 일어나 모시기라도 하란 말인가? 의원 나리."

최 씨는 움찔거렸지만 당황한 기색을 애써 감추었다. 어쨌든 밥을 먹는 중이잖은가. 벌써 한 시를 훌쩍 넘긴 시각이었지만.

"그럴 건 없고, 시간이 없으니 먹으면서 들으시오. 나라의 중요한 물건이 사라졌소. 미등록자가 우연히 거기 접근했다가 슬쩍해 도망쳤는데 그자가 용산으로 숨어들었다는 정황이 있었고. 그래서…."

"여기 용산에서는 매해 100명 이상의 아동이 실종된다는 것을 아나?"

탐정은 말했다.

"아니, 도망친 사람은 성인 남성으로…."

"수사도 이뤄지지 않고 단지 실종자의 부모만 마르고 닳을 때까지 속 태우는 일이지."

"아… 그럴 리가 없소. 여기 대한민국은 법치 국가이고 그런 사건은 있을 수가…."

탐정은 나이프와 포크를 내려놓았다. 와인을 병째로 벌컥벌컥 들이켜고는 입가에 흐르는 붉은 액체를 티슈로 닦는다. 그러고는 스르륵 일어났다. 그의 덩치가 창문을 더 가려 방 안 전체에 그늘이 지고 말았다. 키는 한 190 정도 될까. 최 씨도 작은 편이 아니었지만 그를 보려면 고개를 위로 젖혀야만 했다. 탐정은 책상에서 성큼성큼 돌아 나왔다. 가까이 선 그는 더욱 위압적이었다. 목덜미에서 어깨, 팔뚝이 마치 통나무처럼 느껴졌다.

탐정은 책상에 걸터앉고는 말했다.

"이게 별미거든. 부드럽고, 묘한 향기가 나고. 오직 용산에서만 구할 수 있는 거지."

최 씨는 책상 위에 놓인 접시를 힐끗 보았다. 그의 얼굴이 파리하게 질려 갔다.

"아, 아니, 그게 무슨 소리…."

"입 벌려."

"네?"

순간, 탐정은 나이프 끝에 꿰인 스테이크 조각을 멍하니 있던 최 씨의 입에 쑤셔 넣었다. 너무나도 신속한 동작이어서 경호원은 품속에 손을 집어넣는 데까지밖에 움직일 수 없었다.

"씹어. 목구멍 꿰뚫리고 싶지 않으면."

최 씨는 경호원을 향해 손바닥을 펼쳤고 경호원은 천천히 총을 꺼냈지만 섣불리 움직이지 않았다. 그는 바들바들 떨면서 입안에 들어온 고기를 조심스레 씹었다. 이가 나이프에 부딪혀서 편히 먹을 수 없었다.

탐정은 천천히 국회의원의 입안에서 나이프를 빼냈다.

"뭐, 뭡니까. 내가 머, 먹은 게…."

"국회의원이 이런 곳까지 행차한 이유가 뭐지?"

"내가 뭘 먹은 겁니까!"

"용건이 없나?"

최 씨는 부들부들 떨며 천천히 보좌관을 돌아보고는 잠시 바닥을 내려다보다가 말했다.

"애, 얘기 중이었잖습니까. 한 남자가 용산에 숨어들었고…."

"말귀를 못 알아듣는군. 의원 나리가 이곳을 찾아야 할 정도로 중요한 물건이 뭐냐고 묻는 것이잖은가."

"아…."

한 발 늦게 이해한 척했지만 뻔한 능청이었다. 그것이 무엇인지는 일절 발설하지 않기로 미리 정해진 일이었다.

"말할 수 없습니다. 하지만 뭐가 됐든 중요한 게 아니잖습니까. 보상은 충분히 해주겠습니다. 하지만 그것에 대해선 묻지 않는 것이 조건입니다. 맥거핀이라고 생각해주시면. 어떤 물건을 찾든, 무엇을 전달하든, 누구를 쫓든 알 필요는…."

"거론할 수 없을 만큼 중요한 물건인가 보군. 그거야 찾고 나면 알게 될지도 모르지."

"그건 어쩔 수 없겠지만…."

"들키기는 싫지만 남의 손을 타도 비밀이 샐 가능성은 없는 물건이란 말인가?"

"아니, 그게…."

"상관없겠지. 그래. 그 도둑이 용산에 있다는 근거는?"

탐정은 멋대로 일을 진행했다.

"아, 미등록자가 숨어 살 곳은 그리 많지 않다는 것을 알잖습니까. 수감자들을 족쳐서 아는 사람을 찾아냈는데…."

"어지간한 방법으론 안 될 텐데. 전수조사라도 했나? 죄수 중 미등록자 출신을 하나하나 면담해서?"

"그, 그렇게까진…."

"스케일을 알겠군. 계속해."

"네…."

최 씨는 점점 구석에 몰리는 것 같았다. 말투도 어느새 공손해져 있었다. 이런 것은, 정말 예상 밖이었다.

"그래서 그자의 출신을 알아냈다, 합니다. 거기가 어디냐 하면 바로 국제업무지구… 이올시다."

순간 탐정의 눈빛이 매섭게 바뀌었다.

"난 용산의 모든 일을 해결하지. 가출 청소년 찾는 일부터 국제 마피아 조직 보스의 엉덩이 사진을 찍어 오는 것까지. 하지만 딱 하나 맡지 않는 일이 있어. 바로 그곳에 관한 일이야."

"드, 들었습니다. 하지만 탐정께서는 이 분야 최고라 명성이 자자하시고 이 일은 국가적으로 매우 시급한 일로…."

"지역구 국회의원이 총대를 멜 정도의 일이고 이렇게 몸소 행차하셨으니 감안해 달라? 사람 우습게 보는군."

"아니, 그게 아니고…."

"비용은? 특활비에서 나가나?"

"그게…."

"내놔봐."

"네?"

"수표라도 준비해 왔을 것 아닌가."

"아, 네. 뭐 하고 있어?"

최 씨는 괜히 비서관을 닦달하고 비서관은 가방 속에서 서

류봉투를 꺼내 건넨다. 그 안에는 임무에 대한 브리핑과 지금까지 알아낸 대략적인 정보 등도 들어 있었다.

"준비한 것은 이만큼이고, 역시 출처를 묻지 않는 것을 조건으로…."

"세 배."

"네?"

"적은 거 세 배. 그곳에 들어가는 일이니 그 정도 성의는 보여야겠지?"

"아, 아니, 일단 금액을 보시면…."

"보면? 그러면 액수가 변하기라도 하나?"

"그게…."

"자료랑 놓고 어서 그 번지르르한 얼굴 치워버리시지. 난 정치인만 보면 구역질이 나니까."

국회의원 최 씨는 짓눌린 얼굴로 고개를 천천히 끄덕였다.

"그, 그런데, 뭐였습니까? 먹던 거…."

굴욕감을 곱씹으며 돌아나가던 최 씨는 말했다. 탐정은 처음으로 씩 하니 미소를 보이며 말했다.

"글쎄."

복도로 나온 최 씨는 제 기능을 하지 않는 소화전을 걷어차며 말했다.

"제기랄! 아주 사람 갖고 놀고 있어! 덩치는 산만 한 년이…."

"모, 목소리… 아직 들릴지도 모릅니다."

보좌관이 옆에서 속삭였다.

"들리면 뭐 어때!"

"하지만 그분을 찾지 못하면 정말로 끝장입니다. 그게 어느 날 우연히 발견돼 공개되기라도 하면…."

"그렇다고 저년이 찾을 수 있다는 보장도 없잖아?"

"그래도 정보에 따르면 서울에서 가장 유능한 탐정이라고 하니…."

보좌관은 닫힌 문에 적힌 명패를 보며 말했다. 아무런 전자적 장치도 없는 금속 재질 명패였다. 탐정 파사이. 오직 자신의 이름만으로 영업하는 자였다.

최 씨는 듣기 싫다는 듯 씩씩대며 앞서 나가기 시작했다.

"와, 누님이 너구리굴에요? 이거 참 별일이네요."

정보상 까오는 인공 동공의 초점을 맞추며 말했다. 기계식 동공은 늘 시신경과의 동기화 문제가 있었고 그래서 활동적인 일에는 적합하지 않았다. 대신 그는 구 전자상가 가장 깊은 곳에서 한 발짝도 움직이지 않으며 용산을 가로지르는 전자적이거나 비전자적인 정보를 유통했다.

"거기 일엔 관여하지 않겠다는 게 원칙 아니었어요?"

"그냥 하는 말이지."

파사이는 말했다.

"거기 아니라도 일거리는 많고. 단가가 안 맞잖아. 성가신 정도에 비해서."

"헤. 그래서 이번엔 크게 지르는 분들이라 받은 거로군요."

"개인적으로 궁금하기도 하고."

"그, 맥거핀이라는?"

"어이없는 농담을 하더군. 당연히 켕기는 게 있다는 말인데, 아마 정치권의 스캔들 같은 거겠지. 사생아라든가 숨기고 싶은 성적 취향이라든가."

"그렇지만 요즘엔 어지간한 스캔들로는 조약돌만 한 파문도 일으키지 못하잖아요. 전에 그, 뭐더라? 총리가 물고기 성애자라고 했었죠?"

"정확히는 살아 있는 잉어의 입을 좋아했었지. 이번 일은 적어도 그것보다는 민감하다는 말이겠지."

"꽤 받으셨나 봐요? 조수는 안 쓰신다면서."

"그래도 거기 들어가는데, 지도를 보고 백업을 해줄 수 없나 해서. 지금까지 왜 거길 피했겠어. 소문 같은 건 나도 많이 듣고 있으니까."

"헛소문도 많지만, 소문 이상인 것들도 있죠. 잘 찾아왔어요. 그런데 저로는 부족할 거예요. 실제 가이드가 필요해요. 초보자한텐 지도만 봐서는 무리예요."

"어째서지? 맵이 부정확한가?"

"위성과 초음파 모델링으로 만든 맵이 부정확하진 않은데요, 너무 복잡하다고요. 낯선 나라에서 맵을 보며 어리둥절하게 서 있는 관광객처럼 되고 말걸요? 무엇보다 어디로 가서 무엇을 물어야 하는지 알 수 없잖아요. 지나가던 아무나 붙잡고 물어볼 순 없으니까요."

"그래서, 적당한 사람이 있나?"

"당연하죠. 이 일만 10년째 하고 있는 영감이 있어요."

"뭐? 그 소굴 가이드를? 관광객이라도 받는 건가?"

"그렇죠 뭐. 그 안에서 유통되는 약물 같은 것도 있고, 연구자가 찾기도 하고, 가장 빈번하게는 역시 외부에서 자생적으로 생겨난 신도들이죠."

"신도라면 역시."

"네. 지금 그 안을 장악하고 있는 그 종교 말이에요. 최근 전쟁이 일어났거든요. 무슨 재림파라던가? 전 잘 모르는데 교리 해석을 놓고 몇 개 파벌이 있어요. 그런데 이게 안에서의 상황에 따라 외부 신도들도 영향을 받는 모양이에요. 정세가 급변하면 찾아오는 거죠. 이 부분은 영감한테 들으세요. 저는 아무래도 이쪽은 전문이 아니니까요."

"그 영감은 어딜 가야 만날 수 있지?"

"정말 성질도 급하다니까. 저한테는 그렇게 안 보채도 우리 집 그릇 수까지 죄다 말해줄 수 있다니까요."

"잡소리는 그만하고."

"네에, 네에. 여기로 가면 돼요. 제가 미리 연락해 놓을게요."

하면서 까오는 종이 한 장을 건넸다. 움직이는 것은 확장형 기계 팔이었다. 파사이의 장갑 낀 손이 그것을 받아들었다. 거기에는 전자상가 안에서만 통용되는 암호화된 좌표가 적혀 있었다.

"아, 단말 통신은 계속 열어 놓을 거죠? 통신이 차단되는 구역이 있을 거예요. 만일의 사태 때는 통신이 통하는 위치까지 재빨리 도망쳐야 한다고요."

"그거 귀찮은데. 차단 범위는? 구역 전체인가?"

"아뇨. 그 종교 시설만이에요. 제가 알기론 그래요. 제가 계속 모니터링할게요. 통신이 오래 끊어진다면 그 시설에 오래 머문다는 말이니까 만반의 준비를 해놓을게요. 그리고 위험해지면 연결되는 위치까지 도망치세요."

"의뢰는 타깃을 잡아다 바치는 게 아니라 소재를 확보하고 위치를 지속적으로 파악하는 것이니까, 위험해지면 내가 준 연락처로 알려줘."

파사이는 까오에게 번호 하나를 전송했다.

"의뢰인 연락처인가요? 이야, 제가 거물 정치인의 개인 번호를 알게 됐네요."

"팁이야."

"그럼 추가 서비스는 무료로 해드리겠습니다. 안심하고 갔다오십쇼!"

파사이는 트렌치코트를 휘날리며 방을 떠났다. 문이 닫히고 모듈로 이뤄진 방은 위치를 옮기기 시작했다. 파사이는 좌표를 가만히 살폈다. 모듈 방이라면 호출만 하면 바로 지금 자리로 대령할 수 있었다. 하지만 그 좌표는 고정 방을 말하고 있었다. 매일매일 갱신되는 대조 코드로 암호화되는 좌표였다. 이 좌표 체계는 전자상가 내부인들만 공유하기 때문에 보통은 좌표를 받고 별도의 안내인을 찾아 수수료를 내고 접근할 수 있다. 당연히 안내인을 거치면 당사자에게는 먼저 신호가 전달된다. 처음 접근하는 사람이 아무런 기척을 남기지 않는 방법은 없다는 뜻이다.

전자상가에 이런저런 종류의 브로커가 횡행하는 이유도 여기에 있다. 탐정도 말하자면 일종의 브로커였다. 파사이는 종종 세상이 너무 복잡하게 꼬여버렸다는 생각을 하곤 했다. 한두 가지 지식이나 기술을 이용해 한두 가지 안정적인 직종에 종사하는 시대가 저문 지 오래이다. 이제는 부모가 자식에게, 학교가 학생에게 살아가는 방법을 가르쳐주지 않았다. 그럴 수 없었다. 역설적으로, 그래서 수만 가지의 생존법이 개발되고 있었다.

서울에서 가장 유능한 탐정인 파사이에게 방을 찾는 것은 쉬운 일이었다.

전자상가는 20세기 말엽, 몇 개의 야트막한 상가 건물이 오밀조밀 모이며 시작되었다. 그곳은 전자기기의 유통으로 수십 년간 번영을 이뤘지만 정작 '가게에 방문하여 구경하고 물건을 만져보고 돈을 지불하여 구입한다'는 쇼핑의 가장 오래된 원칙은 일찌감치 무너져버렸다. 대신 그곳은 끝없는 확장과 증축으로 점점 하나의 복잡한 구조체로 발전해 갔다. 물건만 오가고 찾는 사람은 없기 때문에 그곳 사람들은 외부와 큰 상관이 없는 자신만의 규칙을 점차 정립해 나갔다. 그 결과가 지금의 모습이었다. 이제는 그 누구도 전체의 모습을 알지 못했고 누구도 그곳의 생태를 정확하게 이해하지 못했다. 단지 전자 제품을 주문하면 그곳 어딘가에서 물건이 출발해 전국으로 배송된다는 전통만이 굳건하게 유지될 뿐이었다.

노인의 방은 구 전자랜드 건물에 있었다. 물건을 유통하는 상인이 아니기 때문에 그의 방은 생활 공간에 더 가까웠다. 노인은 가운을 입고 안락의자에 앉은 채로 파사이를 기다리고 있었다. 짧게 깎은 회색 머리가 구레나룻과 수염으로 이어져 있는 남자였다. 입에 시거를 문 그의 표정은 나른해 보였고 세상사에 초연해 보였다. 이름은 박수만이라고 했다.

"드디어 만나는구먼."

파사이는 어깨를 으쓱했다.

"그 콧대 높은 탐정께서 너굴 시티에는 무슨 일이신가."

"평범한 먹고사니즘이죠. 어르신의 명성은 익히 들었습니다."

"어르신이라니. 나도 이제 대뜸 그런 소리를 들을 때가 됐나."

"원하는 게 있으면 불러드리지요."

"오빠는 어떤가."

"좋죠. 가격은 한 번에 총알 하나씩입니다."

수만은 시거를 문 채로 껄껄 웃었다.

"거 마음에 드는구먼. 그래, 거기에서 가보고 싶은 곳은?"

"사람을 찾고 있습니다. 너굴 시티 출신 미등록인이고 종교 집단 관계자인 듯합니다."

"바깥에서 문제를 일으켰다가 숨어들었다면 성모교겠군. 다른 교파는 시끄러운 일을 벌일 만큼 규모가 크지 않으니까."

"그쪽이랑은 저도 되도록이면 엮이고 싶지 않지만 일은 일이니까요. 하지만 그런 쪽이랑은 별로 접해본 적이 없어서 배경지식이 조금 필요합니다."

"그런 역사적 문화적 배경을 설명해주는 것도 가이드의 일이지. 앉아 있게. 차나 커피라도 하겠나?"

파사이는 커피를 말했고 수만은 시거를 내려놓고서 방으로 들어가 옷을 갈아입은 뒤 쟁반을 들고 나왔다. 자기로 만들어진 커피잔에 에스프레소가 담겨 있었고 세트로 맞춰진 물주전자도 함께였다. 파사이는 잔을 들었다.

"알다시피 거대 종교 교단의 힘이 점점 약해지면서 오히려 사이비가 판을 치기 시작했지. 대부분 한몫 챙기려는 장사꾼들이었지만 의외로 자생적으로 생겨난 신앙을 규합해 만들어진 집단도 있었어. 그게 성모교라는 종교였지."

"자생적으로? 그 성모라는 게 옛날 대통령이라는 건 들었는데."

파사이는 미니어처 같은 커피잔을 든 채로 말했다.

"파면돼 감옥에 간 대통령이지. 거기까지는 잘 몰라. 그렇지만 그 아버지가 스트롱맨이었고 반인반신이라는 소리를 듣고 있었기 때문에 자연스레 그 딸도 신격을 얻었던 거겠지. 하여튼 그자는 비리를 저질러 임기 도중 감옥에 갔지만 지지자들은 여전히 열정적으로 숭배했어. 그런데 어느 날 쥐도 새도 모르게 사라지고 만 거야."

"감옥 안에서?"

"아니. 그때는 건강상의 이유로 특별사면된 상태였어. 사라질 이유가 없었지. 그 자신은 정치적인 파산 상태였고 앞으로 쥐 죽은 듯이 여생을 보내는 것만 남아 있었으니. 성모교는 그때 억울하다 뭐다 하며 규합한 추종자들로부터 시작된 거야. 그뒤로 그자는 역사 속에서 단 한 번도 등장하지 않았지만 그 바람에 추종자들은 점점 이상해져 갔지. 지금 교리는 성모가 언젠가는 재림해 썩어빠진 세상을 정화할 것이며 그때를 대비해야 한다는 흔하고 시시껄렁한 것이야."

"이해됩니다. 흔한 패턴이죠."

"문제는 그 교리를 지탱하는 심볼이야. 이 집단은 그 심볼을 중심으로 모이고 있어."

"십자가 같은?"

"그래. 그보다는 예수의 수의, 부처의 진신사리 같은 거랄까. 십자가는 말 그대로 심볼이라 적당한 권위의 조직만 있으면 되지만 이 집단은 좀 달라. 그들은 성유물이라고 불리는 어떤 것에 집착하지."

"성모의 성유물?"

"내가 보기엔 그냥 사리 개념 같은데. 성모의 육신이 화한 성유물이 몇 개가 있고 그것이 있는 곳만이 성소가 될 수 있다고 하더군."

"아하. 그래서 그 집단이 그곳에 모여 있는 거로군요."

"그래. 지구 바깥에도 성유물이 몇 개 흩어져 있다고는 하는데 가장 중요한 다섯 개의 성유물이 전부 이 안에 있어. 조직의 폐쇄성이 지구의 폐쇄성과 결합한 거지."

"뭔가 감이 오는군요. 제가 찾는 사람이 뭔가를 훔쳤는데 정부에서는 찾아야 하는 물건이 무엇인지 숨기려 하더군요. 그 사람이 성모교 신도고 너굴 시티 출신이라고 하면, 속단하긴 이르지만 관련된 물건일 가능성이."

"그런 그림이 그려지는군. 진실이야 알 바 아니지만, 의견을 말해보자면 없어진 게 성유물은 아닐 거라 보네. 정부가 대체 왜 그런 물건을 신경 쓰겠나?"

"모르죠. 정부가 그 종교와 관련이 있을지. 지금은 누가 어느 자리에 오르는지 알 수 없는 시대잖아요. 이제 정치인은 신분이 되었고 민주주의는 허울만 남았죠. 이제 사람들은 대통령이 누구인지도 몰라요."

"끌끌. 그렇긴 하지. 그래서 어디로 데려다주면 되겠나? 다섯 성소를 하나하나 견학해보겠나?"

"그래야겠죠."

에스프레소를 마저 입에 털어 넣은 파사이는 커피 잔을 내려놓고는 말했다.

"사진이 있으니 적당히 들쑤시면 뭐라도 나오겠죠."

"그래. 오늘 바로 시작해야겠지?"

두 사람은 자리에서 일어났다.

국제업무지구까지는 걸어서 5분도 걸리지 않았다. 그 근방까지의 거리를 말하는 것이었다. 그곳은 높다란 벽으로 둘러싸여 있었고 무질서한 창문과 문이 빼곡하게 들어차 외관을 이루고 있었다. 사실 그것은 벽이 아니었다. 안에서 무한정하게 증축해 나간 거주 구역이 공간의 한계 지점까지 들어차버린 것이었다.

증축으로 원래 별개였던 건물이 이어지고 확장되는 것은 바로 옆에 있는 전자상가도 마찬가지였다. 이곳, 근방에서 너굴 시티로 통용되는 이 지구가 다른 점은 위쪽으로도 한도 끝도 없이 이어진다는 점이었다.

"이 구역이 어떻게 만들어졌는지는 알고 있겠지?"

노인은 앞장서며 말했다. 그곳에는 수십 개의 입구가 있었고 각각이 어디로 통하는지는 그곳에 사는 사람만이 알았다.

외부인은 어지간해서는 발을 디디지 않는 이유 중 하나였다.

"전자상가와 비슷하다고 들었습니다."

"그래도 21세기 초의 몇 십 년 차이라 하면 꽤 격차가 있는 편이지. 여긴 원래 십 년 넘게 방치된 땅이었다네."

"땅을 방치해요?"

파사이는 흥미를 보였다. 그 말은 지금으로서는 결코 통용되지 않는 단어 조합이었다.

"야심찬 시장이 이곳을 대번에 고층 건물 가득한 그럴싸한 곳으로 만들고 싶어 했지. 하지만 토지 수용 문제와 시공사 문제가 불거져 사업은 통째로 좌초돼버렸고 시장은 조금 이해할 수 없는 이유로 물러나버렸어."

"이해할 수 없는 이유?"

"그게, 말 그대로 이해하기 어려운 이유라 나도 설명은 못하겠네. 여긴 넘어가자고. 그런데 십여 년 뒤 나라 분위기가 많이 달라졌고 그자는 다시 시장 자리에 올랐어. 그리고 마침 대통령도 손발이 잘 맞는 인물이 됐고 개발이 본격적으로 시작됐지.

그때부터였지. 대한민국의 모습이 점점 기형적으로 바뀐 건. 그들은 온갖 간악한 수를 써서 몇 차례 연이어 집권했어. 이거 아는가? 민주주의는 욕망을 먹으며 자라난다네. 그들의 선거 전략은 단 하나였어. 네 욕망은 언제나 정당하다. 거기엔 도덕이고 염치고 정의고 아무것도 필요 없었지. 지방은 점점 메말라 갔고 서울은 오직 욕망을 빨아들이는 기능만을 하는 도시가 되었어. 그 결과가 지금의 이 모습이지."

그들은 마침내 너굴 시티가 한눈에 내다보이는 공중 도로에 섰다. 600미터를 훌쩍 넘는 중앙 타워와 그 주위로 솟은 건물들, 그리고 각 건물들을 연결해버리는 확장 통로와 시설, 그 사이를 정신없이 오가지만 이제는 차량이 다니지 않는 공중 도로. 그리고 마치 버섯처럼 자라기 시작해 그 부지를 거품처럼 가득 메워버린 가설 콘크리트 건축물들. 일각에서는 그곳을 유령도시라고 불렀지만 그것은 적절한 표현이 아니었다. 그곳에는 사람이 살았다. 추정 인구만 해도 10만에 달했다. 문제는 그들 대부분이 미등록인이라는 점이었고 정부에서 완전히 손을 놓았다는 점이었다. 그곳은 이제 독립 국가였다. 바깥 사람들은 거기에 누가 사는지, 자치 정부가 성립하기는 했는지, 그곳에서 말은 통하는지도 알지 못했다. 그것은 만장일치의 침묵이었다. 거기에 그것이, 그들이 있다는 사실을 함구하는 공동의 침묵.

"우리는 지상 1층의 가장 어두운 통로로 들어가서 저 한가운데에 우뚝 솟은 타워로 갈 거야. 거기에 제1교구가 있지. 찾는 사람이 교단 사람이라면 중심부터 조사하는 게 나으니까.

미리 주의할 점이 있네. 두 가지 규칙을 명심하게. 첫째로, 지금 저 안에선 기묘한 것이 유행하고 있거든. 도중에 누굴 만나든 절대로 말을 걸거나 신체 접촉을 하지 말게."

"그야 지키기 어려운 일은 아니지만, 그래야 할 이유라도 있습니까?"

"직접 보면서 설명하는 게 낫겠지. 두 번째로, 절대로 그곳의 일에 개입하지 말게. 계속 말하겠지만 바깥 세상과는 다른 규칙으로 돌아가는 곳이야. 외부인은 관여해서도 안 되고 혼자서 할 수 있는 게 없어."

파사이는 말없이 고개를 끄덕였다.

"이 광경을 보여주려고 여기까지 올라왔네. 이제 내려갈 차례지."

그들은 낡은 계단을 타고 공중 도로 아래로 내려갔다. 그 아래에는 족히 수십 년은 되어 보이는 불법 가설 건물촌이 있었다. 사람에 따라서는 그곳까지도 국제업무지구로 포함하기도 했지만 이곳은 엄연히 국가의 행정력이 미치는 곳이었다. 물론 행정력이 미친다고 해서 실제로 관리가 된다고 할 수는 없다. 이곳에는 대를 이어 가난을 전수하는 사람들이 살았고 때로는 부랑자나 범죄자 들이 살았다.

두 사람은 좁은 골목을 걸었다. 방문자의 동향에 예의 주시하며 날카로운 눈빛을 번뜩이는 사람들이 모퉁이마다, 가판대처럼 낮게 자리한 창문마다 도사리고 있었다. 그들은 약물이나 전자상가에서 흘러든 임플란트 따위를 파는 사람들이었다.

골목은 미로 같았고 파사이는 지나온 길을 기억하려 노력해 보았지만 자신이 없었다. 입구가 숨겨져 있지는 않았다. 그렇지만 어떤 위험과 마주칠지 모르는 것이 탐정의 일이다.

그들은 커다란 뱀처럼 입을 벌린 통로 안으로 들어갔다. 예상과 달리 지키는 사람이나 신원을 체크하는 안드로이드는 없었다. 방법만 안다면 누구나 들어갈 수 있는 곳이었다. 나오기는 그보다는 조금 더 어렵다는 것을 파사이는 알았다.

마침내 들어선 너굴 시티는 전자상가와 그렇게 달라 보이지도 않았다. 하지만 그곳은 국제업무지구의 도입부인 주거 구역이었다. 좁은 통로와 제멋대로 달라붙은 문들이 끝없이 이어진 공간이었다. 발을 딛을 때마다 묵직한, 하지만 어딘가 비어 있는 듯한 금속 소리가 울려서 마치 커다란 고래의 뱃속에 들어와 있는 것 같은 기분도 들었다.

첫 번째 거주민은 금방 만날 수 있었다. 추레한 차림의 젊은 남자였다. 그는 얼굴에 엉성한 전극 사이버 덱을 쓰고서 벽쪽을 향해 서 있었다.

"저게 말씀하신 그겁니까?"

"그렇다네. 절대로 건드려선 안 되네. 여기서는 어기적이라고 불리고 있지."

"평범한 사이버스페이스 중독자 아닌가요? 복도에 서 있는 게 조금 이상하지만."

"바로 그거라네. 한번 조금 관찰해보지 않겠나?"

두 사람은 멀찌감치 떨어져서 그를 지켜보았다. 파사이는 이상하다고 생각했다. 사이버스페이스에 접속한 사람은 신체의 통제를 잃고 유사 수면 상태에 빠진다. 몽유병처럼 서 있거나 돌아다니는 경우가 적지 않지만 이렇게 길거리에서 접속해 있는 모습은 본 적이 없었다.

더욱 이해할 수 없는 일은 이후에 일어났다. 남자가 걷기 시작한 것이었다. 파사이는 그가 저러다가 어딘가에 부딪히거나 발이 채여 넘어지겠구나 하고 생각했다. 하지만 아니었다. 그는 눈을 뜨고 있기라도 하는 듯 복도를 걸어 모퉁이를 돌아가버리는 것이었다.

"사이버 덱을 쓴 게 아닌 겁니까?"

"맞다네. 하지만 여기서만 쓰이는 방식이지."

"아니, 어떻게?"

"동기화일세. 사설 사이버스페이스의 맵을 이곳과 똑같이 만들어 놓은 거지. 건물의 모습, 장애물, 그리고 덱을 장착한 사람들까지. 이 맵은 덱 장착자들에게서 실시간으로 수집되고 반영되어 수정된다네. 약간의 차이는 발생하겠지만 일상적으로 다니는 데에는 큰 무리가 없지. 오직 이 안에서만 가능한 일이야."

"아니, 그러면 저 사람들은 저걸 언제 벗는답니까?"

"거의 벗지 않는 것으로 알고 있어. 그럴 필요가 없으니까. 물리적인 골격만을 유지한 채로 각각의 스킨을 씌운 세계를 보며 사는 거야."

"참나. 일은 안 한답니까?"

"나름의 방법이 있겠지. 사이버스페이스 안에서 돈을 벌기도 하고. 이 안에서만 통용되는 가상화폐도 있고 말이야. 무엇보다 사이버스페이스에서의 일이 그대로 현실로 이어지고 저렇게 사는 사람이 많다 보니 자기들끼리 일종의 통하는 게 있달지."

"통하는 거?"

"같은 덱을 착용한 사람들끼리 사이버스페이스에서 만났을 때 두 사람이 같은 어기적이일 경우 두 사람의 실제 육체까지 만나게 되잖은가."

"하. 그러면 둘이 실제로 커뮤니케이션을 하게 된다는 말인가요?"

"실제로… 라고 하니 뭔가 좀 미묘하구먼. 실제 목은 잠겨 있을 테니 겉보기로는 허우적대며 웅앵거리는 것으로 보이겠지만 두 사람의 자아는 적당한 의사소통을 하는 거야. 나도 말로만 들었지만 재미있는 소문이 많았다고. 이를테면 적대하던 어기적이 집단이 만나서 난투극을 벌인다든지, 아니면 사이버스페이스에서 만난 두 사람이 섹스를 했다든지."

"웃기긴 하겠군요."

"가끔 육체 동기화 제약을 풀어버리는 놈도 있거든. 무술 고수가 돼서 날아다닌다든가 장풍을 쓴다든가 하려고 말야. 그러면 움직이기는 하는데 뭔가 잘 안 맞게 되는 거지."

"건드리면 안 된다고 말한 이유를 알겠군요."

"우리야 상관없는 일이지만 아무래도 민폐니까. 하핫."

그들은 계속 걸었다. 빙글빙글 도는 주거 지역 곳곳에서 어기적이들을 만날 수 있었다. 유행이라고는 했지만 그곳에서 만난 어느 하나 어기적이가 아닌 사람이 없었다. 담장 앞 가설 건물촌이나 용산의 여타 빈민가에서는 외부인을 향해 쏟아지는 시선의 장대비를 무릅써 가며 걸어가야 했다. 그에 비해 어기적이 틈새는 훨씬 쾌적했다. 덕분에 큰 충돌 없이 그들은 외곽 주거 지역을 벗어났다.

물론 그곳은 건물 사이의 경계가 불분명했다. 마치 사마귀의 알처럼 증축 시설이 모든 공간을 감싸고 있었기 때문이었다. 21세기 초엽에는 분명히 서로 다른 고층 건물이었던 건물들이 중간중간 이어져 있었다. 고유한 좌표 체계가 있는 전자상가와 또다른 난점이 거기에 있었다. 이동식 모듈은 없는 것 같았지만 구조 자체가 너무도 거대했다. 노인의 말로는 어느곳에서 출발하더라도 그 어느 곳으로든 다다를 수 있는 곳이이 너굴 시티라고 했다.

잠시 야외로 나온 듯했으나 어차피 머리 위로 무수한 도로와 통로가 드리워져 큰 실감은 나지 않았다. 이내 그들은 커다란 기둥 하나로 들어갔다. 그곳은 행정 업무를 하는 곳이라고 했다.

"관공서 같은 곳입니까?"

"그런 게 여기 있을 거라 보이는가?"

노인은 웃으며 말했다.

"여기는 단지 이런저런 시스템이 작동하도록 해주는 곳이지. 외부에서 들어오는 전기, 가스, 기름 같은 자원이나 통신 서버를 관리하는 거지. 그건 이곳의 최소 기능으로서 공동의 보호를 받고 있어. 만일 조금이라도 권한이 더 있었다면 금방 약탈되고 말았을 거야."

"치안은요? 외부 행정력이 미치지 않으면 치안은 어떻게 해결합니까? 서울의 몇몇 지역처럼 자경단이라도 조직하나요?"

"종종 느낀다네. 이 안의 실상이 바깥에 너무 알려져 있지 않다고."

앞서가던 노인은 뒤쪽을 힐끗 올려다보며 말했다.

"여기는 욕망의 이념이 가장 충실하게 구현된 곳이야. 그 어떤 공공성도 여기서는 성립하지 않아. 자기 목숨은 자기가 챙겨야 하지."

"그렇다 하기에는 어기적이들이 너무 무방비 상태인데요."

"그들은 잃을 게 없는 사람들이야. 조금이라도 자기 재산이 있는 사람들은 가장 먼저 자신의 집에 방범 장치나 경비 안드로이드를 들여 놓지. 그러면 어중간하게 가진 사람들은 어떻게 하냐고? 그런 사람들이 바로 조직 산하에 들어가는 거야. 마피아나 협동조합이나 종교 교단 같은 조직 말이야. 여기서 그 셋은 같은 의미라고."

그들은 큰 빌딩 두 채를 더 가로질렀다. 그 사이사이에 유흥가나 시장이나 바깥에서는 불법일 것이 분명한 이런저런 음습한 가게들이 가득 차 있었다. 광장으로 보이는 곳도 있었고 공연장으로 보이는 곳도 있었다. 그곳도 어쨌거나 사람이 사는 곳이었다. 하지만 특히 용산 나머지 구역에 비해서 그곳은 너무나 비좁았고, 붐볐다.

마침내 도착한 중앙 타워는 다른 건물들에 비해 비교적 독립적으로 솟아 있었다. 그 밑으로는 도넛처럼 광장이 둘러져 있었고 그곳에서라면 하늘이 올려다보였다. 물론 중간중간 다른 건물과 통로로 이어져 있고 제멋대로 광고판과 네온사인으로 덕지덕지 기워져 있는 것은 마찬가지였다.

그 안에 지구 최대의 조직인 성모교 제1교구가 있었다. 위치는 지하였다.

그곳은 어둡고 조용하고 눅눅한 공간이었다.

눅눅했다. 그것이 공간을 설명하는 중요한 표현이었다. 파사이는 회당에 들어서자마자 공기가 달라진 것을 느꼈다. 장마처럼 무거운 습도가 대번에 피부로 전해져 왔다. 눅눅한 공기를 타고 스산한 음악이 떠다니고 있었다. 단선율이었지만 미묘하게 신경을 거스르는 소리였다.

나무로 만들어진 의자가 단상을 원형 극장처럼 둘러싸 만든 자리는 일만 명은 거뜬히 수용할 것 같았다. 벌써 수십 명의 신도가 드문드문 앉아 있었다. 단상에는 커다란 청동 제단이 있었고 그 위에 한눈에 보기에도 중요해 보이는 무언가가 놓여 있었다. 그곳의 조명은 모두 그 단상 위로 몰려 있었다.

"저게 성유물이군요."

파사이는 말했다.

"교단의 사제라고 해야 하나? 그자는 어디 있습니까?"

"오늘은 수요일이라 집회가 있을걸세. 이 근방에 계속 있겠지. 하지만 그전에 한번 구경을 해보는 걸 추천하네."

"의식 말인가요? 하지만 전 그런 거엔 관심 없어서."

"재밌는 구경이 될 텐데 말이야."

"의뢰가 우선이거든요. 영감님이야 시간을 끌면 일당을 더 챙길 수 있겠지만 전 돈을 내는 입장이라서요."

"허헛. 짠순이로구먼. 그럼 사제실로 한번 가볼까?"

그들은 제단을 빙 둘러 뒷문으로 향했다. 허술한 청동 제단으로 보였지만 그 주변에는 옵티컬 센서가 설치돼 있다는 것을 파사이는 알았다. 그것이 어떤 덫을 매개할지는 알 수 없는 일이었다.

뒤쪽 문은 다시 이곳저곳으로 이어진 복도로 통했고 복도 끝 구석에 방이 있었다. 복도부터 문까지 온통 철로 돼 있었고 문은 완전한 자동 방식이었다. 안에서 열어주지 않으면 들어갈 방법이 없다는 뜻이었다. 노인은 문 앞에 서서 벨을 누르고 지켜보라는 듯이 미소 지었다.

잠시 후 가로로 문이 열렸다. 두 사람은 안으로 들어갔다.

"영감님. 또 투어 가이드 하시는 겁니까."

거창한 옷을 입은 남자가 의자에 앉은 채로 돌아보았다. 그가 일어나자 입고 있는 옷의 진면목이 드러났다. 거대한 어깨 패드가 마치 갑옷처럼 부풀어 있었고 희고 부드러운 천이 목 주위에서부터 어깨를 둘러 바닥으로 폭포처럼 떨어졌다. 마치 사람을 커튼으로 감싼 것 같은 차림이었다. 그가 사제인지 굳이 물어볼 필요도 없었다.

"이쪽 업종이 호황이라서 말이야."

노인은 껄껄 웃으며 말했다.

"호황이라 해봐야 가이드가 영감님 한 명뿐인데 별 의미가 있습니까. 하하하."

"쓸 만한 가이드라고 말해야지. 사기꾼까지 하면 여기 붙어 있는 놈이 꽤 된다고."

사제는 두 사람을 테이블로 안내했다.

"탐정 파사이라고 합니다. 사람을 찾고 있는데요."

자리에 앉고서 파사이는 건조하게 용건을 꺼냈다. 타깃의 몽타주가 그려진 초박 센서 필름을 들이밀었다. 의뢰인이 제공한 사진이었다. 거기에는 증언과 목격자의 두뇌 스캔으로 재구성한 타깃의 얼굴이 투사도로 그려져 있었다. 사제는 그것을 터치하여 이리저리 돌려 보았다. 파사이는 사제의 표정 변화를 신중하게 관찰했다.

"모르겠군요. 교회 쪽 사람인가요?"

사제는 말했다.

"그렇다고 추정은 되지만 확실한 것은 모릅니다. 미등록자이고 지구 안에 숨어들었다는 사실만 알죠."

"제가 모든 신도 얼굴을 기억하는 것은 아니거든요. 물론 성모님의 어린 양이 저를 찾아와 보호를 요청한다면 전 전심을 다해 도울 것입니다. 그럴 경우 거짓말까지 할 수밖에 없겠죠. 그렇지만 지금 저는 진실을 말하고 있습니다. 이 얼굴은 한 번도 본 적이 없군요."

파사이는 그 말의 함정을 알아챘다.

"지금 말하는 게 진실이라는 보장도 없다는 말이군요."

"그렇게 되나요? 하하."

"그쪽은, 음, 대단히 높은 직책이죠?"

"직책이라는 세속의 용어는 적절하지 않습니다. 우리는 성모님 아래에서 평등하거든요. 다만 평신도보다는 더 많은 의무와 책임을 지고 있다고는 말할 수 있겠죠."

"그렇다면 그쪽보다 조금 아래의 관리직 같은 게 있겠군요. 뭐라 부르죠? 장로? 수녀? 파다완?"

"역시 적절한 용어는 아니지만 무슨 말씀을 하시는지 알 것 같군요. 좀 더 신도들과 대면하는 직분의 사람을 묻는 거지요?"

"그렇습니다."

"그렇다면 상근 봉사자들을 만나보면 좋겠군요. 마침 신도들과 늘 마주하며 고충을 들어주는 봉사자가 있습니다. 한번 만나보시겠습니까?"

"소개해주신다면."

"여기 제 명함을 가지고 가시면 좋겠지요."

그는 고전적인 명함을 건넸다.

"복도로 나가 반대편 끝 방으로 들어가시면 됩니다. 거기에 상담 봉사자들이 있으니 두루 물어보시면 될 겁니다."

"고맙습니다."

파사이는 일어났다.

"잠시 영감님."

수만도 일어나는데 사제가 불러 세웠다.

"잠깐 우리끼리 회포라도 풀지 않겠습니까? 물어보는 데에 영감님이 동행할 필요는 없으니까요."

"그래? 그럴까? 혼자 찾아갈 수 있지, 탐정 양반? 복도 끝 방이라네. 두드리면 열릴 것이니."

뭔가의 인용을 하며 말을 마친 노인은 다시 자리에 앉았다. 파사이는 고개를 끄덕하고는 방을 나섰다. 문은 저절로 열리고 닫혔다.

파사이는 복도를 걸었다. 잠수함 통로와도 같은 삭막하고 좁은 공간이었다. 여유가 조금 있었지만 머리 위가 신경 쓰일 정도로 낮았고 두 사람이 나란히 서면 조금 불편할 정도로 좁은 복도였다. 문의 크기는 자연인에게 맞춰져 있었다. 그런 공간이 어떤 용도로 설계된 것인지, 파사이는 아주 잘 알았다.

그는 코트 주머니에 양손을 꽂은 채로 걸었다. 몇 개의 문을 지나쳤고 마침내 처음 회당을 통해 들어왔던 문을 지나 반대쪽 끄트머리 문에 다다랐다. 파사이는 문이 열리는 방향을 확인한 뒤, 부츠 앞코로 문을 두드렸다. 피식하는 소리와 함께 문이 열리기 시작하자 재빨리 열리는 반대쪽 벽에 등을 댔다. 코트 자락이 펄럭였다가 다시 늘어지기도 전의 찰나였다. 열리고 있는 문틈으로 총알이 빗발쳤다. 하지만 파사이는 미리 준비한 대로 움직였다. 왼쪽 주머니 안에서 CTC 알루미늄 폭탄을 꺼내 문틈으로 던졌다. 벽에 채 등이 닫기도 전에 폭탄이 터졌다.

세 사람이 곤죽이 돼 있었다. 즉사를 피한 한 사람이 꿈틀대고 있었다. 파사이는 오른쪽 주머니에서 매그넘 리볼버를 꺼내 뒤통수에 대고 편안하게 해주었다. 뒷문이 있었고 멀어져 가는 발소리가 들렸다. 기억하기로는 사제의 방에도 반대편으로 나가는 문이 있었다. 이곳의 구조가 아직 파악되지 않았다. 불리한 포지션이다. 시체로부터 전리품을 챙겼다. 많이는 필요 없었다. 자동 권총 두 점과 탄창 두 개.

파사이는 되돌아 나갔다. 노인은 버려둘 수밖에 없었다. 이 중앙 타워에서 외곽 지역으로 가는 길은 대략 기억했다. 하지만 그뒤로는 자신이 없었다. 주거 구역을 통해 바깥으로 나가는 길은 미로처럼 꼬여 있기 때문이었다. 노인이 일부러 헷갈리는 길을 돌아 안내했나 하는 생각도 들었다.

하지만 지금은 따질 새가 아니었다. 서둘러 몸을 피해야 했다. 적어도 종교 기관이 마피아와 같다는 노인의 말은 진실이라고 봐야겠지. 파사이는 회당으로 되돌아갔다. 안쪽의 소란에도 불구하고 몇몇 신도들이 여전히 자리에 앉아 있었다. 그들은 기도를 하는 듯했다. 잠시 청동 제단에 눈길이 갔다. 조금 모험을 할 필요가 있었다. 파사이는 폭탄을 그 위로 던졌다. 괴성과 함께 함이 굴러떨어지고 주위로 절삭 레이저가 번뜩였다. 섣불리 손을 뻗었다가는 아픔을 느낄 새도 없이 팔을 잃고 말았을 것이다. 앉아 있던 신도들은 비명을 지르며 흩어졌다.

그 때문인지 아니면 도망친 '봉사자'가 울린 건지, 그와 동시에 사이렌이 울렸다. 통상적인 사이렌이 아니라 낮고 둥그스런 느낌의 소리였다. 파사이는 손바닥만 한 성유물함을 품속에 집어넣고 달렸다.

회당은 1층에서부터 지하로 둥글게 연결돼 있었다. 그 깊이는 대략 3층 정도였으니 원래 들어온 입구로 다시 나가려면 3층 높이의 계단을 달려가야만 했다. 갈림길이었다. 저들은 당연히 파사이와 노인이 들어온 1층 정문을 노리고 집결할 것이다. 그리고 그들의 움직임이 더 빠를 것임은 분명했다. 두 번째 선택지는 중간에 난 지하로 통하는 문으로 들어가는 것이었다. 이는 불확실한 선택지였다. 적을 만날 가능성은 여전히 남아있으며 완전히 모르는 길이었다.

조금 길게, 약 2초 정도 고민하던 파사이는 지하 출입구로 향했다. 조금이라도 상대로 하여금 예상하지 못하게 하려는 선택이었다.

선택은 옳았다. 무턱대고 달려가는 동안 영문도 모른 채 어슬렁거리는 평신도 외에는 마주치지 않았던 것이다. 그중 하나를 잡아 인질로 삼을까도 생각해봤지만 그런 것이 먹힐 상대가 아니라고 판단했다. 그리고 이미 '인질'은 충분했다. 어두침침한 복도가 이어졌다. 바깥으로 나가는 길은 금방 찾을 수 있었다. 하지만 사이렌은 모든 곳으로 울리고 있었고 무장 봉사자들은 어디에든 있었다. 뜻밖에 그것은 소소한 행운이기도 했다. 무장 봉사자들의 동선을 통해 위치를 읽을 수 있었던 것이다. 파사이는 계단 뒤쪽 창고에 숨어서 그들이 뛰어가는 방향, 나타난 방향을 파악했다. 제각각 흩어져 있다가 지정된 위치로 소집되는 프로토콜이었다. 그 모습을 보면 어디가 안쪽이고 어디가 바깥쪽인지 구분할 수 있다.

파사이는 안쪽을 택했다. 도망치러 이곳에 온 것이 아니기 때문이었다. 계단을 통해 회당보다 더 아래 지하로 내려갔다. 그곳이 기숙사든 교회의 편의 시설이든, 뒤져보면 뭐라도 나오겠지. 양손에는 전리품으로 얻은 권총 한 자루씩을 쥐었다.

"또 저런 걸 데려오면 어쩌자는 겁니까, 영감님."

사제는 인상 쓰며 말했다.

"지금까지는 잘 처리했잖은가. 설마 그런 일이 있었을 줄은 몰랐지."

수만은 역시 굳은 얼굴로 말했다.

"누구를 왜 찾는 건지 확인도 하지 않았던 겁니까?"

"그냥 밖에서 사고 친 녀석인 줄 알았어. 왜, 몇 년 전에도 경찰을 도와 도망자를 잡아다준 적 있었잖나. 더군다나 내가 떠봤는데 탐정도 자세한 내막은 모르는 모양이야. 그냥 그자를 잡아오라는 말만 들었겠지."

"아무튼 곤란하게 됐습니다. 그 탐정이란 자는 어떤 사람입니까? 주제도 모르고 이 안까지 기어들어 오는 탐정이 없는 것은 아니었지만 여자는 또 처음이군요. 혹, 안드로이드는 아닙니까?"

"사람일세. 바깥에서는 나름 뒷세계에서 악명이 높은 모양인데 이 안의 일은 맡지 않는다는 것이 원칙이라고 했어. 그런데 그걸 깨고 대번에 나와 접촉해 들어온 거지."

"원칙을 깼다고요? 저는 그런 작자를 잘 압니다. 원칙이다 뭐다 하며 개똥고집을 부리다 미련하게 비명횡사하는 부류죠. 그런데 여기 개입하지 않겠다는 원칙을 깼다니요? 용산에서 가장 분별 있는 일이 바로 그거 아닙니까? 그런데 그걸 깨고 정부 의뢰를 받았다고요? 정말 아무것도 모르는 눈치였습니까?"

"그렇게 느꼈네만, 에이. 이렇게 될 줄 내가 알았겠나."

그때 보고가 들어왔다. 사제는 귀에 설치한 단말에 손을 댔다.

"뭐라고요! 으음. 알았습니다. 일단 모든 인력을 동원해 반드시 찾으세요. 그리고, 으으, 반드시 생포하도록 하세요. 최소한 말을 하는 부위는 남겨 두고 잡아오세요."

사제의 얼굴은 마치 악귀처럼 일그러져 있었다.

"무슨 일인가?"

수만이 물었다.

"성유물을… 그자가 성유물을 가져갔다고 합니다."

"뭐어라!"

"대거리를 피할 순 없게 되었군요. 너무 방심했습니다. 영감님께 우리 쪽에서 먼저 알려드렸어야 했는데. 그자를 찾는 사람이 있을지도 모른다고…."

사이렌은 여전히 울리고 있었다.

그곳은 예상했던 곳은 아니었다. 식품 저장고와 주방이 있었다. 식당은 다른 층에 있는 것 같았다. 그것은 중요한 사실이었다. 사람을 얼마나 마주치게 될 것인가의 문제였으니까.

일단 주방은 한산했다. 복도를 오가는 사람들이 있었지만 그냥 지나가는 사람들이었다. 파사이는 엄폐물을 이용해 조심스레 전진했다. 저녁 시간까지는 아직 조금 여유가 있었다. 한두 시간은 이렇게 비어 있을 테지만 수색이 본격적으로 시작된다면 안전한 곳은 없을 것이다.

품에서 성유물함을 꺼냈다. 금속에 자개 장식이 된 고급스러운 상자였다. 폭발로 인해 형편없이 찌그러져 있었다. 뚜껑은 간신히 끼어 있는 상태였다. 그것을 비틀어 열었다. 파사이는 그것을 옮길 때 달그락거리는 소리가 들렸던 것을 기억했다. 마치 귀금속처럼 쿠션이 있었고 손톱만 하고 상아색의 울퉁불퉁한 조각이 나왔다. 성유물이라 하면 그것을 말할 것이다. 진주가 아님은 분명했다. 광물도 아닌 것으로 보였다. 어느 쪽이냐 하면 무기물보다는 유기물로 보였다. 역시 사리 같은 것일까? 모르긴 해도 이게 단서가 될 것임은 분명했다. 타깃은 나라의 중요한 물건을 가져갔다고 했다. 파사이는 그것이 교단과 관련 있는 물건이 아닐까 했는데 노인은 성유물일 가능성을 부정했다. 노인과 교단은 같은 편이라 보는 것이 옳았다. 그렇다면 그것은 노인의 발뺌이라 보는 것이 좋을 것이다. 아니면 노인도 사정을 몰랐다든가. 정부가 노리는 것이 성유물이든 아니든 이것은 지금 중요한 협상 수단이 될 터이다.

파사이는 좋은 수를 생각했다. 이것을 건물 어딘가에 숨겨놓는 것이다. 그렇다면 만일의 순간이라도 자신을 살려주지 않을 도리가 없으니까.

파사이는 어지간한 요행으로는 찾을 수 없는 위치에다 그 조각을 숨겼다. 그가 입을 열지 않는 한 그 위치는 아무도 알지 못할 것이다.

그는 다시 움직였다. 문제는 임무다. 그가 받은 임무는 교단이 갖고 있는 성유물을 훔치는 것이 아니라 웬 놈팽이를 찾는 것이었다. 한 명씩 붙잡고 총구를 입에 물리고 캐묻는 수밖에 없었다. 마침 허둥지둥 돌아다니는 젊은 신도가 눈에 띄었다. 파사이는 그의 목덜미를 낚아채 주방 안으로 끌고 들어갔다.

소년티를 벗지 못한 신도 이마에 리볼버를 들이대며 말했다.

"조용. 물어볼 게 있는데."

"사, 살려 주세요!"

"대답만 잘하면 다치지 않아. 하지만 목소리는 낮추는 게 좋을 거야. 오줌 정도는 허락하지."

그는 겁에 질린 눈으로 고개를 떨듯이 끄덕였다.

"최근 교단에 새로운 소식 같은 거 있나? 이를테면 바깥에서 살던 여기 출신 신자가 성유물 하나를 주워 왔다든지."

"모, 몰라요… 저, 전 어른들 일은…."

"당연히 모르겠지. 소문 같은 거 없나 묻는 거야. 최소한 밖에 있다가 들어온 놈에 대한 소문 말이야."

"그, 그런 것도…."

"안됐군. 내가 원하는 답이 아니라서. 주변 일에 무관심했던 본인을 탓하라고."

하면서 해머를 찰칵 하고 당긴다.

"자, 잠깐! 마, 말할 게 있어요!"

"뭐지?"

파사이는 이마에서 총구를 떼며 말한다.

"사, 사제님이 다른 간부님들과 나누는 얘기를 들었어요.

정확한 맥락은 모르지만, 손님방 어쩌고 하는 것을요!"

"손님방?"

"네, 네에! 중요한 손님이 올 때 대접하는 방인데…."

"위치나 말해."

"그, 그게, 사제님 방 뒤쪽이에요."

"안에서 다시 들어가는 문?"

"네, 네에!"

쳇, 파사이는 혀를 찼다.

"알았어. 가봐. 어디 가서 쓸데없는 소리는 하지 말고."

신도는 부리나케 도망갔다.

"이거 직접 만나 협상할 수밖에 없는 건가."

이곳을 찾은 목적을 밝히자마자 교단은 대뜸 총부터 겨누었다. 타깃이 성모교와 관계 있을 뿐더러 그들이 직접 보호하고 있다는 더할 나위 없는 증거였다. 안일한 접근이었다. 가이드가 있어서 일을 쉽게 해결할 수 있다고 은연중 생각해버린 것일지도 모른다.

"이 정도 긴장은 수업료라고 생각해야겠군."

파사이는 탄창을 점검하며 사방에서 들려오는 발소리에 귀를 기울였다.

파사이는 안내원을 찾기로 했다. 상황을 파악하지 못하고 어리둥절한 채 남아 있던 신도 한 명을 붙잡았다.

안내원은 벌벌 떨면서도 착실히 길을 안내했다. 예상대로 금방 무장 봉사자들의 추격과 마주했다. 그들은 인질을 앞세운 위협에 뒷걸음질 쳤고 그 틈에 파사이는 계단으로 향하는 문을 확보할 수 있었다. 슬라이딩 도어를 닫으면서 틈으로 폭탄을 던져 길을 막아버리고 계단으로 올라갔다.

한 가지 확신이 드는 사실이 있었다. 처음 발을 딛었을 때부터 느낀 기묘한 점이었다. 이 안의 사람들은 전부 순수 인간들이었다. 단 한 명의 안드로이드도, 한 대의 자율 로봇도 존재하지 않았다. 파사이는 그것이 이 종교의 교리와 관계 있을 것이라는 생각을 했다.

그렇게 다시 성소에 다다랐다. 중언부언하던 인질의 말에 따르면 성소가 그곳을 부르는 공식 명칭인 듯했다. 지하 3층의 문은 세 군데 있었고 경비가 두 명씩 빈틈없이 지키고 있었다. 파사이는 인질을 먼저 보냈다. 그가 쭈뼛거리며 시선을 끌자 파사이는 먼저 총을 꺼내 들 수 있었다.

"동작 그만. 꼼지락거리면 머리가 바로 날아갈 거야."

그들은 잠시 노려보며 대치했다. 파사이는 다시 상황을 정리해주었다.

"계산 잘하라고. 허리에서 총 꺼내 드는 게 빠를지 내가 방아쇠 두 번 당기는 게 빠를지. 이해했으면 천천히 손바닥 보여주고."

손바닥을 보인다고 해서 완전히 무장해제되지 않는 경우도 있기 때문에 파사이는 끝까지 경계를 놓지 않았다. 다행히 그들이 숨긴 무기는 더 없었다. 파사이는 그들에게 벽에 붙으라고 명령했다.

파사이는 다시 그들이 가진 권총을 압수하고 복도 끝으로 달리라고 명했다. 이제 다시 눅눅한 성소 안이었다. 신도들은 원형으로 둥글게 가득 모여 있었다. 노인이 곧 집회가 있을 거라고 했지. 지금까지 건물이 제법 한산했던 것은 다들 사이렌을 듣고 도망쳤기 때문이 아니라 집회 시각이 됐기 때문이었다.

수천 혹은 만 명을 넘는 사람들이 울부짖고 있었다. 홀을 가득 채운 곡성이 복도까지 넘쳐 흐르고 있었다. 파사이는 적당한 의자에 앉아서 그 광경을 구경했다. 옆자리에 앉은 남자의 목소리를 가만히 들어보니 그들은 성모님을 외치고 있었다. 앞자리 의자를 두드리는 자도 있었고 고개를 뒤로 젖혀 발버둥치는 자도 있었다. 그들이 그러는 이유로 짐작되는 것은 한 가지밖에 없었지만 그것이 오히려 이해되지 않는 일이었다.

바로 성모의 성유물이 사라졌기 때문에.

조금 더 이 종교에 대한 설명을 들을까 하는 후회가 들었다. 도대체 그 성유물이란 것이 무엇이길래 이렇게 거대 교단을 이루고 정부까지 촉각을 곤두세우는가.

"성유물은 이 종교의 본질과도 같은 거야."

바로 옆 계단에 수만이 서 있었다.

"그래서 의식을 먼저 보자고 말한 건데. 자네는 이들에게

극심한 모욕감을 줬어."

"대체 그 교리란 게 뭡니까? 영감님도 여기 관계자죠?"

"관계자라기보다는, 음, 난 선대 사제였다네."

"제가 안일했군요."

"서로 마찬가지지. 우린 말이야. 성모가 언젠가는 재림한다고 믿고 있어."

"그 유해를 매개로?"

"그래. 단, 전 세계에 흩어진 유해를 모두 모았을 때 말이야. 지금 세계 각 교단이 하나씩 보관하고 있다네. 오직 성유물이 있는 곳만이 성소로, 그리고 교회로 인정받을 수 있어. 모든 성유물이 모이면 그때 성모가 재림하는 거지. 여기 제1교구에서는 각 지역에 성유물을 나눠줘 교회를 짓고 수호하게 하지."

"새로운 성유물이 이번에 발견된 거다 이겁니까?"

"그렇다네. 지금도 전 세계에서 그들 성스러운 첩보원들이 암약하고 있지. 몇 년이 걸릴지, 몇 세대가 걸릴지 알 수 없는 일이야. 그런데 그중 하나가, 그것도 가장 중요한 성소에 있는 것이 저렇게 처참한 꼴로 도난당했다고 생각해보게. 이들의 상심은 마치 나라를 잃은 것 같을 거야."

"꼭 남의 일처럼 말하십니다."

"그런가? 허헛."

"그럼 우리가 뭘 교환해야 할지도 확실해지는군요. 사실 제 의뢰는 타깃을 데려오는 것이 아니었습니다. 그냥 타깃을 확인하고 소재를 확인하는 것까지였지요. 나머지는 정부에서 알아서 하겠죠. 잠깐만 대면시켜주면 됩니다. 그러면 그 성유물이란 게 어디에 모셔져 있는지 알려드리지요. 미리 말씀드리자면 제가 가르쳐주지 않으면 그건 저 태양이 초신성이 될 때까지 돌처럼 그 자리에 처박혀 있을 겁니다."

"알았네. 그런데 그 타깃은 곧 볼 수 있을걸세."

"어디서 말이죠?"

"지켜보게."

수만의 시선은 폭발로 엉망이 된 단상을 향했다. 사제가 등장하고 있었다. 이번에는 좀 전의 거추장한 옷에 홀로 보이는 무언가를 들고 머리에는 기다란 모자를 쓰고 있었다.

그가 양손으로 마주잡은 그것을 위로 치켜올리자 울음이 멈추었다. 그는 다시 천천히 손을 내리고는 말했다.

"아아, 가슴 아픈 일이 일어났습니다."

아무런 음향 장비가 없었음에도 그의 말은 성소 가득 울리고 있었다.

"외부의 침입자가 성스럽고 순결한 성모님의 육신을 가져가버렸습니다. 성단을 저렇게 무참히 파괴해버리면서."

다시 울컥하고 사방에서 목소리가 쏟아진다. 다시 그들을 진정시킨 사제는 말한다.

"하지만 언제나 성모께서는 길을 예비해주십니다. 성소는 잠시라도 비어 있으면 안 됩니다. 성모께서는 이렇게 될 줄 아시고 우리 교회에 메신저를 보내셨습니다. 성모님의 육체가 그의 사자를 부려 지금 이 자리에 당도해 있다는 것입니다!"

사람들의 목소리는 웅성거림으로 바뀌었다.

"성모께서 가라사대, 사람의 마음이 모이는 곳에 기가 쌓이고, 그 기가 충만하게 쌓이게 되면 현실이 된다, 그게 이루어진다 하셨습니다. 바로 우리 충실한 신도의 염원이 이 기적을 만들어낸 것입니다!"

그리고 목소리는 다시 환호로 바뀌었다. 다음 나올 것은 예정되어 있었다. 바로 타깃이었다. 그는 역시 거창한 옷을 입은 두 사람의 안내를 받아 연단으로 나왔다. 그는 환하게 웃으면서 신도석을 향해 연신 고개를 숙였다.

"심이주 성도께서는 성모님의 부름을 받아 정부가 무엄하게 보관 중이던 성모님의 신체 앞에 당도할 수 있었습니다. 성모님의 신령한 계시로 그것이 바로 성스러운 물건임을 알아본 심이주 성도는 그것을 뱃속에 담아 이곳까지 도망쳐 오셨습니다. 정부는 뒤늦게 추적자를 보내 성도님을 납치하려 했지만 실패하고 선량한 다른 성도들을 끔찍하게 살해하고 우리가 모시고 있던 성모님을 훔쳐 도망쳤습니다.

하지만 극악무도한 정부의 추적자는 이내 붙잡혀 성모님의 심판을 받게 될 것입니다. 걱정하지 마십시오. 성모님의 손아귀에서 빠져나갈 수 있는 사람은 없으니까요."

파사이는 비로소 어떻게 된 일인지 알 수 있었다. 그래서 위치만 보고하라고 했었군. 자칫 시체가 되면 뱃속에 있는 그 것을 회수하기 어려워지니까. 하지만 이렇게 침입을 들킨 상황에서는 정부로서도 납치하기 어려워지지 않을까?

사제는 말했다.

"자, 이제 10년 만에 새로 발견된 성모님의 육신을 영접할 시간입니다. 성도 여러분은 일어나 다같이 성모님을 찬양합시다."

파이프오르간 소리가 들려오며 자리에 앉은 신도들이 일제히 일어나 노래를 부르기 시작했다. 기묘한 합창이었다. 신도석은 무대를 원형으로 둘러싸고 있었고 이쪽에서 시작된 노래가 저쪽으로 이어지며 중층의 하모니를 이루었다. 자기 자리를 차지한 각각의 신도들은 자신이 무슨 소리를 내야 할지 정확히 알고 있었다. 소리는 마치 유령처럼 홀 안을 떠돌았다. 특별한 공연이라기보다는 이것이 일상적인 의식인 것 같았다. 사람들은 눈물을 쏟아내며 노래를 불렀다. 그 자리에서 폴짝폴짝 뛰는 사람도 있었고 혼절한 사람도 있었다.

그런데 파사이는 위화감을 놓치지 않았다. 이 자리에서 성모의 육신을 영접한다니. 지금 그 조각은 저 남자의 뱃속에 있다지 않은가?

성모의 메신저라고 불린 남자는 상황을 미처 파악하지 못한 모양이었다. 무대 뒤에서 사람을 비스듬히 묶는 틀이 등장하고 있었다. 의복을 갖춘 봉사자들이 우르르 몰려들었다. 그들은 심이주의 양팔을 붙잡고 어깨를 밀쳐 틀에 패대기쳤다.

그는 손발이 묶이고 말았다.

"이 빌어먹을 놈들."

파사이는 자리에서 벌떡 일어났다.

"미, 미안하네… 나도 저럴 줄은…."

문제는 저쪽의 협상 패가 없어져버렸다는 것이었다. 그 말은 파사이로서도 더는 배짱 부릴 수 없다는 것을 뜻했다.

그들은 시퍼런 날이 번뜩이는 회칼을 꺼냈다. 파사이는 양손에 권총 하나씩을 쥐었다.

"무슨 생각인지 알겠는데, 여긴 여기만의 규칙이 있다고! 자네 임무는 실패하겠지만 여기선 이곳의 논리를 따라야 돼."

"나에게도 규칙이 있어서 말이지."

그는 총을 장전하며 말했다.

꼬리에 꼬리를 무는 합창의 성부가 이곳에서 저곳으로, 저곳에서 이곳으로 마치 휘몰아치듯이 그 공간을 감쌌다. 희생자로 선택된 사람은 새하얗게 질려 있었다.

칼을 움켜쥔 봉사자가 시작이었다. 그는 등을 꿰뚫렸고 연이어 주위에 서 있던 봉사자들이 픽픽 쓰러졌다. 총성은 합창 소리에 묻혔지만 군중은 벌어지는 일을 금세 눈치 챘다. 대혼란이 벌어졌다. 사제는 그사이 봉사자들에게 둘러싸였다. 사제 따위는 관심사가 아니었다. 파사이는 무대 위에 홀로 묶여 있는 남자에게 성큼성큼 다가갔다. 이 안의 인원은 짐작컨대 약

1만 명. 혼비백산한 이들이 경비들의 접근을 조금은 막아줄 것이다.

파사이는 총을 쏴 손에 묶인 구속을 풀어주었다.

"살고 싶지?"

남자는 오들오들 떨면서 고개를 끄덕였다. 그의 바지는 이미 젖어 있었다.

"재주껏 따라와. 산다는 보장은 없는데 운 좋으면 살 수 있겠지."

파사이는 바로 움직였다. 사람들 사이에 뒤섞여 묻어가야 했지만 파사이는 덩치가 너무 컸다. 여기엔 안드로이드도 없고 대개 왜소한 체격의 사람들뿐이었다. 방패막이는 되겠지만 한계가 있을 터였다.

사람과 사람이 뒤섞이고 부딪치며 파도가 되어 중앙 타워 바깥까지 흘러넘쳤다. 파사이는 몸을 낮추고 무사히 건물 밖으로 나올 수 있었다. 바깥 사람들은 무슨 일이 일어난 건지 알지 못해 어리둥절했다. 타깃은 간신히 꽁무니에 달라붙어 있었다.

귓속의 단말이 지지직거리며 소리가 들렸다.

"누님! 연결됐군요!"

까오였다.

"통신이 끊겨서 대기하고 있었어요. 역시 트러블이?"

"그래. 의원한테 연락해."

"이미 해놨어요! 추가로 뭘 전달할까요?"

"지금 건맨 수십 명한테 포위돼 있다고. 내가 죽으면 타깃도 죽는 거야. 위치는 파악됐지?"

"물론이죠! 정말 오랜만에 너구리굴에 경찰이 출동하겠군요."

"바빠질 테니 알아서 백업 부탁."

"예쓰 맴!"

어둑어둑해져 있었다. 너굴 시티는 일찌감치 현란한 형광색의 빛을 내뿜고 있었다. 사람들 틈을 비집고 총을 뽑아 든 봉사자들이 달려들고 있었다. 위치는 발각된 것 같았다. 하지만 다짜고짜 총을 쏘지는 않으리라 믿었다. 아무리 마피아나 다름없는 단체라 해도 자기 신도들을 무차별적으로 쏘지는 않을 것이리라 믿었다. 그렇지만 그것은 헛된 믿음으로 드러났다. 그들은 파사이를 발견하자마자 신도들은 아랑곳하지 않고 총을 갈겨대기 시작했다.

파사이는 심이주의 목덜미를 붙잡고 빠르게 사람들 사이를 지나쳐 엄폐물을 찾았다. 마침 볼록 화단이 있었고 잠시 총알을 피할 수 있었다.

"헉, 헉, 백업? 쟤네 미친 건가? 자기 신도들이 총에 맞든 말든 신경 안 쓰는데?"

"거긴 상식 이상의 곳이니까요. 어차피 침입자 짓으로 꾸미면 다들 믿고 오히려 결집력만 강해질걸요."

"이 빌어먹을 놈들. 여긴 진실 같은 건 필요 없는 거야?"

"뭘 바라세요. 그런 건 언론이 제대로 된 곳에서나 중요하죠. 누가 객사하든 무슨 짓을 당하든 아무도 그 사실을 모르는걸요."

"이제 돌아가는 길이니 안내해줄 수 있겠지? 내가 지나온 좌표가 기록됐을 테니."

"네. 그런데 싸우면서 가능할까요? 점점 왔던 길에서 벗어나게 될 텐데요. 지금도 많이 벗어나 있어요."

"그건 네가 알아서 해야지."

"할 수 없군요. 일단 뒤로 오는 적들부터 어떻게 해보자고요."

파사이는 이미 기척을 느끼고 있었다. 그들은 사격을 멈추고 엄폐물 주위를 포위해 오고 있었다.

"자, 일단 눈에 띄는 '적'들을 지도에 표시했어요. 시각화 띄울 테니 멋지게 처리해보시라고요."

"내가 죽든 살든 결국 넌 눈물을 짜내게 될 거야."

"이크. 무서워라. 잠시 목소리 끌게요. 누님의 단말마는 듣고 싶지 않으니까요."

파사이는 수정체 임플란트 디스플레이 맵으로 적들의 위치를 확인하고는 화단 위로 구르듯 올라갔다. 그곳은 꽃밭이었지만 어쩔 수 없는 일이었다. 양손에 쥔 자동 권총이 불을 뿜고 순식간에 여섯 명이 쓰러졌다. 그렇지만 나머지 적들의 대응도 빨랐다. 다시 총알이 쏟아지기 시작했고 파사이는 다시 화단의 벽돌 벽 뒤로 숨어들었다.

폭탄은 쓸 수 없었다. 저들은 자기 신도들을 과감히 해칠 수 있었지만 파사이는 차마 그럴 수 없었다. 아니다. 조금 더 효과적인 방법이 있었다. 파사이는 알루미늄 폭탄의 타이머를 계산해서 화단의 흙 속에 쑤셔 넣었다. 그리고 심이주를 윽박질러 눈앞의 건물로 달려 나가게 했다. 그리고 자신도 일어나 달리며 뒤돌아 총을 난사했다.

열댓 명의 봉사자가 화단 근방에 도달했을 때, 폭탄이 점화했고 화염과 흙이 사방으로 흩어지며 근방을 아수라장으로 만들었다. 살상보다도 시야 방해가 주 목적이었다.

심이주도 파사이도 무사히 건물 안에 도달했다. 이곳에 올 때 지나쳐 온 건물이었다. 이제 기억의 힘을 빌릴 수 있었다. 까오가 적당히 구조물과 방향을 안내해주었지만 기억을 따르는 편이 더 빨랐다. 확실히 성소와는 달리 그곳에는 안드로이드와 로봇이 사람들과 뒤섞여 있었다. 이곳은 구성원에 따라 세력권이 구분되는 곳이었다. 봉사자들이 그 안까지 들이닥치지 못하는 것만 봐도 확실했다. 파사이는 조금 안심했다.

그렇지만 다음 구역으로 가려면 다시 건물 바깥으로 나가야 했다. 수만이 저들에게 길을 안내하리라는 예측을 하지 못한 것은 실수였다. 사실 조금 불안했던 마음을 애써 눌러버리기는 했다. 왜냐하면 조금이라도 빨리 그곳을 빠져나가려면 그 길밖에 달리 선택지가 없었기 때문이었다.

"자네 같은 외부인은 이해 못할지도 모르지. 하지만 우리는 우리의 사고방식이 있네. 성모는 그런 존재야."

노인은 뒷짐 지고 선 채로 말했다. 건물 출구 주변은 이미 봉쇄돼 있었다. 노인의 주위로 나란히 선 무장 봉사자가 퇴로

없이 총구를 겨눈 채 빼곡하게 서 있었다. 그 수는 열다섯. 지금 파사이는 왼손에만 권총을 들고 있었다. 어떤 행동을 하더라도 턴이 부족했다.

"항복할 수밖에 없겠군요. 향후 계획을 물어도 될까요?"

파사이는 양손을 위로 올리며 말했다.

"벌인 일이 있으니…. 자넨 아무것도 못 얻겠지."

"지금 나쁜 생각 하는 거죠?"

"내 생각이 아니라 교단의 생각이야. 난 한낱 가이드일 뿐이고."

"그 성유물이란 거, 급한 게 아닌 겁니까?"

"자네 옆에 하나 있잖나."

만수는 껄껄 웃으며 말했다. 그것은 그의 본연의 웃음이었다. 파사이는 겁에 질린 이주를 힐끗 보았다.

"어차피 잃어버린 건 건물 안 어딘가에 숨겨져 있을 테고. 아직 발견 안 된 성유물도 많으니 그거 하나 없다고 재림이 늦춰지거나 하는 건 아니겠지. 시간이 지나면 해결될 일이야."

"그 부분도 제가 판단을 잘못했군요."

"지금 자네가 줄 수 있는 건 우리 손을 조금 덜 가게 해주는 것뿐이야. 그만큼. 딱 그만큼의 자비는 구할 수 있을걸세."

"상대 입장에서 생각을 해보시라고요. 끌려가서 모진 꼴을 당하는 것과 여기서 한바탕 하며 분풀이 하다가 깔끔하게 죽는 것 중 뭐가 나을 것 같나요? 인공지능이었다면 금방 계산해줬을 텐데. 그쪽 교리에서는 그런 게 금지돼 있나 보죠?"

그 말은 괜찮은 반론이 되었다. 만수는 잠시 고개를 숙이고 앞으로 일어날 일들을 계산했다.

그 잠깐의 침묵을 가르고 날아온 총알은 만수의 아직은 쌩쌩한 머리를 꿰뚫었다. 선대 교주가 비명조차 지르지 못하고 고꾸라지자 신도들은 당황했다. 곧바로 함성과 함께 총알이 쏟아졌다. 뒤쪽이었다. 그들은 재빨리 대응 사격에 나섰지만 누가 총을 쏘는 건지 금방 파악할 수 없었다. 새로운 무리의 일부는 파이프나 각목을 들고서 무모하게 돌진해 왔다. 봉사자 무리는 허무하게 접근을 허용했고 몇몇은 몽둥이로 머리가 으깨지고 말았다.

그들은 다름 아닌 머리에 덱 하나씩을 장착한 어기적이 무리였다. 그들은 두려움이 없어 보였다. 총을 맞은 자는 고통에 발버둥쳤지만 그렇지 않은 자들은 앞으로 닥칠 일을 전혀 의식하지 못하는 것 같았다. 그 모습은 흡사 라이프 리젠을 믿고 무모한 행동을 하는 게임 속 플레이어 같았다.

"제기랄. 대체 무슨 일이야? 이봐! 까오!"

파사이는 그 틈에 건물 안으로 되돌아가며 말했다.

"어, 저도 무슨 일인가 알아보고 있는데요. 저 어기적이들, 저들이 접속한 사이버스페이스 서버가 이상해졌어요. 그곳은 설명 들었다시피 다른 곳이랑 차원이 다른 현실 동기화를 해둔 곳인데요, 거기서 가끔 이벤트가 일어나거든요. 게임처럼요.

그러니까, 그 공간 자체가 게임이나 마찬가지긴 한데 동기화를 유지한 채로 마치 플래시몹처럼…."

"좀 핵심만 말해봐."

"네. 지금 서버에서 이벤트가 발생했거든요. 안드로이드를 배치하고 그걸 파괴하는 이벤트인데요. 게임 속에서 그래픽이랑 적당한 시나리오로 적을 만들어 놓고 현실에서는 안드로이드를 동기화시켜 놓고 실제로 파괴하게 하는 그런 거거든요."

"잠깐, 지금 누가 게임 속 적을 저 광신도로 지정해 놨단 말이야?"

"네. 그러니까 누군가가 저들을 조종하고 있다는 말이죠!"

"대체 그게 누구야!"

"이건 하루아침에 되는 게 아니에요. 분명히 저 어기적이들이 등장한 시점부터… 지구의 사설 서버를 특별 허용하고 독립 구역으로 방치하자고 주장한 것부터가 음모였을 거예요. 그게 아니면 설명이 안 돼요. 서버 분리와 고립을 주장한 것은, 제 기억으론 분리주의자들."

"정부 여당 쪽이군. 정확히 말하라고. 분리·배출주의자라고."

"네, 아무튼."

"그래서 위치를 파악하는 것만으로도 충분했던 거로군. 경찰이나 군이 출동할 필요 없이 내부의 쓰레기들을 이용해 처리할 수 있으니까."

"그리고 제 논리적인 귀결인데요."

"나도 알아. 최종 목표는 이 녀석이겠지."

"아, 네. 그분 데리고 도망가면 이제 정부랑도 척지게 생겼는데, 그냥 놔주는 게 어떨까요? 어차피 임무는 달성이잖아요."

"난 좀 짜증 나 있거든. 정부가 왜 이렇게까지 하는지 알아야겠어. 여기서 기적처럼 사라질 방법 같은 건 없을까?"

"이거 팁 이상의 일인 거 알죠? 거기 제 친구가 있긴 한데요."

"방법이 있었는데 숨겼다는 거군."

"하하. 처음 알던 것보다 스케일이 큰 일이잖아요. 밀입국이랄까, 몰래 쥐구멍 장사를 하는 녀석이 있어요."

"이런 데에 그런 것도 필요한 거야?"

"거기서 감쪽같이 사라지고 싶을 때도 있지 않겠어요? 좌표 찍어줄게요. 거기까지만 숨어들어 갈 수 있으면 다이렉트예요. 대신 여기로 바로 와야 돼요. 저도 성유물이 뭔지 한번 분석해보고 싶었거든요."

동봉된 문서에는 추가 계약서도 있었다. 약아빠진 녀석. 파사이는 승인 체크를 했다. 남은 건 총성과 비명을 등진 채 열심히 달리는 일뿐이었다. 자기 목숨이 달려 있는 이주도 죽자사자 달렸다.

"저… 이렇게까지 해야 하나요?"

성모를 삼킨 남자, 심이주는 울먹이며 말했다.

"그러게 누가 그딴 거 주워 먹으래? 거기서 산 채로 배 갈라지게 내버려 둘걸 그랬나? 엉?"

파사이는 가차 없이 말했다.

"저, 아시죠? 신호 오면 단 한 프레임도 끊기지 않게 바지 내리는 것부터 시작해야 돼요. 엉덩이 쪽 카메라, 전후좌우 카메라 각도 의식하시고요. 그리고 개인적 바람인데 가면도 벗는 게 좋지 않을까 하거든요. 이거 얼굴 알려지면 대박이거든요. 유튜브에다 썰이라도 풀면 순식간에 하나 땡길 수 있어요. 오래는 못 가겠지만요."

까오의 조언은 하나 마나 한 것이었다. 이주는 잠시 마음의 정리가 더 필요한지 화장실로 달려갔다. 방송국 카메라는 혹여나 그가 잘못된 선택을 하지 않을까 그곳까지 따라가야만 했다.

"하. 성모고 뭐고 그냥 저 녀석이 헛다리 짚은 거라니. 대체 몇 사람이 고생하는 거야."

파사이는 팔짱 낀 채로 서서 말했다.

"덕분에 우린 재밌는 구경 하게 됐잖아요."

까오는 나란히 벽에 기대어 뒤통수에 깍지를 꼈다.

"그런데, 정말 여기엔 무슨 감정을 가져야겠는지 모르겠군. 무슨 일이 일어난 건지도 아직 이해가 안 돼."

피로에 지친 파사이는 뒤처리를 까오에게 전부 위임해버렸다. 딱 반나절만 안전 사우나에서 쉬고 협상에 임할 생각이었다. 그런데 그사이 까오는 일을 벌일 대로 벌여 놓고 말았다. 멋대로 진행해버린 책임은 일이 끝나고 추궁하는 수밖에 없었다. 이제는 돌이킬 수 없었으니까.

까오는 신이 나서 이야기했다.

"다시 설명해드릴까요? 더 쉽게? 저치가 삼킨 건 iVPN, 즉 방화벽이에요. 국방부가 개발한 건데 언어부터 아예 새로 만들어서 그 어떤 방법으로도 해킹할 수 없게 돼 있다고 해요. 저게 유일하게 만들어진 거고 절대로 복사할 수 없게 만들었다고요. 말하자면 단 하나뿐인 디지털이랄까요? 여기까지는 이해가 되시죠?"

"아니, 그런 설명이 필요한 건 아닌데."

"그렇다면 저 안에 대통령이 들어가 있는 이유? 그건 우리가 이상한 것을 대통령으로 뽑았기 때문이잖아요. 벌써 몇 번째예요. 공약도 인격도 결점도 그 어떤 것도 선거에 영향을 끼치지 않게 된 지 오래잖아요. 여당은 대를 이어서 계속 여당을 하고 야당은 야당을 하고. 그 자리에 죽은 사람이 와도 뽑아주는 게 민주주의 아니겠어요? 그러다가 이제 대중에게 얼굴도 한번 내비치지 않고 명부만 있던 아무개가 여당 후보로서 대통령에 당선된 거죠.

와, 최소한 피선거권은 있는 사람을 뽑아야 되는 게 아닌가? 하는 논란이 있었는데 당에서는 이렇게 주장하는 거예요. 대통령은 시민권을 얻은 사이버스페이스의 자아라고요. 그래서 대체 언제 가상 자아에게 시민권이 생겼냐? 했더니 이게 무려 50년도 전에 법이 만들어져 있더라고요. 은근슬쩍! 그동안 그래서 시민권을 얻은 사례가 있긴 있었는데 어떤 언론도 다루지 않았었죠! 그들이 늘 하던 대로 말이에요. 당연히 아무도 그런 일이 있는지 몰랐죠. 그게 사실 저 가상 대통령을 뽑기 위한 거라는 걸 누가 알았겠냐고요.

어차피 대통령의 업무야 유명무실해졌지만 그래도 대통령의 자아가 여기저기 떠다니면 안 되니까 저런 비싼 장비를 만들어 모셔 두고 필요할 때 꺼내 보고 그런 것 같다네요. 참, 저기술 탐나는데 말이에요. 어떤 해커도 이해하지 못하는 언어로 만든 방화벽이라.

제가 그래도 정보상이다 보니 이것저것 주워들은 게 있어서 몇 시간 만에 좌르륵 맞춰서 야당이랑 방송국에 알렸던 거예요. 야당에서는 헌법 위반, 대통령의 부재 시 총리가 권한을 위임받는다는 조항 위반이라는 거랑, 정말 구슬 안의 프로그램이 대통령인지 아닌지 확인되지 않았다는 거 가지고 초강경 공세에 나섰어요. 잘하면 탄핵까지 가능하다네요.

여당에서는 반대로 그러면 모든 국민이 보는 앞에서 저 안에 대통령의 의식이 존재하고 작동한다는 것을 보여주면 될 거 아니냐고 뻔뻔하게 나오더라고요. 그래서 준비한 거예요. 조작 가능성 없도록, 수십 대 카메라로 직접 대통령을 배출하고 거기서 대통령의 인격을 꺼내 띄우고 심문하는 거 말이에요. 지금 이 스튜디오에 임시 법원까지 설치됐다고요."

"지금 그건 나 들으라고 하는 소리 같소만."

이 일의 의뢰인 최 씨도 그 자리에 있었다.

"어라, 국회의원 아저씨도 계셨네요. 아쉽지만 전 선거권이 없어서 찍어주지 못했는데. 다음에 나오면 응원할게요. 공천 홧팅!"

최 씨는 보는 눈 많은 이곳에서는 눈에 띄는 행동도 못하고 부글거리기만 할 뿐이었다.

"왜, 눈먼 돈 떼어내느라 고생이 많으신가."

파사이도 그에게 화살을 돌렸다.

"으으, 의뢰는 완수되었소만 그렇게 비협조적으로 나온 건…."

"응? 이상하군. 중간에 우리가 협업하기라도 했나? 공권력 같은 건 코털도 안 보이던데?"

물론 최 씨는 어기적이 이야기는 할 수 없었다. 그것은 기밀이었고 비공식적인 일이었으니까.

"전 뭔가 봤으니 앞으로 그 이상한 사람들에 대해 조사해볼 거예요. 뭐, 정부는 그 안의 일은 하나도 모르겠지만요."

까오가 결정적으로 최 씨의 입을 틀어막았다.

"그나저나, 오늘은 입맛이 없을 거 같군. 역시 오늘 저녁은 그것밖에 없겠어. 부드럽고 향기로운 그것 말이야."

최 씨는 그 말을 듣고는 슬쩍 자리를 피한다.

"어, 의원님 어디 가세요? 지금 화장실에서 돌아온 거 같은데."

까오는 그의 뒤통수에 대고 말했다.

"이제 곧 시작되겠습니다. 국민 여러분이 증인입니다. 쟁점을 다시 설명 드리자면, 시민 A씨가 '실수로' 삼킨 구슬이 과연 대통령인가 아닌가 하는 문제인데요. 현재 대통령의 행적이 사라진 지 24시간을 향해 가고 있습니다. 사상 초유의 국정 공백이고 이는 헌법 위반의 소지가 있기 때문에 정치권의 촉각이 모두 여기로 향해 있는데.

여야는 철저한 검증을 위해 시민 A씨의 생리적 배출부터 구슬의 채취, 방화벽의 해제와 그 안에 든 것을 기술적으로 확인하여 국민 여러분께 보여드리는 과정을 생중계로 송출하기로 합의했습니다. 확인 말씀 드립니다. 본 화면의 원본은 국가기록물로써 기록될 것이며 법정 증거로도 사용될 것입니다. 하지만 국민 여러분이 증인이 되어야 하기 때문에 부득이 유쾌하지 않은 장면까지 보여드려야 하겠습니다. 화면은 기본적으로 모자이크로 제공됩니다. 스마트 패널의 경우는 모자이크를 해제할 수 있으니 희망하시는 분은 해제하실 수 있습니다. 다만, 공공장소에서의 해제는 금지되었으며, 이를 어긴 개인, 기관, 시설은 시민 A씨로부터 고소당할 수 있고 정부가 이를 지원할 것임을 알려드립니다.

네. 말씀드린 순간, 나오고 있습니다! 다소 건강하지 못한 색이지만 저 모습은 가히 쾌변이라고 할 수 있겠군요. 마치 용트림하는 것처럼 굵은 내용물이 쏟아지고 있습니다. 무언가 빛나는 것이 보입니다. 대통령이 나오고 있습니다! 대통령이 저 어두운 구멍 속에서 빛을 발하고 있습니다. 아아, 크기가 다소 있는 모양인데요. 저 우람한 모습을 보십시오! 어둡고 비참하고 굽이굽이 굴곡진 시련을 지나 마침내 세상 밖으로 다시 고개를 내민 대통령입니다! 국민 여러분! 감격적인 순간입니다. 대통령님이 돌아왔습니다!"

CYBERPUNK-
SEOUL
2123

마지막 변호사

정명섭

"참, 자네 아직도 변호사 일을 하고 있나?"

나는 대답 대신 옥탑방 현관 위쪽에 있는 간판을 가리켰다. 거기에는 '유성훈 변호사 사무소, 인간이 직접 변론합니다'라고 적혀 있었다. 그걸 본 주인 할아버지가 너털웃음을 지었다.

"아이고, 깜빡했네. 자네가 마지막 인간 변호사라는 걸 말이야."

"그걸로 아까도 방송했어요. 지난달쯤 강남구에 있던 다른 변호사가 은퇴하면서 이제 구로구는 물론 서울에 있는 유일한 인간 변호사로 되었습니다."

"22세기에 인간 변호사라니, 정말 어색하군."

그러면서 슬쩍 물었다.

"그래, 의뢰인은 좀 있던가?"

그러면 내가 이런 낡은 빌라 옥탑방에 있겠냐고 쏘아붙이고 싶었지만 꾹 참았다. 주인 할아버지는 인심 좋게 값비싼 전자담배도 가끔 쥐어주고, 월세도 터무니없을 정도로 적게 받기 때문이었다. 내가 일거리가 없음에도 불구하고 변호사 사무실 간판을 유지할 수 있었던 것은 전적으로 주인 할아버지 덕분이라는 사실을 떠올리며 공손하게 대답했다.

"종종 찾아옵니다."

"누가?"

"요즘 세상에 적응하지 못한 노인이나 로봇 혐오주의자요."

"그래?"

"하지만 그들도 막상 일은 인공지능 변호사에게 맡겨요."

내 대답을 들은 주인 할아버지가 낄낄거렸다.

"상담만 받고 가는 건가? 왜?"

"일단 제가 승소율이 형편없다는 점이 가장 큰 이유일 겁니다. 그리고 이제 재판은 가상현실에서 인공지능끼리 진행하니까요. 크고 위압적인 법원 건물도 더 이상 쓰이지 않아서 다른 용도로 개조된 지 오래잖아요."

"하긴, 서초동의 대법원도 헌법 박물관으로 쓰이고 있으니까 말이야."

"그건 왜 물어보십니까?"

"어, 내 바둑 친구 황 영감이 변호사가 필요하다고 해서 자네 연락처 넘겨줬네. 조만간 찾아올 거야."

"바둑 내기 하다가 싸움 붙으셨습니까?"

주인 할아버지가 점잖았다면 몇 번 마주친 황 영감은 폭발

직전의 화산이었다. 젊은 시절에는 정신 못 차리고 사고를 많이 쳐서 가족도 다 멀어졌다고 한다. 다행히 늘그막에 모은 재산으로 로봇을 장만해서 겨우 먹고 사는 처지로 알고 있다. 세상에 불만이 많아서 종종 기원에서 목소리를 높이는 걸 본 적이 있었다. 그래서 가급적 피하고 싶었지만 주인 할아버지가 이미 내 연락처를 주었다고 했으니 그냥 기다려야 했다. 주인 할아버지는 뭔가 비밀이 있는 것처럼 어설픈 미소를 지으며 문을 닫고 사라졌다.

다음 날 오전에 휴대폰으로 모르는 번호가 떴다. 재빨리 모니터와 연결하자 황 영감의 모습이 보였다. 보행 보조용 로봇의 부축을 받고 있던 황 영감의 탁한 목소리가 들렸다.

"어이, 변호사 양반. 의뢰할 게 있는데 말이야."

"반가운 말씀이네요. 직접 오시겠습니까? 아니면 제가 기원으로 갈까요?"

"곧 보내겠네. 김 사장 빌라 옥탑방이지?"

"꼭대기 층⋯."

잘못된 말을 정정해주려고 했지만 성미 급한 황 영감은 통화를 끊어버렸다. 짜증이 나긴 했지만 어쨌든 소액이나마 상담료를 받을 수 있기 때문에 잠시나마 묻어 두기로 했다.

2시간 후, 1층 현관에서 내 사무실의 벨이 울렸다.

"상담하러 왔습니다. 혹시 저는 상담받지 않으시나요?"

"그, 그렇지는 않습니다. 올라오실 수 있나요?"

"물론이죠. 문만 열어주세요."

CCTV 화면 옆에 있는 버튼을 누르고 옥탑방으로 올라오는 홍채 인식 잠금 장치도 해제했다. 마음의 준비를 하고 잠시 기다렸다. 얼마 후에 문이 열리는 소리까지 들리고 그가 들어왔다. 정확하게는 로봇으로 황 영감이 유일하게 소유하고 있는 HBD-드라이버 6 모델이었다. 두 다리로 움직이는데 다리에 바퀴가 붙어 있어서 계단을 쉽게 올라올 수 있었다. 버스와 트럭을 운전하는 드라이버 모델답게 헤드의 렌즈가 매우 큰 편이었고, 두 팔에 달린 손가락인 머니퓰레이터도 섬세한 편이었다. 무엇보다 승객과 말을 해야 하기 때문에 탑재된 보이스 기능이 고급이라서 대화는 어렵지 않았다. 하지만 주인인 황 영감의 괴상한 취향이 반영된 것으로 보이는 오렌지색 몸통은 어색했다. 그것보다 더 문제는 상황이었다. 서울에 남은 유일한 인간 변호사를 인공지능 로봇이 찾아온 것이다. 이게 어떤 상황인지 떨떠름했다. 그건 상대방도 마찬가지였다.

"저도 주인님이 가라고 해서 온 겁니다. 제 코드네임은 붕붕입니다. 꼬마 자동차 붕붕."

"전혀 안 어울리는군."

"주인님 취미가 고전 애니메이션 시청입니다. 어린이용 애니메이션에 나온 자동차 이름이랍니다. 사실 저는 자동차를 운전하는 드라이버 로봇이지만 말이죠."

"아무튼 반갑네. 놀란 모양이군."

"저는 놀라지 않습니다."

붕붕은 바로 덧붙였다.

"변호사 사무실이 제 데이터에 있는 이미지와는 달라서 연산 속도가 좀 느려진 겁니다."

"우리 둘 다 난처한 상황이군."

"원하시면 그냥 돌아가겠습니다."

인공지능 로봇은 언제 어떤 상황이든 인간에게 복종하도록 세팅되어 있다. 실용화 초기에 인공지능이 해킹당하거나 오류가 생겨 인간을 공격하는 내용의 드라마와 영화가 쏟아져 나왔다. 그후로 국제 표준이 마련되었다. 실제로 로봇이 인간을 공격하는 사건 같은 건 일어나지 않았다. 그래서 로봇이 인간을 지배한다는 음모론을 퍼트렸던 사람들을 몹시 난처하게 만들었다. 로봇 때문에 직업을 잃었다고 믿는 일부 로봇 음모론자들이 존재하긴 하지만 말이다. 로봇의 의뢰를 수락할지 말지 잠시 고민했지만, 황 영감의 부탁이니 그냥 돌려보낼 수는 없었다. 물론 그 생각 뒤에는 상담료가 존재했다. 마음씨 착한 주인 할아버지는 월세가 밀리는 걸 눈감아줬지만 언제까지나 그런다는 보장은 없었기 때문이다. 내가 스톱위치를 누르고 고개를 끄덕거리자 붕붕이 렌즈를 통해 홀로그램을 켰다.

"제가 운전하는 구로 13번 마을버스 안입니다."

전기와 태양열로 움직이는 버스답게 진동도 없고 고요했

다. 2배속인지 사람들이 타고 내리는 속도가 빨랐다. 그러다가 갑자기 화면이 멈췄다. 내 시선은 이제 막 버스를 탄 조그만 아이에게 향했다. 노란색 모자를 썼고 그 아래로 두 갈래로 땋은 머리가 늘어져 있었다. 외모나 체격을 보아 저학년 정도로 짐작되었다.

"아직 어린 것 같은데 혼자 버스를 탄 건가?"

"그렇습니다. 지금까지 총 178회 탑승했는데 보호자가 같이 동행한 것은 불과 11회였습니다."

"보호자 없이 탔단 말이야?"

"그렇습니다. 미래는 거의 언제나 혼자 탔고, 늘 제 뒷자리에 앉았습니다."

"저 여자아이가 미래야?"

"그렇습니다. 저에게 이름을 알려줬습니다."

"친하게 지냈나 보군."

내가 묻자 붕붕이 고개를 끄덕거렸다.

"맞습니다. 항상 인사를 했고, 제 뒷자리에 앉아서 이런저런 말을 건네곤 했습니다. 그런데 일주일 전부터 보이지 않았습니다."

"그 버스를 안 탔다고?"

"그렇습니다."

"전학 갔을 수도 있잖아."

붕붕이 홀로그램 영상을 하나 더 보여줬다.

"저도 그렇게 생각하려고 했는데 사흘 전에 미래의 어머니가 버스에 탔습니다."

정지된 영상에는 노란색 줄무늬 원피스를 입은 여성이 보였다. 그리고 바로 다음 화면에서 미래와 그 여성이 함께 버스에 오르고 있었다.

"어머니가 확실해?"

"네, 같이 탔을 때 엄마라고 부르는 걸 들었습니다."

"그럼 어디 아파서 입원한 거 같은데? 요즘 아이들이 잘 걸린다는 벡터-22 바이러스가 유행이잖아."

"저도 인간처럼 낙관적이었으면 좋겠습니다. 그런데 정말 우연찮게 미래의 어머니가 버스에서 누군가와 통화하는 걸 들었습니다."

붕붕의 얘기를 들은 나는 눈살을 찌푸렸다.

"운전하면서 참 많은 곳에 관심을 기울이는군."

"제 인공지능이 멀티-31로 업그레이드된 상태라서 다중 접속과 분석이 가능합니다. 주인님과 바둑을 두면서 애청하시는 다른 대국의 중계와 분석을 하는 경우가 많습니다."

"아이고, 영감님이 본전을 뽑으려고 드는군."

혀를 차면서 슬쩍 떠봤는데 인공지능이 주인에 대한 험담이나 정보를 타인에게 제공하는 일이 금지되어 있어서 그런지 아무 답변도 하지 않았다. 어설프게 웃은 내가 더 얘기해보라는 눈짓을 건넸다.

"제 인공지능의 알고리즘으로 분석해본 결과, 미래가 부모에게 학대당하고 있을 확률은 69퍼센트입니다. 현재는 72퍼센트로 올라간 상태로 보입니다."

"며칠 안 보였다고 학대 운운하는 건 좀 오바 같은데? 자네 인공지능이 좀 예민한 거 아니야?"

"그래서 찾아낸 증거가 있습니다."

이번에는 홀로그램 대신 음성을 들려줬다. 앙칼지고 짜증이 잔뜩 깃든 여성의 목소리였다.

—그 꼬맹이가 너무 말을 안 들어. 본때를 보이려고 교육을 좀 시켰는데 골골하네. 병원에 데려가야 할까?

이어지는 내용은 지난번에 병원에 데려갔다가 문제가 복잡해졌다면서 그냥 놔두겠다는 말로 마무리되었다. 녹음한 목소리를 들려준 붕붕이 말했다.

"불법 도청은 아닙니다. 저는 승객의 안전을 위해서 영상과 음성을 녹음할 의무가 있으니까요."

"하지만 그걸 나 같은 제3자에게 공개하는 건 금지된 거 아닌가?"

"맞습니다. 다만 공개하는 대상이 인간이면 상관없습니다."

"뭐라고?"

내가 묻자 붕붕이 홀로그램으로 문구 하나를 띄웠다.

"저를 만든 제작사, 그리고 저를 사용 중인 버스 회사의 약관에는 제가 일을 하는 중에 얻은 정보를 제작사와 주인의 허락 없이 법률 관련 인공지능에게 제공하거나 증언하는 걸 금지하고 있습니다."

"맞아."

"하지만 유 변호사님은 법률 관련 인공지능이 아니지 않습니까?"

붕붕의 얘기를 듣는 순간 뒤통수를 한 대 맞은 기분이었다.

"인공지능이 소송을 대리하는 일이 너무 당연하다 보니 인간이 배제되어버린 셈이군."

"맞습니다."

"그리고 그걸 정확히 파악하고 날 찾아온 것이고 말이야."

"그것도 사실입니다."

붕붕의 대답을 듣고는 나도 모르게 헛웃음이 나왔다.

"영리하군."

"제 인공지능은 운전을 할 때 발생할 수 있는 수많은 돌발 상황에 대처할 수 있도록 만들어졌습니다. 거기다 주인님의 바둑 상대도 되어야 하고요."

이러다가는 얼마나 더 자랑을 들어야 할지 몰라서 끼어들었다.

"어쨌든 학대를 받을지 모르는 손님을 구하기 위해 나를 찾아왔다 이거로군."

"그렇습니다. 현행법상 제가 나설 수 있는 건 한계가 있고, 설사 수사기관의 협조를 얻어서 부모를 체포한다고 해도 제가 증언하지 못하는 이상 벌금형 이상이 나오기 어렵습니다."

"그렇긴 하지."

법률을 공부하면서 야만적이었던 백 년 전의 법관들을 보고 분개한 적이 많았다. 나이가 너무 어리거나 술을 마셨거나, 법정에서 반성하는 자세를 보이면 형량이 크게 줄었다. 특히, 자녀를 학대해도 부모라서 제대로 처벌을 내리지 않았다. 심지어 전관예우라고 고위직 법관이 퇴임해서 변호사가 되면 여러 가지 편의를 봐주기도 했다. 심지어 권력과 결탁해서 초법적인 행동을 해도 유야무야 넘어가는 경우가 많았다. 당시 사건과 판례를 보면서 왜 시민들이 재판에 인공지능을 도입하는 것을 적극적으로 찬성했는지 알 것 같았다. 어쨌든 덕분에 나는 서울에서 유일한 인간 변호사로 남았고, 꾀를 낸 로봇에게 의뢰를 받게 된 것이다.

"웃을 수도 없고, 울 수도 없는 상황이네."

혼잣말처럼 중얼거리고 멍하게 바라보는데 붕붕이 말했다.

"무엇보다 미래의 상태가 걱정됩니다. 통화 내용으로 보면 학대 후에 미래를 방치한 것 같습니다. 미래의 상황을 신속하고 안전하게 파악하려면 현재로서는 유 변호사님에게 사건을 의뢰하는 게 가장 나을 것 같다는 판단을 하게 되었습니다."

"그러니까 나보고 명백한 증거를 찾아서 아이를 구해 달란 말이군."

"그렇습니다. 변호사님이 피해 아동 보호 신청을 하시면 부모와 아이를 분리할 수 있고, 판결에 따라서 보호시설로 들어 갈 수 있습니다. 증거가 명백하고 아이가 원할 경우 99.1퍼센트의 확률로 승소가 나왔습니다."

"벌써 계산을 다 마쳤군. 나는 그냥 가서 버튼만 누르면 되는 거고?"

살짝 반감이 들어서 대꾸하자 붕붕이 대답했다.

"증거 수집이라는 가장 결정적이면서 어려운 단계가 있습니다. 아동학대는 집 안에서 벌어질 확률이 높고, 아이가 학대 사실을 제대로 표현하지 못할 경우 외부에서 알 수 있는 확률은 지극히 낮습니다. 그리고 인간들은 아직도 양육은 부모의 몫이라고 생각해서 개입하기를 꺼려 하는 편이죠. 그러니까 제 의뢰를 받아주십시오. 늦으면 위험합니다."

"그렇지. 그런데 어디서부터 조사를 해야 하지?"

"주소와 연락처는 모르지만 확인할 방법은 있습니다."

"어떻게?"

"미래가 다니는 학교가 어딘지 압니다. 정이초등학교인데 학교에 정보 공개를 요구하시면 알아낼 수 있을 겁니다."

"무슨 명목으로? 아!"

나는 뒤늦게 무슨 뜻인지 알아차렸다. 아이가 등교하지 않으면 학교에서는 교육청에 보고를 해야만 했다. 그런데 그 과정에서 무슨 문제가 있다고 판단되면 변호사가 정보 공개를 청구할 수 있다. 공공기관이나 공기업에서는 외부인, 특히 법률 관계자가 정보 공개를 청구할 경우 요청을 받아줘야 할 의무가 있기 때문이었다. 오랜만에 하는 거라 어떤 절차를 거쳐야 하는지 고민하고 있는데 붕붕이 불쑥 말했다.

"사례금으로 250코인을 드리겠습니다."

사례금 액수에 충격을 받았다. 일단 로봇에게 사례금을 받는다는 게 어색했고, 그 로봇이 나보다 더 많은 코인을 가지고 있어 놀랐다. 크레디트라고도 부르는 코인은 글자 그대로 개인 신용을 가격으로 책정한 것이다. 높으면 높을수록 은행 대출과 로봇 구매에 유리했고, 각종 혜택을 받았다. 반대로 경범죄를 저지르거나 세금 미납 등으로 크레디트가 깎이는 경우에는 제약이 따랐다. 로봇은 코인을 비롯해서 현금 같은 재산을 소유할 수 없었다. 다만, 주인의 재산을 보관하는 건 가능했다. 내가 떨떠름한 표정을 짓자 붕붕이 덧붙였다.

"주인님의 크레디트를 맡아 둔 것입니다. 제가 필요할 때 써도 된다고 하셨습니다."

"의뢰한 일을 마무리하면 받도록 할게."

"알겠습니다. 서둘러주십시오. 벌써 일주일째입니다."

"그럴게."

대화가 끝나자 붕붕이 일어나서 바퀴 달린 발로 스르륵 문까지 굴러갔다. 그리고 손으로 문고리를 연 다음에 다리를 들어서 문턱을 넘었다. 그러고는 문까지 닫고 나가버렸다. 혼자 남게 된 후에도 좀처럼 상황을 받아들이기 어려웠다.

"아, 로봇 때문에 망했는데 로봇한테 의뢰를 받네."

그것도 어린아이를 도와 달라는 의뢰였다. 미래라는 아이가 무사하길 바랐지만 붕붕의 추측대로 큰 위험에 처했다면 한시라도 빨리 움직여야 했다. 나는 일단 네트워크에 접속해 교육청 홈페이지를 검색했다. 정보 공개 코너에 들어가서 정이초등학교 김미래 학생의 근황을 알고 싶다고 적었다. 버스를 타고 출퇴근하면서 자주 봤는데 언제부터인가 안 보였다고, 붕붕이 들려준 얘기를 그대로 적었다.

그리고 이번 일에 도움이 될 만한 누군가의 휴대폰 번호를 눌렀다. 잠시 후, 누군가 홀로그램으로 모습을 드러냈다. 체구가 작은 20대 초반 여성이었지만 머리는 반삭을 했고, 한쪽 팔과 어깨는 문신으로 뒤덮여 있었다. 운동 중이었는지 땀으로 범벅이 된 그녀가 팔짱을 낀 채 나를 바라봤다.

"아저씨, 오랜만이네요. 나한테 처맞고 싶어서 연락한 거예요?"

그러면서 기계 의수로 바꾼 한쪽 팔을 보여줬다. 손가락 끝에 장착된 칼날이 삐걱거리는 소리를 내며 접혔다 폈다를 반복했다. 살짝 겁을 먹었지만 250코인을 위해 참았다.

"너, 코인, 얼마나 가지고 있어?"

"뜬금없이 연락해서 남의 코인은 왜 물어요? 채워주게요?"

"날 도와주면 채워줄 수 있지."

그녀가 미심쩍은 눈으로 나를 응시했다. 그럴 만도 했다.

그녀가 망해버린 이유 중 하나가 바로 나였으니까 말이다. 탐색이 끝났는지 그녀가 말했다.

"마이너스 13코인이요."

"아이고, 그사이 또 사고 쳤군."

"아뇨. 마이너스 50까지 갔다가 열심히 갱생해서 올라간 거예요. 하지만 아저씨를 두들겨 팰 수 있다면 그 정도는 감당할 수 있어요."

"네 도움이 필요해."

"됐다고요. 훈련 중이에요. 끊을게요."

돌아서려는 그녀에게 말했다.

"아동학대와 관련된 의뢰가 들어왔어."

"뭐라고요?"

그녀가 날선 목소리로 물었다. 그럴 줄 알았고, 그렇기 때문에 전화를 한 것이었다. 한쪽 눈을 찡그린 그녀가 화면에 바짝 얼굴을 들이댔다. 그 바람에 인공 안구의 푸른빛이 홀로그램을 가득 채웠다. 내가 얼굴을 살짝 찡그리자 그녀가 인공 안구를 더 바짝 들이댔다.

"왜요? 징그러워요?"

"낯설어서."

"됐고, 자세히 얘기해봐요."

"우리 동네 로봇 버스 기사가 자기 버스를 날마다 타던 여자아이를 일주일 동안 못 봤다더군. 조사를 더 해봐야 하지만 정황상 아동학대가 벌어지고 있는 것 같아."

"확실해요? 시발, 애를 괴롭히는 것들은 갈기갈기 찢어버려야 하는데."

푸른 눈을 깜빡거리더니 그녀가 말했다.

"계획을 말해봐요."

"일단 정보 공개를 청구했어. 주소 나오면 거기로 가서 증거를 잡아야 해."

"주소만 알려줘요. 문짝 부수고 들어가서 아이를 구출해 올게요."

"그랬다가는 너는 감방에 가고 사주한 나는 변호사 면허가 취소될 거야."

"그 정도면 괜찮네요."

"거기다 그 아이는 영원히 학대당할 거고, 아직 정황 증거만 있을 뿐이야. 그러니까 이건 순리대로 풀어야 해."

"야, 아저씨 입에서 순리대로 풀어야 한다는 말이 나오다니, 그 입을 확 찢어버리고 싶네. 진짜."

"일단 24시간 안에 답변이 오게 되어 있으니까, 집 위치 확인하고, 그다음에 증거를 찾아보자. 도와주면 50코인을 줄게."

"알겠어요. 내일 낮에 시합이 있어서 연락 못 받으니까 위치 확인되면 메시지 남겨요."

"시합?"

내 물음에 그녀는 기계 의수의 손끝에 있는 칼날을 펼쳤다.

"기계 의수 격투 대회요. 팔을 뽑아버리거나 항복할 때까지 싸우는 격투기죠."

"듣기만 해도 숨이 턱 막히는구나."

"이거라도 안 하면 답답해서 미칠 것 같아서요."

그 얘기를 들으면서 예전 일이 떠올랐다. 의욕이 넘치던 시절에 정의감을 앞세워서 그녀의 가족 사건에 뛰어들었다. 하지만 결론은 참혹했다. 그리고 한때 꿈 많은 소녀였던 그녀는 오랜 방황 끝에 기계 의수를 갖춘 격투기 선수가 되었다. 죄책감과 미안함에 아무 말 없이 통화를 끝냈다.

이런저런 생각에 잠겨 있는데 휴대폰으로 메시지가 왔다.

"벌써?"

—미래의 담임입니다. 교육청의 연락을 받았는데요. 미래에 관해서 드릴 말씀이 있습니다. 괜찮으시다면 학교로 직접 와주실 수 있을까요?

그 아래에는 선생님의 이름과 연락처, 그리고 수업이 오후 2시에 끝나니까 2시 반쯤 와 달라는 내용이 적혀 있었다. 교육청을 거쳐서 답변이 돌아올 것으로 예상했는데 뜻밖이었다. 하지만 미래의 담임을 직접 만나서 얘기를 나눈다면 사건을 좀 더 자세히 파악할 수 있겠다는 생각이 들었다. 담임인 오설아 선생님의 휴대폰으로 답장을 보냈다. 문자를 잘 확인했고, 내일 찾아가겠다는 내용을 남겼다. 잠시 후, 정문에서 연락을 달라는 답장이 왔다.

다음 날, 나는 일어나자마자 자외선 농도부터 확인했다. 최악이라는 예보와 수치를 보고는 카헤일링 서비스를 예약했다. 예약을 접수하자 10분 후에 도착한다는 메시지가 떴다. 오랜만에 차려입은 정장을 한번 내려다보고 디지털 마스크를 썼다. 그리고 자외선 차단 기능이 추가된 스마트 글래스를 착용했다. 원래 30코인짜리로 굉장히 비싼데 광고를 보는 조건으로 절반 가격에 살 수 있었다.

사무실 문을 열고 밖으로 나오자마자 스마트 글래스를 통해 화려한 홀로그램 광고들이 보였다. 입기만 해도 건강 체크부터 스트레스 지수를 낮춰준다는 정장 점퍼, 네메시스사의 최신형 가정용 로봇 모델 등 개인정보에 기반한 맞춤형 광고가 무작위로 이어졌다. 그런 와중에 자외선 농도가 올라가고 대기가 나빠지고 있으니 외출을 삼가고, 외부에 있다면 마스크를 쓰라는 경고 메시지가 떴다. 엘리베이터를 타고 1층으로 나오자 필로티 구조로 된 주차장 입구에 자율주행 차량이 서 있었다. 내가 접근하자 카메라로 얼굴을 확인하고는 문을 열어줬다. 안에 들어가서 자리에 앉자 자동으로 안전벨트가 채워졌고, 출발한다는 안내 음성과 함께 차가 스르륵 출발했다. 천장에서 내려온 스크린에서 학교까지 가는 최적의 코스와 소요 시간이 안내되었다.

거리로 나오자 자외선 경보가 발령되었는지 오가는 사람들이 적었다. 이런 상황에서도 밖에서 일할 수밖에 없는 사람들만 있었다. 상공에서는 택배용 드론과 드론 택시 들이 붕붕거리는 소리를 내며 오갔다. 거리 좌우에는 슈퍼 콘크리트와 실리콘 타일로 만들어진 건물들이 보였다. 지붕에 있는 태양열 패널들이 마치 해바라기처럼 햇살이 비추는 곳을 찾아서 빙빙 돌았다. 차량의 인공지능이 홀로그램으로 등장해서 사용할 수 있는 부가 서비스를 안내했다. 하지만 카헤일링 비용만으로도 허리가 휠 지경이라 괜찮다고 대꾸하고는 시트에 머리를 대고 눈을 감았다. 그러자 내가 피곤하다고 판단했는지 차창이 어두워지고 외부 소음이 차단되었다. 주변이 어두워지고 소리까지 사라지자 나는 잠이 들어버렸다.

도착 3분 전이라는 메시지와 함께 조명등이 켜졌다. 눈을 껌뻑거리며 정신을 차리려고 애쓰는데 차가 멈추고 문이 스르륵 열렸다. 인공지능이 즐거운 여행이 되었기를 바란다면서 잘 가라는 인사를 했다. 디지털 마스크를 입에 쓰고 내리자 김미래가 다니는 초등학교가 보였다. 정문에는 경비용 로봇이 경광봉을 번쩍거리며 서 있었다. 수업이 끝난 아이들이 친구들 손을 잡고 삼삼오오 정문을 나가는 중이었기 때문에 경계 태세를 취하는 것 같았다. 정문 앞에 서서 휴대폰으로 연락을 하려는데 검정색 바지에 하늘색 셔츠를 입은 긴 머리의 젊은 여성이 나를 바라봤다. 나는 휴대폰을 도로 집어넣고 말을 건넸다.

"오설아 선생님?"

흰색 자외선 차단 안경을 쓴 미래의 담임이 고개를 끄덕거렸다. 그리고 정문 안쪽을 가리켰다.

"들어오세요. 경비용 로봇에게는 제가 입력해 놨어요."

나는 담임을 따라 학교 안으로 들어가면서 스마트 글래스로 학교에 도착했으니까 이곳으로 오라고 메시지를 남겼다. 그 사이 오설아 선생님은 학교 안쪽에 있는 스마트 쉼터로 나를 안내했다. 문을 닫고 들어가면 외부와 완전히 차단되어 자외선이나 미세먼지로부터 안전했다. 우리가 들어가자 센서가 작동하면서 천정의 등이 켜지고 환풍기가 돌아갔다.

"교육청 지시 때문에 학교 안에서는 마스크를 벗지 못합니다. 양해해주세요. 여긴 항상 소독하는 곳이니까 변호사님은 벗으셔도 됩니다."

나는 갑갑한 디지털 마스크를 벗고 자연스럽게 주머니에서 명함을 꺼냈다.

"연락 주셔서 감사합니다. 유성훈 변호사입니다."

명함을 받은 그녀가 신기하다는 표정으로 나와 명함을 번갈아 바라봤다.

"인간 변호사는 처음 보네요."

"서울에서 유일한 인간 변호사이긴 합니다."

"특이하네요. 그런데 법정에서 사람이 할 일이 없어지지 않았나요?"

항상 듣는 질문이었다. 그 말 속에는 사람같이 고의로 법을 왜곡하는 존재가 어떻게 법정에 설 수 있느냐는 힐난과 의문이 담겨 있는 걸 어렵지 않게 느낄 수 있었다.

"어떻게든 버텨보고 있습니다. 어렵게 공부해서 딴 거라 본전 생각이 나서요."

늘 하던 대로 둘러대며 슬쩍 눈치를 살폈다. 다행히 더 이상 캐묻지 않았다.

"정보 공개를 요청한 적은 많은데 이렇게 직접 만나서 얘기를 들어본 건 처음입니다."

"미래에 대한 거라서 직접 설명하는 게 좋을 거 같았어요."

"지금 일주일째 학교에 등교하지 않았다는데 사실인가요? 항상 버스에서 마주쳤는데 방학도 아닌데 안 보여서 걱정했거든요."

"맞아요. 어머니께서 미래가 아프다고 전화를 주셨어요."

"제가 보기에는 멀쩡하던데 어디가 아팠던 건가요? 직접 확인해보신 거겠죠?"

아동이 사흘 이상 무단 결석하거나 병원에 가는 경우가 발생하면 학교 담임이나 교육청 관계자가 반드시 직접 아동의 집을 방문해야 한다. 교육 분야에서 그나마 인간이 일할 수 있게 된 이유이다.

내 질문을 받은 오설아 선생님은 잠깐 머뭇거렸다.

때마침 로봇 보조교사가 한 무리의 아이들을 데리고 정문으로 걸어가는 중이었다. 십수 년 전만 해도 초등학교에 로봇

교사를 둔다는 것은 상상할 수 없는 일이었다. 저출생으로 한 학급당 학생 수는 지속적으로 줄었지만 학교 폭력은 수그러들 줄 몰랐다. 그러던 중 로봇 보조교사를 배치해보자는 의견이 강력히 제기되어 시범적으로 제도를 시행해보게 되었고, 오래 지나지 않아 학교 폭력이 감소하는 실질적인 효과가 나타났다. 하지만 로봇은 말 그대로 보조적인 역할만 수행하는데도 로봇 음모론자들의 반대는 더욱 거세졌다.

오설아 선생님이 조심스럽게 입을 열었다.

"미래는 좀 독특한 아이예요."

"어떻게 말입니까?"

"로봇 음모론에 심취해 있어요. 그래서 반 아이들에게 이런 저런 얘기를 하다가 로봇 교사에게 몇 번이고 제지를 당한 적이 있었죠."

"어떤 음모론 말입니까? 아직 어린아이잖아요."

"어떻게 들으실지 모르겠지만, 요즘 아이들은 걸음마보다 스마트 기기 작동법을 먼저 익혀요. 새로 출시되는 제품이나 업데이트에 곧바로 적응하죠. 부모보다 사이버스페이스에서 얻는 정보를 더 신뢰하고요. 하지만 스스로 잘못된 정보를 걸러내기엔 너무 어려워요. 아이가 공적 보육을 받기 전까지 부모의 가정교육이 꼭 필요한데, 대부분 방치해서 문제예요."

"요즘은 가정마다 돌봄 로봇이 있지 않나요?"

"맞아요. 돌봄 로봇에게 정보가 정확한지, 정보 제공자의 사적인 의견이 들어가지는 않았는지 검사하는 기능을 넣어야 하는데 추가 비용이 들고 아이들이 반항한다는 이유로 모른 척하죠. 아마 미래 부모님도 그런 쪽이었던 거 같아요."

차분한 그녀의 얘기를 듣다가 문득 궁금해졌다.

"지금 말씀하신 게 미래의 실종과 어떤 연관이 있습니까?"

"그게 말이죠. 미래가 최근 들어서 이상한 말들을 했어요."

"이상한 말이요?"

"세상을 로봇이 지배한다는 로봇 음모론자들의 주장을 자주 말했어요. 심지어 로봇 교사를 적대적으로 대해서 경고를 받았어요. 그래서 제가 미래의 부모님에게 이런 사실에 대해 리포트를 작성해서 보내드렸어요. 이런 혐오 발언을 계속하면 학교에서는 징계를 내려야 하고 부모님 역시 처벌을 받을 수 있다고 말이죠. 그런데 그후 미래가 학교에 나오지 않았어요."

"미래가 계속 이상한 얘기를 해서 부모님이 자기까지 처벌 받지 않을까 무서웠던 모양이군요."

내 얘기를 들은 오설아 선생님이 고개를 끄덕거렸다.

"무단 결석 사흘째 되던 날에 다시 연락했더니 미래가 아프다고 하셨어요. 그래서 병원에 입원했는지 물어보고 제가 방문하겠다고 했더니 안 된다고 하면서 일방적으로 연락을 끊었습니다."

오설아 선생님의 얘기를 듣고 나서 비로소 왜 직접 연락을 했는지 이해가 갔다.

"공식적으로 답변하기 애매한 상황이네요."

"맞아요. 원래대로라면 오늘이나 내일쯤 병원을 방문하든지 아니면 교육청에 공식적으로 보고를 해야 했는데 갑자기 정보 공개 요청이 들어왔어요. 며칠 후에 다시 연락해보고 미래가 입원했다고 하는 병원에 가볼 생각입니다. 그때까지만 기다려주세요."

"병원에 입원한 게 아니라면요?"

"만약 로봇에 대한 공격적인 음모론이 부모에게서 비롯되었다면 교육청에서 공식적으로 조치를 취할 수 있습니다. 다만, 명백한 증거와 아이의 의사 표현이 있어야 가능합니다."

"시간이 걸린다는 얘기군요."

"네."

오설아 선생님이 웃으며 고개를 끄덕거렸다. 나는 스마트글래스로 준비해둔 메시지를 보냈다. 그리고 내 대답을 기다리는 오설아 선생님에게 말했다.

"제가 상황을 잘 몰랐네요."

"이해합니다. 우리 미래가 얼마나 예뻤으면 버스에서 보시고 관심을 기울였겠어요. 그런 점만 아니면 참 좋은 아이인데 말이죠."

씁쓸하게 얘기하는 오설아 선생님을 본 나는 변호사 특유의 차분한 표정으로 말했다.

"병원에 가실 때 저랑 같이 가시죠."

"네?"

"제가 직접 가서 미래가 괜찮은지 보면 되잖아요. 저에게 별도로 연락하실 필요도 없고요."

내 애기를 들은 오설아 선생님이 한숨을 푹 내쉬더니 주머니에 손을 넣으면서 중얼거렸다.

"말로 하니까 안 되겠네."

그녀가 주머니에서 꺼낸 건 소형 전기 충격기였다. 미처 피하기도 전에 내 어깨에 닿았고, 엄청난 전기 충격에 그대로 의식을 잃고 말았다.

정신이 돌아온 것은 희미한 사이렌 소리 때문이었다. 눈을 뜨자 자동차 천장 같은 게 보였다. 몸을 움직이려고 했는데 구급 침대에 눕혀진 채 팔과 다리가 결박되어 있었다. 입도 테이프로 봉해져 소리를 낼 수 없었다. 고개를 돌려 주변을 살펴보는데 옆에 오설아 선생님이 앉아서 내려다보고 있었다. 그 옆에는 그녀와 닮은 여자가 한 명 더 있었다. 오설아 선생님이 내가 의식을 차린 것을 보더니 옆에 앉은 여자에게 말을 건넸다.

"눈 뜬 것 같아, 언니."

"그러게. 이제 거의 다 온 거 같네."

그뒤로 두 사람은 침묵을 지켰다. 입이 막혀 나도 물어볼 수 없는 상황이라 잠자코 누워 있어야만 했다. 한참 더 달리던 차가 멈추자 오설아 선생님을 닮은 여성이 운전석 쪽에 대고 외쳤다.

"다 온 거야?"

굵직한 남자 목소리로 그렇다는 대답이 들리고 문이 열리는 소리가 났다. 그리고 저벅거리는 발소리와 함께 뒷문이 열렸다. 나는 구급 침대에 묶인 채 그대로 밖으로 끌려 나왔다. 누워 있어서 주변이 잘 보이지 않았지만 터널 근처의 이면도로로 주변에는 지나가는 차도, 사람도 보이지 않았다. 주변 풍경으로 봐서는 서울 외곽의 고속도로 근처 같았다. 구급 침대를 내린 남자가 나를 내려다봤다. 턱수염을 기른 40대 중반의 남자가 굳은 표정으로 구급 침대를 밀었다. 두 여성이 앞장서서 구급 침대를 끌었는데 목적지는 이면도로 건너편에 있는 작은 오두막집 같은 곳이었다. 자연을 즐길 수 있다는 글씨가 적힌 펜션의 입구를 지나서 안으로 들어가자 싸늘한 공기가 느껴졌다. 오설아 선생님이 문을 잠그자 턱수염의 남성이 내 입에 붙은 테이프를 뜯어냈다. 그러고는 아까 나를 기절시킨 전기 충격기를 눈앞에 들이댔다.

"지금부터 헛소리를 할 때마다 이걸로 지져줄 거야. 그러니까 우리가 묻는 말에 솔직하게 대답해."

"나 같은 유명인을 납치하다니, 제 정신입니까?"

턱수염이 코웃음을 치더니 내 어깨에 전기 충격기를 갖다 댔다. 강한 전류가 흘러 온몸이 뒤틀렸다. 각오는 했지만 나도 모르게 비명이 터져 나왔다. 그러자 문을 잠그고 돌아온 오설아 선생님이 손으로 입을 가리며 웃었다.

"마음껏 소리 질러. 이 근처에는 아무도 없으니까."

"선생님이 납치범이라니, 나중에 연금 못 받겠는걸?"

그러자 그녀가 전기 충격기를 건네받고는 내 눈앞에서 버튼을 눌렀다. 푸른색 불꽃이 지직거리며 튀었다.

"인간이 로봇의 노예가 되느냐 마느냐 하는 중요한 시점인데 그 따위 연금은 하나도 중요하지 않아."

"이런, 미래가 로봇 음모론자가 된 게 담임 선생님 때문이었군."

그러자 오설아 선생님이 옆에 있던 턱수염의 남자와 자신을 닮은 여자를 바라보며 대답했다.

"우리 모두의 교육 때문이지."

그녀의 얘기를 듣고 나서야 비로소 돌아가는 상황을 알아차렸다.

"온 집안이 똘똘 뭉쳐서 아이를 이상하게 만들었군. 담임이 한 패거리니 걸릴 일이 없었지."

"맞아. 그런데 그 바보 같은 계집애가 다른 애들한테 우리 얘기를 하고 다녔지. 그래서 아프다는 핑계로 학교에 보내지 않았는데 네가 갑자기 정보 공개를 요구하는 바람에 일이 복잡해졌어."

"그래서 공식적인 답변을 보내는 대신에 나를 불러서 속이려고 했군. 내가 입을 다물면 조용히 넘어갈 테니까 말이야."

"역시 변호사라 그런지 똑똑하네. 잘 넘어가나 싶었는데 병원에 같이 가자는 얘기를 하는 바람에 안 되겠다 싶어서 플랜 비로 넘어갔지."

"별로 현명한 계획은 아닌 거 같은데? 내가 없어지면 날 찾아올 사람이 한둘이 아니야. 마지막에 너를 만나러 온 것도 카헤일링 기록에 남아 있고 말이야."

내 얘기를 들은 오설아 선생님이 싸늘하게 웃었다.

"그건 내가 자리를 지킬 때나 걱정할 문제지. 이제 나도 본격적인 투쟁에 나서기로 했어."

"교사를 때려치우겠다고? 임용고시 힘들게 봤을 텐데 다시 생각해보지그래."

오설아 선생님이 콧방귀를 뀌며 턱수염을 바라봤다.

"형부, 빨리 처리하고 떠요. 온 김에 미래도 같이 처리할 거죠?"

턱수염은 오설아 선생님의 얘기를 듣고는 나를 내려다봤다.

"처리하기 전에 몇 가지 궁금한 게 있어. 제대로 대답하면 충격기로 기절시킨 상태에서 처리해주지. 만약 대답이 마음에 안 들거나 거짓말이면, 의식이 있는 채로 처리할 거야."

그 처리라는 게 뭔지는 모르겠지만 굉장히 무섭고 고통스러울 것 같아서 얼른 고개를 끄덕거렸다. 그러자 턱수염의 남자가 나를 내려다보며 물었다.

"미래를 버스에서 봤다고 했는데 사실이야? 요즘 세상에 누가 버스에서 봤던 아이가 안 보인다고 신고를 해? 누가 시켰어?"

"아하, 내 뒤에 배후가 있다고 생각하고 있군. 맞아. 나는 누군가에게 얘기를 듣고 정보 공개를 요청한 거야."

내 대답을 들은 턱수염의 남자가 한쪽 눈을 찡그렸다.

"그게 누구야?"

"마을버스를 몰던 로봇."

"뭐라고? 로봇 따위가 왜?"

"매일 버스를 타던 아이가 갑자기 안 보이고, 엄마로 추정되는 인간이 통화를 하면서 처리하겠다고 하는데 얼마나 이상하게 보였겠어. 그런데 로봇이라 어떻게 할 수 없으니까 인간 변호사인 날 찾아온 거야. 그래서 정보 공개를 청구했는데 담임 선생님이 직접 만나자고 하더니 이상한 소리를 한 거야."

나는 자연스럽게 오설아 선생님을 바라봤다.

"미래는 운전하는 로봇에게 꼬박꼬박 인사하고 말을 걸었어. 그래서 친분을 쌓을 정도였는데 정작 담임은 아이가 로봇을 싫어해서 음모론에 빠져 있다고 하니까 이상하게 생각할 수밖에 없지. 그래서 병원에 같이 가자고 했더니 이렇게 떡밥을 빠르게 물어버릴 줄은 몰랐어."

유쾌하게 떠드는 내 얘기를 듣던 턱수염의 남자가 물었다.

"성격이 꽤 낙천적이군."

"그래서 지금까지 변호사 노릇을 한 거지. 안 그랬으면 어떻게 견뎠겠어. 그러니까 미래는 부모와 담임이 로봇 음모론자임에도 불구하고 로봇이랑 가깝게 지낼 정도로 착하고 균형 감각이 있는 아이인 셈이지. 어떻게 어른 셋이 애 하나보다 못한 거야?"

"변호사답게 머리가 좋은 건 인정하지. 하지만 앞으로 너한테 닥칠 일을 생각하면 더 이상 낙천적이지 못할 거야."

턱수염의 남자는 내가 묶여 있는 구급 침대를 돌렸다. 그러자 보이지 않던 벽이 보였는데 그곳에는 부서지고 불타서 그을린 로봇들의 잔해가 보였다. 그 옆에는 전기톱과 쇠망치, 그리고 토치가 나란히 놓여 있었다. 그걸 보자마자 중얼거렸다.

"미친놈들."

턱수염이 성난 표정으로 대꾸했다.

"미친 건 우리가 아니라 저따위 깡통들을 만든 놈들과 그걸 받아들인 놈, 그리고 아무 생각 없이 사용한 작자들이지. 우리는 저항군이라고, 인간을 지키는 단군의 후예들."

"저렇게 몇 대 없앤다고 로봇이 사라질 거 같아?"

"동조자들이 얼마나 많은지 모르지? 우리는 곳곳에 있어. 그리고 세력을 점차 늘려 나가고 있지. 로봇 때문에 일자리를 잃은 사람들 말이야. 그들이 모여서 반격을 준비하고 있다고."

흥분한 턱수염을 그의 부인이 나서서 제지했다. 그러고는 냉정하게 말했다.

"얼른 처리하고 떠나요. 그리고 말을 너무 많이 하지 말라고요."

그러자 턱수염이 대답했다.

"이놈을 전기톱으로 토막 낼 거야."

알아서 하라는 얘기를 들은 턱수염은 기둥에 걸려 있는 지저분한 비닐 작업복을 뒤집어썼다. 겉에는 로봇을 조각낼 때 튄 것 같은 오일이 잔뜩 묻어 있었다. 그리고 전기톱을 들고 왔는데 그걸 본 내가 말했다.

"어이, 사실대로 얘기하면 기절시키고 처리한다며?"

"거짓말이었어."

턱수염이 히죽 웃더니 전기톱을 켰다. 부르릉거리는 소리와 함께 톱날이 맹렬하게 돌았다. 그걸 본 나는 크게 웃었다. 턱수염이 전기톱을 들고 다가오며 물었다.

"뭐가 좋다고 웃어?"

"생긴 건 말이야. 되게 귀여워. 스무 살이 넘었는데 체구가 진짜 작거든. 그런데 말이야. 성격은 정반대야. 완전 거칠게 살았거든."

"누굴 얘기하는 거지?"

오설아 선생님이 불안한 표정으로 물었지만 나는 개의치 않고 계속 말했다.

"그래서 반삭에 문신투성이야. 거기다 격투기 실력도 뛰어나서 웬만한 남자는 몇 초면 제압해. 너무 잔인해서 공식 무대에서는 활동을 못해. 대신 지하 격투기 클럽 같은 데서 선수로 뛰고 있지."

침을 튀기며 떠드는 내 얘기가 마음에 들지 않았는지 턱수염이 전기톱을 휘둘러대면서 말했다.

"그딴 것들은 아무리 많이 덤벼도 무섭지 않아."

슬슬 불안해진 나는 입구를 바라봤다. 그때 오설아 선생님이 잠근 문이 와지끈하는 소리와 함께 부서져 나갔다. 그녀가 타고 온 오토바이가 뭉개버린 것이다. 그녀가 치치라고 부르는 불법 개조 오토바이는 항상 내 마음에 들지 않았지만 이번만큼은 더 없이 반가웠다. 오두막 안으로 들어온 그녀가 오토바이에서 천천히 내렸다. 검정색 로블록스 티셔츠의 왼팔 부분을 뜯어내서 기계 의수를 드러냈다. 보통은 옷으로 덮어서 가리게 마련인데 그녀는 이렇게 드러내길 좋아했다. 나는 턱수염에게 말했다.

"소개하지. 이름은 박선아야. 선하고 아름답게 자라나라는 뜻이지."

내 얘기를 들은 박선아가 짜증을 냈다.

"아이, 그 이름 부르지 말라니까요. 코카스라고 부르라고요. 코카스."

"그건 강아지 품종이잖아."

"코커-스패니얼이고요, 그건."

그녀가 다가오면서 짜증을 냈다. 학교에서 오설아 선생님과 얘기를 나누면서 불길한 예감이 들어 그녀에게 메시지를 보냈었다. 하지만 바쁘다는 대답에 누군가 먼저 나를 죽일 수도 있다는 답장을 남겼다. 순전히 직감이었지만 그녀가 딱 맞아떨어지게 도착한 덕분에 목숨을 구할 수 있었다. 영문을 몰라 하던 패거리 중 가장 먼저 정신을 차린 건 오설아 선생님이었다.

"어서 처리해요, 형부."

턱수염이 크게 고개를 끄덕거리더니 전기톱을 들고 달려갔다. 하지만 박선아는 물끄러미 지켜보다가 슬쩍 피하면서 달려오는 턱수염의 발을 걸었다. 균형을 잃고 비틀거리던 턱수염이 전기톱을 끌어안은 채 앞으로 넘어졌다. 살이 찢어지는 소리와 함께 피가 분수처럼 튀는 섬뜩한 광경이 벌어졌다. 기세 좋게 달려갔다가 넘어진 턱수염은 자신의 몸에서 흘러나온 피가 고인 웅덩이 속에서 몸부림을 치다가 축 늘어졌다. 상체는 비스듬하게 거의 잘려 나간 상태였다. 순식간에 벌어진 일에 놀란 나머지 입을 벌리고 있던 오설아 선생님이 박선아가 계속 다가오자 전기 충격기를 꺼내서 내 목에 갖다 댔다.

"가, 가까이 오면 이 남자 죽일 거야!"

어처구니없는 말에 나는 코웃음을 쳤다.

"쟤한테는 날 죽인다고 하면 안 먹혀."

"뭐라고?"

"세상에서 나를 가장 죽이고 싶어 하는 애가 바로 쟤거든."

그렇게 얘기하는 사이, 박선아가 순식간에 접근했다. 그러고는 구급 침대 옆에 있던 오설아 선생님의 언니에게 기계 의수로 강력한 어퍼컷을 먹였다. 턱이 부서지는 소리와 함께 허공으로 피가 튀었고, 살짝 몸이 떴던 그녀는 바람 빠진 풍선처럼 구겨져서 쓰러졌다. 놀란 오설아 선생님이 전기 충격기를 켠 채 박선아에게 덤볐다. 하지만 그녀가 기계 의수로 전기 충격기를 막았다. 푸르스름한 스파크가 튀었지만 박선아는 대수롭지 않다는 듯 버티다가 오른손으로 간단하게 전기 충격기를 뺏었다. 그리고 자기 몸에 대고 켰다. 빠지직거리는 소리가 났지만 박선아는 멀쩡했다.

"이런 건 나한테 안 통해."

기계 의수가 아닌 오른손으로 전기 충격기를 구겨서 부숴버린 박선아는 도망치려는 그녀를 잡아다가 팔을 쭉 당겼다. 박선아가 기계 의수 격투기를 할 때 잘 쓰는 기술로 상대방의 팔에 복합 골절을 일으켰다. 팔이 기괴하게 꺾인 오설아 선생님이 인간이 낼 것 같지 않은 괴상한 소리를 질렀다. 박선아는 쭉 늘어나 뒤틀린 팔을 보며 고통스러워하는 오설아 선생님의 목덜미를 잡더니 멀리 던져버렸다. 비명을 지르며 날아간 그녀는 로봇들의 잔해 더미 위로 떨어졌다. 날아간 거리나 떨어질 때 충격을 감안하면 더 이상 멀쩡하게 지내는 건 불가능했다. 가볍게 팔을 턴 박선아는 쓰러진 오설아 선생님의 언니에게 다가가서는 한쪽 발목을 세게 밟고는 좌우로 비틀었다. 뼈가 으스러지는 소리와 함께 쓰러져 있던 오설아 선생님의 언니가 몸부림을 치면서 고통스러워했다. 그런 그녀에게 박선아가 말했다.

"뼈가 조각 나서 깁스나 부목도 소용없어. 네가 그렇게 싫어하는 기계 의족밖에는 방법이 없단다. 그거 달고 잘 지내봐."

그러고는 나에게 다가왔다. 기계 의수의 손가락을 펼치자 감춰져 있던 칼날이 튀어나왔다. 그런데 그걸로 날 풀어주는 대신 배를 가를지도 모른다는 생각에 마른침을 삼켰다. 그걸 본 박선아가 웃었다.

"아저씨는 쉽게 죽일 생각 없어요."

그러고는 묶여 있던 끈을 칼날로 잘랐다. 툭툭 끊겨 나간 끈이 바닥에 떨어지자 나도 모르게 한숨이 나왔다. 구급 침대에서 일어난 나는 그녀에게 말했다.

"이곳에 미래가 갇혀 있을지 모르니까 찾아보자."

오두막 안에는 몇 개의 방이 있었고, 거기에는 로봇 음모론자들이 결성한 비밀단체인 휴먼 단군의 후예들의 선전물과 깃발 같은 것들이 보였다. 다른 방에는 은밀하게 구한 재료로 만든 사제 폭발물도 몇 개 있었다. 마지막 방은 굳게 닫혀 있었다. 그걸 본 내가 박선아에게 말했다.

"여기 있…"

그녀는 내 말이 채 끝나기도 전에 발로 문을 박살냈다. 요란한 소리와 함께 떨어져 나간 문짝이 뿌연 먼지를 일으켰다. 먼지 너머에서 두 손이 쇠사슬에 묶인 초췌한 미래의 모습이 보였다.

신고를 받은 경찰은 5분 만에 드론을 타고 도착했다. 두 대의 진압용 로봇과 두 명의 무장 경찰로 구성된 신속 대응팀은 상황을 보더니 구급차와 지원을 요청했다. 그때까지 나는 용의자 취급을 받아서 일회용 수갑을 찬 채 그녀와 나란히 앉아 있었다. 지원팀과 함께 과학수사대와 혐오 범죄 대응팀까지 온 걸 본 나는 가볍게 휘파람을 불었다.

"우리가 대박을 친 모양이군."

"증거를 찾는답시고 자기 목숨 좀 걸지 말아요. 그러면 내가 어떻게 당신을 죽여요."

"네 손에 죽기 싫어서 말이야. 거기다 시간도 없었고."

"내가 경기에서 다치거나 그래서 연락 못 받았으면 어쩌려고 했어요."

그녀의 볼멘소리에 웃음이 나왔다.

"48전 48승의 지하 격투계의 칼날 여왕이 질 리가 없잖아."

그렇게 얘기를 주고받는데 사복형사 한 명이 다가오더니 우리 둘을 풀어줬다.

"나중에 조사해야 하니까 연락받으면 경찰서로 오십시오."

"알겠습니다."

수갑을 풀어준 사복형사가 신기하다는 듯 나를 바라보며 물었다.

"그런데 직업이 변호사라면서요?"

"맞습니다."

"아직도 인간 변호사가 남아 있는 줄은 몰랐습니다."

쓰라린 통증이 느껴지는 손목을 부여잡은 내가 대답했다.

"조만간 멸종될 겁니다."

"어쨌든 대단한 일을 하셨습니다. 인간을 지키는 단군의 후예들은 그동안 경찰에서도 요주의 단체로 지목했는데, 엄청난 단서를 잡을 수 있었습니다."

"미래는 어떻습니까?"

"구급차로 병원에 이송 중입니다. 응급 구조용 로봇의 보고로는 상태는 양호하지만 시간이 더 흘렀으면 어떻게 됐을지 모른다고 했답니다."

"다행이군요. 그럼 연락 주십시오."

때마침 그녀가 오토바이를 끌고 왔다. 사복형사와 인사를 나누고는 자연스럽게 뒷자리에 탔다. 시동을 걸더니 그녀가 말했다.

"꽉 잡아요. 떨어져도 안 도와줄 거예요."

사실이었기 때문에 나는 그녀의 허리를 꽉 잡았다. 시동을 걸자 요란한 엔진 소리와 함께 우리 둘을 태운 오토바이는 로봇들이 운전하는 차량과 무인 자율주행 차량들을 추월해 구로의 내 사무실로 질주했다.

마법의 성에서 나가고 싶어

이산화

"소원을 이뤄주는 보물? 너네 지금 그딴 걸 찾으러 가자고 날 불러낸 거야?"

마시던 맥주잔을 탕 내려놓으며 일부러 짜증스레 물었건만, 테이블 건너편에 앉은 두 녀석은 그냥 뻔뻔하게 고개를 끄덕일 뿐이었다. 맥주잔과 테이블이 부딪치며 튀어나온 별빛 특수 효과가 허공에서 희미하게 춤추다가 곧 아른아른 사라졌다. 그런다고 짜증까지 사라지는 건 아니었기에, 갓을 쓴 태엽 로봇이 그려진 '도로맥주' 하나를 새로 따는 동안 나는 계속해서 불평을 토해냈다.

"15년도 더 된 소문이잖아. '마법의 성'에 뭔가 귀중한 게 묻혀 있으리란 얘기 말이야. 참사 바로 다음 주부터 나온 가십을 너넨 어떻게 아직도 믿는지 모르겠네."

"그 당시엔 소원 얘긴 없었거든요. 믿을 만한 출처가 있는 뉴스라고요, 이거는."

"미아야, 빼지 말고 딱 한 번만 같이 일하자. 우리가 언제 안 되는 건수 가져온 적 있냐?"

바로 그 점이 문제였다. 만일 간만에 술을 사주겠다며 잠실까지 찾아와선 웬 낡은 헛소문이나 주섬주섬 꺼내든 녀석이 수지 그래픽디자이너나 준 피직스프로페서처럼 못 믿을 부류였다면, 얘가 또 어디서 뭘 잘못 주워듣고 이러겠거니 생각하며 대충 한 귀로 흘렸을 것이다. 하지만 지금 내게 술을 사주고 있는 둘은 허무맹랑한 일거리에 주변인을 굳이 끌어들일 사람이 아니었다. 그러니 아무리 무시하고 싶어도 신경이 쓰일 수밖에. 부티 나는 재킷을 걸친 건물주 집안 꼬맹이, 유진 드 샤인 시티팰리스는 이제 내 손까지 붙잡고서 구구절절 부탁을 늘어놓기 시작했다.

"선배, 저 이번 건에 쓰려고 차도 새로 뽑았어요. 보물이든 뭐든 갖고 나오면, 그걸로 엄마한테 빌린 돈 싹 청산하고 제 사업 시작하려고요. 촬영 한 번만 맡아주시면 선배한테도 지분 크게 떼어드릴게요, 네?"

"너무 미래 일이다, 유진아. 그리고 돈은 성실히 일해서 좀 갚아라."

"자기도 맨날 종합투기장에서 도박이나 하는 주제에."

반박하기엔 너무나 날카로운 지적에 잠깐 입을 다물었더니, 그 틈을 놓치지 않은 용병 하나 서전스도터가 옆자리에 대뜸 다가와 앉아선 내 잔에다가 맥주를 콸콸 따랐다. 동시에 경기 북부식 문신으로 뒤덮인 근육질 팔이 어깨를 휘감았다. 가문의 업적을 새긴 그림이 코앞에서 선명히 번들거렸고, 귓가에는 술 냄새 나는 목소리가 나지막이 울렸다.

"은마 건 때문에 그러냐? 누누이 말하잖아. 그때 일은 네 잘못 아니라고."

"한나야, 우리 술맛 떨어지는 애긴 그만하자."

"그래도 이 말까진 해야겠다. 왕년의 위험지대 리뷰어가 언제까지 이렇게 폐인처럼 살 건데, 미아 치킨프라이어?"

한나의 우렁찬 목소리에 술집 손님들이 죄다 내 쪽을 한 번씩 슬쩍 돌아보았다. 목청이 컸기 때문만은 아니었다. 물론 내 이름이 대단히 유명했기 때문도 아니었고. 십중팔구는 '치킨프라이어'라는 성을 듣고 혹시 자기가 아는 사람인가 싶어서 힐끔거린 것이리라. '치킨프라이어'는 흔하디흔한 성으로, 조상 중 누군가가 서울 시내 곳곳을 활보하는 토실토실한 잿빛 조류나 그 비슷한 새를 튀겨 팔며 생계를 유지했음을 암시한다. 추측하건대 돈이 잘 벌리는 직업은 아니었을 것이다. 후손에게 땡전 한 푼 물려주질 않아, 목숨을 걸고 위험지대 내부의 영상을 찍어다 파는 신세로 만든 걸 보니. 그것도 이젠 다 옛날 일이었지만.

"그래, 말 나온 김에 왕년의 위험지대 리뷰어로서 충고 하나 해줄게. 은마 땐 길잡이로 현지인 출신 데려갔는데도 그 꼴이 났어. 그런데 뭐, 마법의 성? 데이터 구름에 잡아먹혀서 15

년째 고립된 데잖아. 안내해줄 사람은 고사하고, 보안 뚫어줄 사람을 찾을 수나 있어?"

"찾았으니까 촬영기사 섭외하러 왔죠. 사람 너무 무시하시네."

유진의 말에 힘이 풀린 손이 맥주잔을 주르륵 미끄러뜨렸다. 떨어지기 직전에 간신히 붙잡은 잔 끄트머리에서 엄지를 세운 손 모양 아이콘이 뿡 튀어나왔지만, 지금은 그런 시시한 성공에 기뻐할 때가 아니었다. 벌써 찾았다고? 초고밀도 정보 장벽의 보안 너머로 안내해줄 길잡이를? 농담이겠지 싶어 고개를 돌려봤더니 한나의 표정 역시 진지하기 그지없었다. 이 녀석들은 진심이었다. 술자리 특유의 헛꿈을 쏟아내는 게 아니라, 정말로 마법의 성에서 보물을 가지고 나올 계획을 세우고 있었다.

"너만 오면 바로 간다. 바로 이번 금요일이야."

한나가 단호히 선언했다. 대답하는 내 목소리엔 이미 흔들림이 가득했다.

"자세한 정보를 줘. 그리고 생각할 시간도."

* * *

그주 금요일 아침은 점퍼를 껴입어야 할 만큼 쌀쌀했고, 구잠실역의 출입금지 홀로그램 너머에는 한층 더 서늘한 적막만이 가득했다. 로마의 유명 분수대를 그대로 본떠 만든 거창한 조형물은 "참사 진상 규명하라"라고 적힌 피켓들과 함께 먼지를 잔뜩 뒤집어쓰고 있었다. 약속 장소인 그 앞 광장에서 한참만에 처음으로 촬영용 고글을 써보니, 시야 왼쪽 위에 둥둥 뜬 사이버스페이스 농도 표시가 가장 먼저 눈에 들어왔다. 판교 중심가보다도 높은 농도인 '219'라는 숫자가 허공에 실존하는 물건처럼 기분 나쁜 부피감을 뿜어냈다. 손끝에 붙여 둔 자그마한 별빛 특수 효과에서도 희미한 간지러움이 느껴질 정도였다. 하지만 이조차도 목적지에 비하면 아무것도 아니리라고 생각하며, 나는 분수대 뒤편을 가득 메운 채 반짝이는 금빛 장막을 향해 가만히 시선을 돌려 보았다.

15년 전 참사의 원인은 석촌호수 일대의 오래된 놀이공원을 최고 성능의 가상현실 테마파크로 업그레이드하려는 거대 기업의 과욕이었다. 원하는 동기화 속도를 구현하려면 멀리 떨어진 위성이 아닌 지상에서 데이터를 처리할 필요가 있었고, 기업은 이를 위해 각종 규제를 어겨 가면서까지 놀이공원 바로 옆의 초고층 탑 전체를 사이버스페이스 연산 장치로 개조했다. 그리하여 대망의 개장 당일, 역대 최다 입장객이 기다리는 가운데 '탑'은 당당히 가동을 시작했고… 다음 순간 파괴적인 전산 돌풍의 형태로 폭발해 놀이공원 전체를 휩쓸었다. 예상을 훨씬 웃도는 인원수를 처리하려던 시스템이 탑의 부피 이상으로 폭주한 결과였다.

호수 주위의 건물과 4만 명 이상의 피해자를 단번에 먹어

치운 뒤에야 시스템은 비로소 확장을 멈추었지만, 탑 전체가 전자 정보로 변환되며 생긴 초고밀도의 데이터 구름은 그대로 현장에 남았다. 이따금 동화 속 성의 실루엣만이 아스라이 비쳐 보이는 그 구름 속에 거대기업의 은닉 자산이나 비밀리에 개발된 핵심 기술이 숨겨져 있으리란 소문이 곧 나돌았다. 하지만 어차피 무의미한 공상일 뿐이었다. 고농도의 사이버스페이스 환경에선 전자적 보안이 곧 물리적 장벽으로 기능하고, 극한까지 집적된 시스템은 가공할 만한 연산 속도를 낳아 그 어떠한 해킹 시도라도 거뜬히 반격해내니까. 저 찬란한 벽 너머의 세계에 발을 들이는 데 성공한 사람은 지난 15년간 아무도 없었다. 적어도 알려진 바에 따르면.

"그래서, 그 길잡이란 녀석은 벌써 저기 들어가 있대? 진짜로?"

"준비해 뒀다가 딱 10시 되면 문 열어줄 거래요. 선배는 궁금한 것도 많다."

새로 뽑았다는 빨간 1인승 사륜차 '채리엇'의 조종석에 파묻힌 채로, 유진은 내 의구심을 가벼운 핀잔으로 받아쳤다. 오랜만에 운전 실력을 뽐낼 시간이 다가오는데 왜 분위기를 깨느냐는 태도였다. 광장 한쪽 끝에서 목소리를 높여 통화하는 중인 한나도 태도는 크게 다르지 않아 보였다. 서전스도터 가문의 상징인 하얀 가운 아래로 긴 가죽 칼집을 자랑스레 흔들며, 파주 땅에 두고 온 반려자에게 온갖 호언장담을 다 쏟아내고 있는 걸 보니까.

"왜 질질 짜고 그러냐, 호안 북에디터슨! 보물 갖고 나온다니까? 쓸데없는 걱정 그만두고 내 서사시 쓸 준비나 해!"

하지만 '보물'의 존재도 정보 장벽을 뚫은 길잡이의 존재만큼이나 믿기 힘들긴 마찬가지였다. 알고 보니 보물 이야기의 최초 출처가 문제의 길잡이였다면 더더욱. 소원을 이뤄준단 게 구체적으로 무슨 뜻인지 물어봐도 "문자 그대로"라는 메시지밖에 안 돌아왔다며 한나는 어깨를 으쓱해 보였다. 정체가 뭐든 유진한테 돈을 벌어다줄 귀중한 물건이면 문제없지 않겠느냐는, 그만큼 귀중한 걸 가지고 나온다면 자신도 대단한 업적을 쌓는 셈이니 상관없다는 것이 그의 호탕한 결론이었다. 경기 북부 출신이 아닌 나로선 받아들이기 어려운 결론이기도 했다. 정말로 대책 없는 일에 끼어들고 말았단 생각을 아무리 노력해도 지울 수가 없었으니까.

뭐, 그런 일에 끼어들기로 한 건 나였지만.

한숨을 쉬며 촬영용 고글이나 다시 점검해보려는데, 갑자기 사이버스페이스 농도가 치솟는 게 보였다. 시간은 어느새 길잡이와 약속한 오전 열 시 정각. 화들짝 놀라 돌아본 분수 쪽에서는 희미한 금빛 반짝임이 어른어른 춤추고 있었다. 대체 뭐가 시작되려는 것인지 어리둥절해진 내 눈앞에서 반짝임은 한데 뭉쳐 분수 속으로 퐁당 떨어지더니, 이내 푸른빛 머리카락에 에메랄드빛 눈을 가진 인어 캐릭터가 되어 불쑥 튀어나왔다. 소름이 끼칠 정도로 자연스러운 움직임에 놀란 유진이 차를 뒤로 쭉 빼며 외쳤다.

"저, 저게 뭐예요?"

"오디잖아. 가상현실 마스코트. 진짜 오랜만이네."

하기야 옛날에 잊힌 캐릭터이니 유진이 모를 만도 했다. '5D 나라의 공주님' 오디. 처음엔 가상현실 테마파크를 위한 새로운 마스코트로 소개되었다가, 원래 마스코트였던 너구리를 그리워한 사람들의 증오 서린 악평이 쏟아지는 바람에 가상현실 안내역으로 부랴부랴 강등된 불쌍한 인어. 결국엔 재난 때문에 그 안내조차 제대로 해보지 못한 비운의 공주님이 하늘에 비스듬히 떠서 허리를 쭉 편 채로 우리를 쳐다보고 있었다. 사이버스페이스를 통째로 울리는 활기찬 재잘거림이 곧 들려왔다.

"모험과 신비의 나라에 온 친구들을 진심으로 환영해! 모두 입장권을 제시해줘!"

"이거면 되냐?"

급히 전화를 끊고 달려온 한나가 인어 앞에 화면을 크게 펼쳐 보였다. 그곳에 띄워 둔 건 유럽풍 성 모양 로고와 '자유이용권'이라는 문구가 박힌 분홍색 쿠폰 세 장. 얼굴도 본 적 없는 길잡이가 보내온 유일한 증거가 바로 저 쿠폰이었다. 저것이 고농도 사이버스페이스 내부에서 만들어졌다고밖에 생각할 수 없는 구조의 데이터만 아니었다면 나는 물론이거니와 한나와 유진조차도 이번 일에 뛰어들지는 않았으리라. 하지만 정말로 저게 15년간 꼭 닫혀 있던 놀이공원 안으로 우릴 인도해줄 열쇠일까? 의심은 잠깐이었다. 인어 오디는 곧 꼬리를 세차게 퍼덕이며 환한 미소를 지어 보였다.

"자유이용권 3매 확인했어! 그럼 이제 오디랑 같이 신나는 여행을 떠나보자! 슝슝~!"

그 말과 함께 금빛 장막으로부터 지금까지와는 비교도 되지 않는 광채가 뿜어져 나왔다. 분수대를 통째로 집어삼킨 빛 속으로 오디가 신나게 헤엄쳐 들어가자, 곧 그곳을 향해 몸을 빨아들이는 강렬한 정보의 흐름이 느껴졌다. 주변의 사이버스페이스 전체가 일제히 등을 떠미는 느낌이었다. 맨 앞에 있던 한나가 가장 먼저 빨려 들어갔고, 유진의 '채리엇'이 그뒤를 이어 반짝이는 벽 속으로 사라졌다. 다음은 나였다. 지금껏 본 적 없는 값으로 치솟는 사이버스페이스 농도 표시를 뒤로하며, 내 몸은 찬란한 정보의 수면 아래로 풍덩 빠져들었다.

처음 눈에 들어온 광경은 천지 사방을 가득 메운 공허한 은막뿐이었다. 하지만 이내 그 곳곳에서 데이터의 점과 선이 나타나 서로 교차하며 새로운 현실을 그려내기 시작했다. 천장과 바닥의 위치, 빛과 공기의 윤곽, 그 한가운데에 서서 이쪽을 응시하는 한 존재의 밑그림을. 처음엔 어렴풋이 사람의 형태를 하고 있을 뿐이던 그 물체는, 픽셀에 색이 물들고 해상도가 향상되는 동안 빠르게 이목구비와 인상착의를 갖춰 나갔다. 너구리 캐릭터 모자를 뒤집어쓴 얼굴의 차가운 무표정함이, 여기저기 찢어지고 늘어진 롱패딩의 너덜너덜함이 아직 완성되지 않은 배경 앞에서 이질적인 실감을 발했다.

"기다리고 있었어요. 세이 S. W. 디벨로퍼입니다."

렌더링이 막 끝난 입술 사이로 탁한 음성이 울려퍼졌다. 고장 난 스피커에서 나오는 안내 방송처럼 잡음이 잔뜩 섞인 그 한마디야말로, 불가침의 장벽을 뚫고 우리를 불러들인 '길잡이'라는 인물의 기념비적 첫인사였다.

＊＊＊

동기화가 완료된 사이버스페이스의 모습은 꼭 외계행성의 버려진 유적지를 연상시켰다. 시멘트 바닥에 간 금을 뚫고 자라난 이형의 괴식물이 사방을 빽빽하게 둘러싸고 있어, 문명의 흔적이라고는 등 뒤의 벽에 조각된 거대한 너구리 석상 둘밖에 보이지 않는 그런 유적지. 각자 모자를 벗고 치마 끝단을 잡아올리는 자세로 정중하게 고개를 숙인 석상을 보며 한나와 유진이 호들갑을 떠는 동안, 나는 몇 발짝 떨어진 곳에서 길잡이 세이의 행동거지를 가만히 응시했다. 정말로 마법의 성에 먼저 들어와서 기다리다가 문을 열어준 것을 보건대 녀석은 틀림없이 엄청난 실력의 해커일 터. 하지만 동료들에게 천천히 다가가 한 명씩 정식으로 다시 인사를 건네는 그 모습에선, 이상하게도 천재 특유의 자신감이나 박력이라곤 조금도 엿보이지 않았다.

후줄근한 옷차림에 감정 없는 얼굴. 눈에 띄는 거라곤 등에 붙어 대단히 생생하게 퍼덕이는 하얀 날개 모양 액세서리뿐이었지만. 그나마도 본인 실력으로 만든 것 같진 않았다. 사이버스페이스 농도가 올라가면 특수 효과의 해상도는 자연스레 높아지니까. 이곳처럼 그 농도가 기준치를 훌쩍 넘어버린 곳에선 진짜 날개보다도 데이터 덩어리가 더욱 사실적으로 보이는 게 당연하다. 한편 해커업계에서 '디벨로퍼'는 흔한 성이고, 그것만으론 세이가 혹시 집안 대대로 내려오는 보안 해제 비법을 물려받았는지 어쨌는지 전혀 파악할 수가 없었다. 마침내 내 코앞까지 걸어와 고개를 까딱하는 그 순간까지도 이 길잡이의 진면모는 여전히 수수께끼로만 느껴졌다.

"이쪽 분이 미아 씨인가요. 말씀 들었습니다."

"그냥 촬영기사야. 위험하면 바로 빠질 거니까, 굳이 인사 안 해도 돼."

일부러 선을 그어 두려 퉁명스레 대꾸하자, 세이는 표정 하나 바꾸지 않고 조용히 물러났다. 거리를 둘 줄은 아는 녀석 같아 조금이나마 마음이 놓였다. 어차피 이번 일에선 사실상 외부인인 이상, 굳이 참가자 하나하나와 친해져봐야 문제의 소지만 늘어날 뿐이니까. 적극적으로 대화에 나서는 역할이라면 따로 있기도 했다. 이를테면 잔뜩 흥분해 조종간을 빙빙 돌려 대며 요란하게 외쳐 묻는 유진이라거나.

"보물은 어디로 가야 있어요? 여긴 아무것도 안 보이는데!"

"아, 보물. 그렇죠. 일단 길부터 알려드리겠습니다."

딱딱하고 기계적인 대답이었다. 하늘에 두루마리 지도를 띄워 펼치는 동작조차 무슨 인형 같아서, 진짜 두루마리와 구분할 수 없을 만큼 생생한 가상 지도의 질감과 자연히 비교될 정도였다. 한편 아기자기한 놀이기구가 잔뜩 그려진 지도 끄트머리의 너구리 석상 사이에서는 작은 오디가 뿅뿅 튀어 오르고 있었는데, 아무래도 현재 위치를 나타내는 표시인 듯했다. 인어의 머리쯤을 툭 가리키며 세이가 말을 이었다.

"지금 계신 장소는 '모험의 땅' 초입이에요. 보시는 방향으로 중앙 분화구를 끼고 쭉 전진하면 금방 '신비의 섬'으로 가는 통로가 나오고요. 그 섬 중앙이 여기서 사이버스페이스 농도가 가장 높은 곳이죠."

오디가 세이의 손가락을 따라 타원형 실내 공간을 헤엄쳐 건너더니, 그 끝에서 다리로 연결된 섬에 도착해 자신만만하게 씩 웃었다. 밖에서 실루엣으로만 보았던 유럽풍 성 그림이 그 섬 한가운데에 멋지게 그려져 있었다. 연결된 공간인데도 사이버스페이스 농도가 주변보다 높다는 말은, 전산망 구조상 데이터가 그쪽으로 고이게 되어 있다는 뜻. 다시 말해 보물이라 할 만한 데이터라면 전자화폐든 기밀 정보든 그곳에 있을 확률이 가장 높단 얘기였다. 이 사실을 깨닫자마자 일행의 눈빛이 불타오르기 시작했다. 보물까지는 지하철 한 정거장도 안 되는 그야

말로 지적의 거리. 잠시라도 머뭇거릴 이유가 없었다.

"기다려라, 영광아! 경기도 파주의 한나께서 나가신다!"

가장 먼저 행동에 나선 사람은 역시 한나였다. 우렁찬 외침과 함께 정글도 두 자루를 힘껏 휘두를 때마다 재질을 알 수 없는 가지와 덩굴이 호쾌하게 베여 나갔다. 그렇게 열어젖힌 길은 깨진 타일과 울퉁불퉁한 굴곡이 가득해 차가 다닐 만한 곳이 아니었으나, 유진의 최신형 차는 하단을 네 갈래로 쪼개 다리가 긴 네발짐승처럼 변하더니 장애물을 거침없이 넘어 전진했다. 물론 이 정도의 길이야 전직 위험지대 리뷰어에게도 별것은 아니다. 하지만 본격적으로 발을 떼기 전에 정보를 더 얻어 둬서 나쁠 건 없으리란 생각에, 나는 일단 질문부터 하나 던지기로 했다.

"가는 길에 위험 요소는 어떤 게 있어? 준비 단단히 해오라곤 들었지만, 구체적으로 뭐가 도사리고 있는지 전달받은 기억이 없는데."

"미리 말씀드려 봐야 소용없으니까요. 사람이 셋이나 더 들어온 이상, 놈들이 어떤 모습으로 맞이하러 올진 저도 몰라요."

"맞이하러 온다니? 야, 명색이 길잡이면 조금만 더 자세히…."

어이가 없어 불평을 내뱉으려던 바로 그 순간, 숲속으로 이제 겨우 몇 발짝 나아갔을 뿐인 한나와 유진이 도로 슬금슬금 뒷걸음질을 치는 게 보였다. 사방의 괴식물 사이에서 다가오는 심상찮은 기척도 함께 느껴졌다. 이윽고 그림자 바깥으로 하나둘씩 모습을 드러낸 그 기척의 정체는 얼굴과 실루엣이 희미하게 말을 닮은, 하지만 다리가 훨씬 많이 달렸고 안장 부위에는 위협적인 발톱까지 잔뜩 돋아난 로봇 몇 마리였다. 엉망으로 개조된 플라스틱 장난감을 연상케 하는 디자인. 자생적으로 태어난 정보 생명체라기엔 지나치게 인위적이지만, 누군가 설계했다기엔 또 지나치게 무절제한 형상. 생전 처음 보는 괴물들의 정체를 세이가 나지막이 입에 담았다.

"회전목마예요. 오늘따라 유난히 빠르네요."

"저게 회전목마라고?"

"그럼 놀이공원에 달리 뭐가 있겠어요? 놀이기구 타러 오는 곳인데."

괴물들이 서서히 포위망을 좁혀 왔다. 흥분이 사라진 곳에 긴장감이 차올랐다. 여전히 의문은 산더미였지만 적어도 한 가지만은 확실했다. 15년 동안 그 누구의 진입도 허용치 않았던 이곳 사이버스페이스는, 그 안에서 한 걸음을 떼는 일 역시도 결코 간단히 허락하지 않으리란 사실이었다.

* * *

과거 이곳 가상현실 테마파크가 리모델링을 마치고 개장을 앞두었을 무렵, 기업에서는 '스스로 진화하는 놀이기구'의 존재를 특히 대대적으로 홍보했다. 놀이기구 각각이 인기도와 만족도를 극대화하도록 서로 경쟁하며 업그레이드되기에, 몇 번을 반복해서 놀러 와도 새로운 즐거움을 선사하리라는 내용의 홍보였다. 물론 그 즐거움을 실제로 느껴본 사람은 아무도 없었다. 극한으로 올라간 연산능력에 힘입어 무시무시한 속도로 진화하는 놀이기구 떼가 15년이라는 세월 동안 고립된 끝에 어떻게 변해 있을지 정확히 예상해낸 사람도 물론 없었고. 당연하다면 당연한 소리인 게, 회전목마의 말 하나하나가 거미다리 달린 늑대처럼 변해서 으르렁대고 있을 거란 예상을 대체 누가 하겠어?

"자연스러운 결과인걸요. 오직 손님을 최대한 많이 태우도록 진화하게 만들어진 녀석들을, 손님이 극도로 적은 공간에 가둬 두고 경쟁시켰으니까. 안전성은 뒷전으로 밀려난 지 오래예요. 이제 놈들은 무슨 수를 써서든 손님을 태우고, 한번 태운 손님은 절대 다른 놀이기구에 내주지 않으려 하죠."

"식인 괴물이 됐단 소리처럼 들리는데."

"정확한 표현이네요."

세이가 심드렁하게 대답하는 가운데, 식인 회전목마 떼가 마침내 발을 구르며 달려들었다. 누구 하나라도 낚아채겠다는 듯이 등짝의 발톱을 마구 철컥대면서. 다행히도 가장 먼저 뛰어든 녀석들은 하나의 정글도에 얻어맞아 멀리 나동그라졌고, 나머지 역시 유진의 '채리엇'이 뿜어낸 전자 탄환에 밀려 멀찍이 흩어졌다. 하지만 위협은 그 정도로 그치지 않았다. 기괴한

이파리 사이로 올려다보이는 하늘로부터 한껏 부푼 복어를 닮은 것들이 하나둘씩 다가오는 게 보였다. 아래로 늘어진 낭창낭창한 촉수 끝에서 불꽃이 위협적으로 뿜어져 나왔다.

"이런, 풍선 세계일주까지. 최소한 지난번엔 불은 없었는데."

"이거 하나하나 상대하다간 끝이 없겠어요! 그냥 돌파하죠?"

"돌파 좋지. 그럼 가보자고!"

유진이 주저하지 않고 보조 엔진을 켰다. 한나는 즉시 펄쩍 뛰어 조종석 앞 유리에 올라탔다. 점퍼 소매에서 갈고리를 꺼내 차 뒤에 매달린 내가 세이까지 끌어올려 붙잡자, 곧바로 폭발적인 가속이 '채리엇'을 총알처럼 쏘아냈다. 앞을 가로막는 식물의 벽을 억지로 뚫어버리기에 충분한 속도였다. 포기하지 않고 경로에 뛰어든 회전목마 몇 마리가 한나의 정글도에 그대로 베여 나갔다. 입구 근처의 빽빽한 숲을 빠져나올 때쯤엔 새 차에도 사람의 몸에도 온통 긁힌 상처가 가득했지만, 그 정도면 아주 무사히 위기를 돌파한 셈이었다.

하지만 한층 장애물의 밀도가 줄어든 관목림 비슷한 곳을 달리는 동안에도 위기는 계속해서 찾아왔다. 나무 사이에서 달려 나오도록 진화한 회전목마 대신, 이번엔 팽이처럼 엄청난 속도로 회전하며 뱀 같은 혓바닥을 휘둘러대는 '요술 항아리' 무리가 쫓아왔다. 불을 뿜는 풍선들 역시 건재했다. 한번은 촉수가 바로 머리 위까지 다가와 불길을 내뱉으려 들기도 했다. 이번 위기에서 일행을 구해낸 건 세이의 손짓이 불러온 폭우였다. 물이 고인 바닥에서 미끄러지다가 서로 부딪혀버린 항아리들을 돌아보며 중얼거리자 세이가 냉큼 대답했다.

"해킹하는 동작 같진 않았는데."

"그 짧은 시간엔 못 하죠. 내부 코드를 갖다 쓴 거예요."

천재 해커치고는 놀라우리만치 자신 없게 들리는 대답이었다. 과연 폭우 정도로는 임시방편일 뿐인지 항아리들은 금방 자세를 조정해 다시 추격해 왔고, 뒤편의 숲속에서는 무수히 많은 날개와 입이 달린 '바이킹 해적선'까지 솟아올라 날아오기 시작했다. 촬영만 하고 있을 순 없겠단 생각에 점퍼 안쪽으로 손을 넣으려던 찰나였다. 차가 과속방지턱에 걸린 듯 크게 덜컹거리며 제자리에서 빙글 돌았다. 하마터면 떨어질 뻔한 한나가 소리를 질렀다.

"운전 똑바로 안 하냐?"

"바닥에서 갑자기 뭐가 나왔다고요! 저기 봐요!"

유진이 말한 대로였다. 바닥의 뒤틀린 잔디 사이로 푸르스름한 금속 구조물이 조금씩 자라나고 있었다. 철로 일부분을 닮은 문제의 구조물을 확인한 세이의 얼굴이 창백해졌다. 시종일관 싸늘했던 얼굴에 처음으로 떠오른 당혹감. 좋지 않은 징조였다.

"그 녀석이 와요. 사람이 넷뿐이면 그냥 잠들어 있을 줄 알았는데…."

"뭐야, 날아다니는 식인 해적선보다 더한 게 있어?"

"비교가 안 되죠. 생존자의 3분의 1이 녀석한테 먹혔어요."

잠깐, 무슨 생존자? 궁금증이 제대로 된 질문의 형태로 채 완성되기도 전에, 오른편의 중앙 분화구에 두껍게 덮인 얼음을 부수며 무언가가 어마어마한 속도로 튀어나왔다. 엄청나게 크고 누런 지네를 닮은 괴물이었다. 괴물은 일단 높이 치솟았다가 한 바퀴 공중제비를 돌아 해적선을 향해 달려들었고, 막 날아오른 참이던 해적선은 그대로 구멍이 뚫린 채 숲에 추락하고 말았다. 주변의 다른 놀이기구들이 추격을 그만두고 혼비백산해 달아났다. 어느새 허공에서 나타난 오디가 그 무시무시한 괴물의 이름을 요란하게 외쳐댔다.

"모험의 땅 최고의 인기 놀이기구! 길로틴 코스터가! 지금! 이쪽으로! 달려! 오고! 있다고~! 모두 즐거움의 함성 발사~!"

곧이어 바닥에 깔린 레일을 향해 '길로틴 코스터'가 곤두박질쳤다. 유진의 사륜차가 뒤로 펄쩍 뛰어 그 일격을 아슬아슬하게 피하자, 스쳐 지나간 지네 괴물은 멀리서 소용돌이치며 몸을 틀어 다시 달려왔다. 미처 도망치지 못한 항아리 몇 대가 그 회오리에 휘말려 산산이 조각났다. 설상가상으로 놈이 사방에 깔아대는 철로 때문에 이젠 속도를 내기도 힘든 상황. 저 무지막지한 장애물을 따돌릴 방법이 없단 의미였다. 그렇다면야 남은 방법은 하나뿐이었다.

일행이 모두 차에서 내린 것을 확인하자, 유진은 양쪽 문손잡이를 붙잡고 그대로 힘껏 열어젖히며 페달을 밟았다. 복잡한 기계 장치가 그에 따라 철컥철컥 움직이며 유진의 몸을 감싸 안았다. 그렇게 변형을 마친 모습은 이제 차량이라기보단 일종의 강화 외골격에 가까웠다. 괴물이 들이받으려는 순간 뒤꿈치의 바퀴를 역회전시켜 살짝 경로에서 벗어난 뒤, 유진은 양손을 감싼 건틀릿으로 녀석의 몸을 붙들고선 관성을 더해 그대로 한쪽 암벽에 집어 던져버렸다.

하지만 괴물은 그리 만만찮은 상대가 아니었다. 정통으로 충돌하기 직전 벽에 체인이 달린 철로를 만들어 그대로 달라붙은 뒤, 무시무시한 금빛 지네는 그 체인이 끌어당기는 힘을 이용해 철컹거리며 천장까지 기어 올라갔다. 정글도를 든 한나와 강화 외골격에 안긴 유진이 제각기 침을 꿀꺽 삼켰다. 한편 나는 이어질 장면을 가능한 한 안전한 곳에서 찍고 싶어 주변을 두리번거리는 중이었다. 그런 내 손을 잡아끄는 희미한 힘이 느껴지기 전까진.

"따라오세요."

세이가 나지막이 속삭였다. 갈 길을 정하지 못한 발걸음은 그 자그마한 인력에도 간단히 이끌려 갔다. 천장에서 방향을 바꾼 괴물이 나선형으로 회전하며 무자비하게 내리꽂히기 시작한 바로 그때, 세이와 나는 방금 전의 충격으로 드러난 암벽 사이의 동굴로 함께 몸을 피하고 있었다.

✳ ✳ ✳

"미아야, 얼굴 잘 나오게 찍고 있냐?"

"선배가 알아서 찍으시겠죠! 제발 집중 좀 하세요!"

좌충우돌하는 일행의 움직임을 따라가려 고글의 시점을 이리저리 손보는 와중에도, 나는 급히 도망쳐 들어온 이 동굴의 요모조모를 파악하길 거르지 않았다. 단순히 벽에 파인 구멍이라기엔 아무래도 수상쩍은 구석이 많아 보였으니까. 공간도 꽤 널찍한 데다가 구석에는 담요가 개켜져 있질 않나, 음식물 포장지가 굴러다니질 않나, 심지어 그늘진 곳엔 화장실 표지판이 붙은 자그마한 문까지. 아무리 생각해도 오래전 버려져 야생화한 사이버스페이스에 있을 법한 장소는 아니었다. 마음 같아선 더 샅샅이 뒤져보고 싶었지만, 지금은 촬영이라는 중요한 임무가 있었다. 열심히 촬영하는 와중에 굳이 옆에 와서 툭 말을 얹는 녀석도 하나 있었고.

"왜 찍는 거죠? 여기선 생중계도 안 되는데."

"기록 남기는 거야. 유진이는 자기가 보물을 얻어냈단 증거가 필요하고, 한나는 고향에 보낼 서사시 소재가 필요하거든. 둘 다 제삼자가 찍은 영상이어야 하니까 날 데려온 거지."

"영상 찍어주는 대가로 당신은 뭘 얻는데요?"

정말로 쓸데없는 질문이었다. 아까처럼 선을 그어 쫓아낼 수도 있었지만, 이번엔 그러기보단 오히려 되받아쳐주고 싶단 마음이 문득 들었다.

"나야 내 몫 나눠 받으면 충분하지. 그러는 넌? 여기까지 들어올 실력이면 뭘 해도 돈을 긁어모을 텐데, 굳이 이런 위험천만한 일을 주최한 이유나 좀 들어보자."

"소원이 있어요. 그걸 이루려면 협력이 필요했을 뿐이에요."

"어지간히 가망 없는 소원인 모양이네. 이딴 헛소문에나 매달리는 걸 보아 하니."

이렇게 대꾸했더니 세이는 그냥 입을 꾹 닫아버렸다. 물론 그런다고 바깥 상황이 조금이라도 나아지는 건 아니었다. 유진이 아무리 굉장한 운전 실력으로 괴물의 공격을 잘 받아치고 있은들 유효타를 내기엔 힘이 부족했다. 한나가 노련한 사냥 솜씨로 급소를 쪼개버리려면 먼저 저 무시무시하게 재빠른 녀석을 어떻게든 제자리에 묶어 두는 게 급선무였다. 전투의 흐름을 바꿀 계책이 필요했건만, 이 중에서 제일 뾰족한 수를 지녔을 만한 녀석은 여전히 입이나 다문 채였다. 뭐, 기껏 입을 열게 해 봐야 대답다운 대답을 내놓는 건 아니었지만.

"야, 너 저거 해킹은 못 해?"

"됐으면 벌써 했죠. 가동 중엔 간섭이 안 돼요. 저기 부서진 놈들은 가능하겠지만, 다시 움직일 만큼 수복되려면 한참 걸릴걸요."

무슨 천재 해커가 이렇게 안 되는 게 많아! 그렇게 벌컥 짜증을 내려던 찰나, 어쩌면 되는 게 하나쯤은 있을지 모르겠단 생각이 머릿속을 스쳤다. 적어도 확인해볼 가치는 있어 보였다. 확인을 위해 짜증을 꾹 참고 굳이 한 번 더 대화를 시도할 가치조차도.

"하나만 더 묻자. 아까 저 지네가 잠들어 있을 줄 알았댔잖아. 그럼 혹시 여기에 잠든 놀이기구가 더 있어?"

그 물음에 너구리 모자 아래의 눈이 순간 반짝 빛났다. 저 무표정한 얼굴에서는 전혀 기대하지 않았던 생생한 빛이었다. 기대 이상이었던 건 이어진 대답도 마찬가지였다.

"무슨 말씀이신지 이해했어요."

* * *

고글에 비친 화면 속 상황은 갈수록 나빠져만 갔다. 가장 큰 문제는 길로틴 코스터가 얼음을 깨고 나온 분화구에 물이 콸콸 차오르고 있단 사실이었다. 굽이치는 급류 사이로 거대한 상어나 가오리를 닮은 위협적인 그림자가 하나둘씩 모습을 드러냈고, 수면이 상승함에 따라 그 위협은 시시각각 두 사람의 목전으로 다가왔다.

유진이 분화구 가장자리에 발을 디디자 '빙글빙글 정글 보트' 한 마리가 몸통 중앙의 거대한 아가리를 쩍 벌리며 뛰어나왔다. 어렵잖게 피할 수 있는 습격이었지만, 놈이 일으킨 물보라가 순간 시야를 가리는 바람에 지네 괴물의 갑작스러운 궤도 변경을 눈치채지 못한 건 치명적이었다. 수면을 스치듯 선회해서 다가온 차량이 두 사람을 사각에서 습격하려던 바로 그때였다.

"이 몸의 분노로부터 도망칠 수는 없으리라! 으하하하하!"

음산한 웃음소리와 함께 암벽 꼭대기에서 박쥐 떼 특수효과가 우르르 날아 나왔다. 이윽고 그 사이에서 등장한 것은 풍뎅이와 거미를 합친 모습의 중형 괴물 아홉 마리였다. 그중 하나는 나와 세이를 몸속에 태운 채였다. 괴물 대다수는 즉시 길로틴 코스터를 향해 날아가 몸을 마구 들이받았지만, 우리가 탄 녀석은 세이의 조종대로 약간 떨어진 곳에 착륙했다. 활짝 열린 등딱지 사이로 갈고리를 걸고 꾸역꾸역 기어 나오는 동안 오디의 쾌활한 안내 음성이 고막을 울려댔다.

"투탕카멘의 저주, 아쉽지만 여기까지야! 안전 바 올라가는 동안 두 손 번쩍! 반짝반짝! 나가는 길은 왼쪽!"

인어 놈이 뭐라고 떠들건 굴러떨어지기엔 오른쪽이 편했다. 뒤이어 세이까지 빠져나오자 풍뎅이 괴물은 잠시 부들대다가 곧 우리를 향해 흉악한 독니를 드러냈지만, 세이가 불꽃 효과 코드를 빌려와 눈에 한 발 쏘니 그대로 자지러지며 도망쳤다. 방금 일생일대의 위기를 모면한 유진이 달려와서 놀란 목소리로 물었다.

"선배, 이것들은 다 뭐예요? 뭔데 자기들끼리 싸워요?"

"지네랑 경쟁하다가 밀려나서 자고 있던 놈들이래. 한창 싸우던 시절 코드를 되살려서, 다시 맞붙게 해준 거라던데."

"여전히 상대는 안 될 거예요. 그래도 시간은 벌어주겠죠."

과연 '투탕카멘의 저주' 녀석들은 명백한 체급 차이에도 불구하고 집요하게 달려들었다. 하나가 급류에 떨어져 빨려 들어가도, 또 하나가 지네의 몸통 아래 짓이겨져 역겨운 체액을 뿜어내도 분투는 멈추지 않았다. 이 정도면 충분했다. 어떻게든 길로틴 코스터의 속도만 늦춰 놓는다면 다음은 동료들의 몫이었다.

"이제 좀 활약할 수 있겠지? 멋지게 찍어줄 테니까 잘해봐!"

제자리에서 꿈틀거리는 지네를 향해 유진이 먼저 나아갔다. 곧이어 건틀릿 둘을 붙여 만든 거대한 집게가 그 머리를 전력으로 붙들었다. 지네는 물론 몸부림을 치며 저항했지만, 투탕카멘의 저주 몇 대가 다 부서져 가는 몸으로도 끈질기게 들러붙어 있었으니 힘이 붙을 리 만무했다. 바로 이런 상황을 기다리고 있던 한나가 유진의 차를 넘어 훌쩍 뛰어올랐다. 백의를 휘날리며 착지한 곳은 누런빛 갑옷으로 덮인 지네의 몸통 위. 그 어떤 세찬 요동에도 아랑곳없이 꿋꿋이 버티고 선 채로, 한나는 양손의 정글도를 힘껏 휘두르며 놈의 다리와 관절을 하나하나 분쇄해 나갔다. 짐승의 송곳니처럼 치켜든 두 칼날이 마지막으로 향한 목표는 가장 단단한 갑옷 한가운데였다.

"조상님께서 그러하셨듯, 내가 네 심장을 꿰뚫으리라!"

가문 전통의 포효와 함께 최후의 일격이 내리꽂혔다. 거센 경련이 지네의 몸을 타고 흐르다가 이내 잦아들었다. 정적 속에서 누가 먼저랄 것 없이 이쪽을 돌아보는 한나와 유진에게, 나는 손가락으로 동그라미를 만들어 '100점!' 아이콘을 띄워주었다.

* * *

이리하여 길로틴 코스터와의 맞대결은 우리의 승리로 막을 내렸지만, 그렇다고 위기가 종식된 건 아니었다. 분화구에서 넘쳐흐르기 시작한 물이 여전히 최대의 문제였다. 괴물이 바글거리는 바다를 헤엄쳐 건너는 것도 무리였거니와 유진의 차도 수상 주행만큼은 불가능했기에, 우리는 2층으로 올라가 모노레일 선로를 타고 섬으로 향하자는 세이의 대안을 받아들였다.

도착해서 보니 선로는 한 사람이 아슬아슬하게 지날 만큼 좁았던 데다, 까마득한 아래엔 '아라비안 나이트'와 '쥐라기 라이드' 무리가 탐욕스럽게 입을 벌린 채였다. 하지만 유진은 바퀴 네 개로 선로를 붙들고서 요령 좋게 나아갔고 한나 역시 평야를 걷듯 성큼성큼 걸음을 옮겼다. 한편 팔을 벌려 종종 걸어가는 세이의 모습은 뒤에서 보기에 퍽 위태롭게 느껴졌지만, 날개 액세서리가 균형을 잡아줘서인지 본인은 아무렇지도 않은 모양이었다. 몸을 뒤로 틀어 이렇게 말까지 걸어오는 걸 보니.

"위험하면 바로 도망치신다더니, 거기에 저랑 같이 올라타실 줄은 몰랐네요."

"투탕카멘의 저주 얘기야? 너 혼자 태우는 게 불안해서 그랬다, 왜."

"정말 그것뿐인가요? 일부러 감추는 거 뻔히 알겠는데."

"쓸데없이 캐묻지 말자. 뻔히 보이는 건 너도 마찬가지니까."

돌아본 자세 그대로 걸어가던 세이가 그 말에 살짝 휘청였다. 구해줘야 할 정도는 아니었다. 얼굴만 뻔뻔하지 실은 엄청나게 당황했단 사실만 드러내줬을 뿐.

"초고밀도 보안 뚫고 들어왔단 녀석이, 고작 주행 중인 놀이기구엔 손도 못 댔잖아. 그런 주제에 이 안쪽 사정은 쓸데없이 잘 아는 투고. 의미심장한 말은 또 한두 마디를 한 게 아니고. 이러니 의심을 안 할 수가 없지. 네 정체가 뭔지 말이야."

"그건 당신하곤 상관없는 일이에요."

"잘 아네. 그럼 역지사지하자."

세이는 대답 없이 고개를 돌렸다. 그 앞에는 환한 햇살이 내리쬐는 출구가 기다리고 있었다. 앞서 출구를 통과한 두 동료가 연달아 뱉는 기겁과 탄성이 얼핏 들려왔다. 대체 저 너머, 야외 공간인 신비의 섬에는 또 얼마나 기이한 광경이 펼쳐져 있는 걸까? 그걸 두 눈으로 직접 확인하기까진 그리 오랜 시간이 걸리지 않았다. 기겁과 탄성이 섞인 소리를 내 입으로 직접 내뱉기까지도.

햇볕이 따스하게 데운 축축한 물안개 속, 선로의 저 먼 끄트머리에서 아스라이 빛나는 유럽식 성 자체는 그리 놀랄 만한 모습이 아니었다. 밖에서 보이는 실루엣과 똑같은 모습이었으니까. 정말로 놀라운 것은 그 주변을 둘러싼 섬의 정보생태계였다. 성과 비슷한 높이까지 솟아오른 거목, 너비가 집채만한 해바라기 모양의 꽃, 낭떠러지 아래 불쑥불쑥 튀어나온 눈알 달린 사탕들…. 게다가 자세히 보니 그것들은 모험의 땅에 돋아나 있던 괴식물처럼 단순한 장식조차 아니었다. 하나하나가 전부 무지막지하게 큰 놀이기구였다. 저것들이 다 덮쳐 오면 어떻게 해야 할지 까마득해진 내게 세이가 무심히 말을 건넸다.

"저것들은 괜찮아요. 먹고 남긴 찌꺼기를 받아 사는 놈들이라, 먼저 공격해 오진 않거든요."

"뭐가 남긴 찌꺼기 말이야?"

"그야 섬의 주인이죠. 섬 생태계는 놈이 완전히 지배했고, 나머지 놀이기구는 다 거기 빌붙어 살아가는 부속품일 뿐이에요."

대체 그 '주인'이란 녀석이 뭔지부터 물을 작정이었지만, 아무래도 굳이 그럴 필요까진 없을 듯했다. 섬 상공에 발을 들인 유진과 한나가 움직임을 멈췄다. 최종 목적지인 성 뒤편에서 천천히 몸을 일으키는 거대한 괴생명체의 그림자가 눈에 들어왔기 때문이리라. 성 자체보다도 한층 더 큰, 느리디느린 움직임만으로도 묵직한 용량의 정보 강풍이 휘몰아칠 정도인 압

도적 거구. 몸 곳곳에 늘어진 여러 가닥의 촉수는 하나하나가 길로틴 코스터와 비슷한 길이였던 데다, 끝에서는 악어를 닮은 머리가 입을 벌린 채 침을 뚝뚝 흘려대기까지 했다. 그 형상이 자아내는 경악스런 전율 앞에선 세이조차 모자 한쪽을 감싸 쥔 채로 바들바들 떨 수밖에 없는 듯했다.

"레무리아. 이 놀이공원의 간판 롤러코스터예요. 성까지 가 보려던 사람은 전부 저것에 잡아먹혀서 섬의 비료가 되었고, 간신히 살아 돌아온 사람도 다시는…. 그래서 여러분을 부른 거예요. 혹시 다르실까 싶어서."

"그, 기대가 너무 컸던 거 아닐까?"

"아니길 바라셔야 할걸요. 설마 비료가 되고 싶진 않으실 테니."

섬의 주인 '레무리아'가 이쪽으로 서서히 고개를 돌렸다. 그 전신에서는 무수히 많은 눈이 창백한 안광을 뿜어내는 중이었다. 목적지는 바로 우리 눈앞에 있었지만, 동시에 우리는 전부 괴물의 눈앞에 있었다. 이제는 필사적으로 달릴 때였다.

***

거대한 놀이기구가 우글거리는 이곳의 생태계를 레무리아가 지배해버린 이유가 뭘까? 비밀을 알아내는 건 어렵지 않았다. 가만히 있다간 먹잇감이 될 뿐이니 차라리 전력으로 돌격하자는 발상 자체는 틀리지 않았건만, 우리가 달리기 시작한 순간 레무리아의 악어 촉수는 준비 동작조차 없이 무슨 작살처럼 급가속해 날아왔다. 가속을 위해 천장으로 기어올라야 했던 길로틴 코스터와는 전혀 다른 추진력이었다.

"안경 지갑 휴대전화 전부 바구니에 넣었지? 그럼 손잡이 꽉 잡고 미지의 대륙으로 출! 발! 피융~!"

오디의 출발 신호가 들려왔을 때 이미 촉수는 코앞까지 도달해 있었다. 어떻게든 정통으로 맞는 것만은 피했지만 문제는 선로를 뒤흔드는 충격. 불안한 발판 위에서 휘청이는 대신 한나는 단호히 근처 나무 위로 뛰어내렸고, 유진은 절묘한 타이밍에 호버링 엔진을 켜서 차를 하늘로 띄웠다. 한편 내가 할 수 있는 일이라곤 그저 선로에 갈고리를 건 채 와이어를 쭉 늘려, 세이를 안고 바닥에 철퍼덕 착지하는 것뿐이었다.

호수 한가운데 만들어진 인공섬답게 바닥은 늪지대처럼 축축했고, 그 여기저기에는 알록달록한 버섯에서부터 증기를 뿜는 파이프까지 온갖 조형물이 마구잡이로 튀어나와 있었다. 외계 괴물이나 피에로의 입을 닮은 소름 끼치는 구덩이도 곳곳에서 보였다. 다행히도 레무리아가 움직이는 동안 그것들은 숨죽이고 있는 모양새였지만 그렇다고 마냥 안심할 수도 없는 노릇이었다. 고글의 시점을 조작해보니 유진은 하늘에서 전자 탄환으로 촉수를 견제하며 허둥지둥 거리를 벌리는 중이었고, 한나는 나무 위에서 다른 촉수 하나를 반쯤 동강 내려다가 둘이 추가로 날아오는 바람에 급히 피신한 참이었다. 접근은커녕 도주

조차 쉽지 않아 보이는 상황에 절로 식은땀이 줄줄 흘렀다. 반면 세이는 어느새 무감각한 평정을 되찾은 채였다.

"잘됐네요. 저쪽에서 주의를 끌어주는 동안, 우린 성으로 가죠."

"지금 그게 중요해? 설령 보물을 손에 넣더라도, 다 같이 무사히 돌아가지 못하면…."

"데이터가 모이는 곳이니까 가잔 거예요. 거기서 중앙통제 시스템을 찾아 접속한다면 레무리아도 강제로 멈출 수 있겠죠. 아니면 여기서 같이 주의 끌고 계실래요? 전 혼자 가도 상관없어요."

세이는 그렇게 말하고서 정말 혼자 나아가기 시작했다. 방향을 조금도 가늠할 수 없는 울창한 요지경 속으로, 지도를 보는 척조차 하지 않고. 그 일거수일투족이 어쩐지 내겐 너무나 위태롭게만 보였다. 못 미더운 코딩 실력도, 그런 실력인 주제에 언뜻언뜻 내보이는 저런 태도도 전부…. 입술을 잘근잘근 깨문다고 답이 나올 리 없었다. 아까처럼 방법을 찾아볼 테니 최대한 버텨 달란 메시지를 동료들에게 보내 두고서, 나는 급히 세이의 뒤를 따라 걸음을 옮겼다.

가는 길은 험했고 위협은 얼마 지나지 않아 닥쳐 왔다. 거목 아래를 지나려는 순간에는 쥐덫 같은 이빨이 달린 '고공 그네타기'의 케이블들이 일제히 떨어져 오는 바람에 급히 몸을 숙여야 했고, 그다음에는 끄트머리에 소행성 모양 장식이 달린 번쩍이는 지렁이를 닮은 괴물 '블랙홀 탈출'이 지면에서 튀어나와 앞을 가로막았다. 레무리아가 재빠른 두 사냥감을 뒤쫓는데 정신이 팔린 틈에 다른 놀이기구들도 슬슬 고개를 내밀려는 걸까? 아무리 도망쳐도 지렁이 녀석은 땅속을 누비며 계속 추격해 왔기에, 나는 혹시 몰라 준비해 온 물건을 기어이 품에서 꺼낼 수밖에 없었다. 은마 때 이후론 잡아본 적도 없으면서 버리지도 못하고 있던 접이식 삼단봉이었다. 젠장, 이러려고 따라온 게 아니라고!

"죄송하지만 툭 치면 부러지게 생겼는데요."

"영상용 소품이니까. 됐고, 잠자코 보기나 해."

힘껏 휘둘러 펼친 삼단봉 끝에서 강조용 불꽃놀이 효과가 일어나 공기를 탁탁 튀겼다. 바깥에서라면 단순한 눈요기에 지나지 않을 효과 하나하나가 이곳에선 물리적인 실체였다. 바로 그 점을 노리고서 나는 주위를 휘감고 도는 지렁이의 몸통을 삼단봉으로 한 방 세게 후려쳤다. 맥없는 딱 소리가 났고, 굉음과 화염을 동반한 대폭발이 그 뒤를 이었다. 그 정도면 지렁이를 불태워 멀리 날려버리기엔 충분했다. 나까지 반동으로 날아올랐다가 땅에 처박힐 정도리라고는 미처 생각하지 못했지만.

"아야야… 그래도 방송하던 실력 아직 안 죽었네."

"그게 여기 온 목적인가요? 다시 방송에서 실력 발휘하는 게?"

"그딴 게 목적이겠냐? 다 끝난 일인데. 갈 거면 빨리 가기

나 하자."

　동료들이 지치기 전에 레무리아를 멈출 시도라도 해보려면 한시가 바빴다. 삼단봉으로 때려서 격퇴할 만한 놈들만 튀어나오는 동안엔 그나마 조금 수월했지만, 안타깝게도 일이 끝까지 쉽게 풀려 주지는 않았다. 섬 중심부에 거의 도달할 무렵, 멀찍이 보이는 성벽에 흥분해 달려가던 우리의 발밑에서 땅이 갑작스레 회전하며 점점 위로 올라가기 시작했다. 왠지 노란 꽃술 같은 게 삐죽삐죽 솟아나 있다고 생각했더니, 아무래도 지면으로 위장한 초대형 꽃 한복판으로 걸어들어온 모양이었다.

　"그래비티 드롭이에요. 우릴 레무리아한테 갖다 바칠 셈이겠죠."

　세이가 말한 대로였다. 꽃의 움직임을 감지한 레무리아의 촉수들이 이미 우리 쪽으로 고개를 돌리고 있었다. 저것들이 일제히 발사되는 순간이 아마 놀이공원 관광의 끝이리라. 설령 당장 꽃에서 뛰어내린다 해도, 저 초고속 롤러코스터 무리는 막 추락해 비틀거리는 사람 둘쯤이야 간단히 따라잡아 삼켜버릴 게 뻔했다. 놈들을 따돌리려면 다른 수가 필요했다. 이번에도 그런 수를 지니고 있을 만한 사람은 하나뿐이었다.

　"대단한 부탁 안 할게. 아주 잠깐이라도 쟤넬 막든지, 눈을 가리든지 할 수 있겠어?"

　"기상 코드의 효과는 제한적이에요. 그래도 노력해볼게요."

　"좋아, 그럼 나한테 붙어. 허리 꽉 잡고, 신호하면 뭐든 저

지르는 거야… 지금!"

갈고리를 멀리 쏘아내며 힘껏 뛰는 순간, 세이의 손짓이 온 천지를 무수한 비눗방울로 가득 채웠다. 롤러코스터 괴물을 막기엔 정말 아무짝에도 쓸모없는 효과였다. 하지만 그 정도면 충분했다. 바위에 걸린 갈고리가 세이와 나를 끌어당기는 동안 놈들의 시야를 차단해 경로 설정을 잠깐이나마 지연시킬 수만 있다면. 촉수들이 비눗방울 구름을 무자비하게 가르며 하나둘씩 얼굴을 내밀 때쯤엔, 이미 이쪽도 충분한 속도가 붙은 채로 날아가는 중이었다.

당연히 와이어가 아무리 빠르게 감겨 봐야 레무리아의 촉수보다 빠를 순 없었다. 쏜살같은 초기 가속이야말로 놈이 지닌 최대의 무기였으니까. 하지만 바꿔 말하면, 계속 선회하고 떨어지며 속도를 붙여 왔던 길로틴 코스터와는 달리 저 촉수들은 오로지 초기 속도에 의존해 쫓아올 뿐이었다. 즉 이쪽에서 도중에 급가속을 넣어 뿌리치는 것도 일단 가능이야 하다는 뜻. 날카로운 이빨이 빼곡히 도사리는 아가리가 바로 눈앞까지 다가왔을 때, 나는 그 가능성을 믿고 젖먹던 힘까지 다해 삼단봉으로 놈의 콧잔등을 쾅 내리쳤다. 아까 나를 붕 띄웠던 것보다도 훨씬 큰 폭발이 우리 둘을 멀리멀리 던져버리도록.

물론 결과적으론 아까보다도 더 세게 바닥에 처박히는 셈이었고, 날아가는 도중에 나뭇가지 몇 개와 충돌하기까지 했으니 몸이 성할 리 없었다. 땅에 부딪히고서도 죽지 않은 가속에

떠밀려 데굴데굴 구르다 간신히 멈춘 장소는 아치형 구멍이 뚫린 돌벽 근처. 갈비뼈 몇 대에다가 왼쪽 발목까지 부러진 듯한 고통에 신음하면서도, 나는 어느새 멀쩡하게 일어난 세이를 따라 구멍 안쪽으로 힘겹게 기어갔다. 삐그덕 하고 문 닫히는 소리, 자물쇠 잠기는 소리가 연달아 들려왔다. 뒤늦게 따라온 촉수들이 잠긴 문을 마구 들이받자 충격이 벽을 타고 흘렀지만 그뿐이었다. 은은한 금빛으로 가득 찬 팔각형 공간은 굳건히 서서 우리를 보호해주고 있었다. 숨이 막힐 듯한 농도의 사이버스페이스가 전신을 묵직하게 감싸 안는 것이 느껴졌다.

이곳이 바로 성 안이란 사실을 나는 그때야 깨달았다.

* * *

아득바득 그 고생을 해가며 도착한 대망의 최종 목적지 내부는, 솔직히 말해 '성'이라고 하기엔 별로 화려하지도 웅장하지도 않은 꼴을 하고 있었다. 알록달록한 방패나 등불 모양 장식이 곳곳에 구색 갖추기 수준으로 설치되어 있긴 해도, 결국 이곳은 놀이공원의 포토존일 뿐 진짜 성은 아니니까. 하지만 그 모든 조잡함과 소박함 따윈 성 한가운데에 솟아오른 단 하나의 경이 앞에선 아무 의미가 없었다.

오로지 찬란한 빛으로만 구성된 기둥 하나가 그곳에 있었다. 반짝이는 데이터 알갱이가 소용돌이치며 올라갔다가 폭포처럼 떨어지며 끊임없이 복잡한 패턴을 그려내, 가만히 바라보기만 해도 정보량에 뇌가 짓눌릴 정도인 황금색 광선의 기둥이. 이것이야말로 놀이공원 전체에서 흘러들어온 정보가 전산망 한곳에 쌓이면서 만들어진 마법의 성의 핵이자, 어떤 귀중한 데이터가 숨겨져 있을지 알 수 없는 보물상자 그 자체였다. 실로 감탄하지 않을 수 없는 광경. 하지만 감탄하고 있을 때가 아니었다. 일단 동료들부터 구해야 했다.

"여기까지 오면 되는 거, 맞지? 빨리, 빨리 뭐라도 해봐."

구석에 널브러진 채 숨을 헐떡이며 일단 재촉부터 했건만, 세이는 아무래도 말을 듣는 눈치가 아니었다. 기둥을 향해 비틀비틀 다가가서는 그저 오도카니 올려다보고만 있을 뿐. 처음엔 감정이라도 북받쳤나 싶었는데 아무래도 낌새가 심상찮았다. 다급히 목소리를 높여봐도 대화는 어쩐지 헛돌기만 했다.

"뭐 하고 있어. 밖에 저 쾅쾅대는 놈부터 좀 멈춰보라고."

"그게 당신의 소원인가요?"

"무슨 뜬구름 잡는 소리야? 여기 오면 중앙통제시스템에 접속할 수 있다면서. 일단 한나랑 유진이부터 도와줘야 한다니까."

"조용히 앉아서 기다리세요. 제 소원이 이뤄지고 나면, 당신의 소원도 곧 이뤄드릴게요."

의미를 알 수 없는 대답과 함께, 세이는 빛의 기둥 속으로 양손을 갑자기 푹 찔러 넣었다. 이윽고 그 몸 곳곳에 하나둘씩 불이 들어오기 시작했다. 너덜너덜한 패딩에 싸인 왼팔 전체에, 가슴 정중앙에, 왼쪽 배와 오른쪽 허벅지에, 그리고 너구리 캐릭터 모자 안쪽에도. 마치 세이의 신체 여기저기가 금빛 전등으로 변해버린 듯한 모습이었다. 저게 일반적인 해킹 시도가 아니란 것쯤은 나라도 어렵잖게 알 수 있었다. 문제는 그렇다면 대체 무슨 일이 벌어지고 있는지였다. 말이 안 통하니 이젠 직접 가서 확인하는 수밖에 없었다. 설령 벽을 붙잡고 억지로 일으킨 삭신이 비명을 질러대는 한이 있더라도.

"앉아 계시라니까요. 잠시만 기다리시면 돼요."

"너 같으면 이 상황에서 네 말을 듣겠니?"

"가까이 오지 마세요. 경고했습니다. 손대지 마세요."

"그럼 네가 진작에 대답을 똑바로 했어야지!"

그렇게 외치며 불빛을 뿜어내는 너구리 모자를 홱 벗겨낸 순간, 나는 그만 제자리에서 굳어버리고 말았다. 세이의 머리 뒤에서 드러난 또 하나의 얼굴 일부와 눈을 마주쳤기 때문이었다. 후두부가 반쯤 날아간 공간에 겹쳐져서 이쪽을 응시하는 에메랄드빛 눈동자가, 그 주위로 찰랑찰랑 흔들리는 푸른빛 머리카락 한올한올이 전부 비현실적인 선명도로 반짝이고 있었다. 패딩 왼팔 부분을 찢고 튀어나온 길고 새하얀 팔도 마찬가지였다. 그 팔에 멱살을 잡혀 간단히 바닥에 내동댕이쳐진 내게, 세이의 몸과 동화된 인어 마스코트 오디가 화난 목소리로 쏘아붙였다.

"가만히 앉아 있으라고 했지? 작동 중에 움직이면 위험하단 말이야!"

"뭐야, 그 꼴은. 대체 언제부터…."

"좀 됐어요. 회전목마에 팔이 찢긴 지도, 길로틴 코스터에 배가 짓밟힌 지도, 자포자기해서 뛰쳐나왔다가 레무리아한테 머리가 깨진 지도. 그때마다 데이터로 몸을 보충하지 않았더라면 15년 동안 버틸 순 없었겠죠."

어렴풋하게나마 추측하곤 있었다. 기대 이하의 코딩 실력에 이상하리만치 풍부한 지식, 거기다가 '생존자'니 뭐니 하는 언급까지 더하면 답은 나오니까. 세이 S. W. 디벨로퍼는 정보 장벽을 뚫고 들어온 천재 해커가 아니었다. 단지 아무도 살아남지 못했다고 알려진 15년 전 참사에서 살아남은 이래, 줄곧 여기 마법의 성에 갇혀 지낸 불운한 민간인일 뿐.

"그래도 전 운이 좋은 편이었어요. 함께 갇힌 사람들 중에선 말이죠. 데이터 급류에 정통으로 휩쓸리지 않아서 뇌 기능도 멀쩡했던 데다가, 물려받은 코딩 기술 덕에 부상을 메꿀 수도 있었거든요. 구조대가 오길 기다리는 동안. 점점 괴물로 변해 가는 놀이기구 놈들한테서 도망치는 동안. 혹시라도 외곽 정보 폭풍을 잠재우면 밖이랑 연락이 될까 싶어서 다 같이 목숨을 거는 동안…."

세이가 등의 날개를 부르르 떨었다. 오디의 커다란 눈도 함께 떨렸다.

"그렇게 다들 죽어 나갔어요. 저만 남기고, 아무 소득 없이."

"네 말은, 그러니까 여기서 나가고 싶단 거야? 중앙통제시스템인지 뭔지에서 그 방법을 찾아내고 싶어서 우릴 끌어들인 거라고? 그럼 처음부터 그렇게 말을 했어야지!"

"나간다고요? 웃기지 마세요. 바깥의 같잖은 사이버스페이스 농도에서 이 몸이 버틸 리 없죠. 제 소원은 오히려 그 반대인걸요."

빛의 기둥이 진동했다. 극도로 복잡한 프랙털 구조로 된 큼지막한 데이터 덩어리가 그 속에서 하나둘씩 떠오르고 있었다. 알갱이보다 훨씬 큰 용량의 데이터가 흐름에 끼어들자 기둥 표면의 패턴이 불안정하게 요동쳤다. 그 덩어리 중 하나를 양손으로 붙잡은 채 세이가 말을 이었다.

"머리 부상을 메꾼 뒤로, 전 제한적으로나마 시스템에 간섭할 수 있게 됐어요. 입장권 선물하기, 정보 열람하기…. 그러면서 알아낸 거예요. 탑이 완전히 폭발한 게 아니란 사실을. 수만 명이 그토록 허무하게 죽었는데, 실은 그조차 시스템의 10퍼센트 남짓만이 사이버스페이스로 변환된 결과라지 뭐예요. 나머지는 아직도 파편 형태로 여기에 고여 있어요. 이제부터 저는 시스템 관리자 권한을 완전히 얻은 다음, 그 파편을 전부 끄집어내서 터뜨릴 작정이고요."

"뭐? 아니, 그딴 짓을 저질러서 뭘 어쩔 셈이야?"

"제가 놀이공원을 못 나간다면, 역시 놀이공원을 넓혀야 하지 않겠어요? 파편을 전부 폭파하면 송파구 전체를 사이버스페이스로 끌어들일 수 있대요. 그러면 갈 수 있는 곳도 많아지고 친구도 잔뜩 늘겠죠? 15년 만에 비로소 말이에요!"

희열에 찬 외침과 함께 세이의 두 손 사이에서 파편이 산산이 으스러졌다. 그곳에서 튀어나온 무수히 많은 알갱이를 흡수한 기둥이 부풀어오르자, 자연히 그 속으로 더욱 빨려 들어간 세이의 몸이 한층 찬란하게 빛났다. 그 과정이 반복되면서 자그마했던 날개 액세서리 또한 갈수록 크게 뻗어 펄럭였다. 성을 부숴버릴 듯 휘몰아치기 시작한 정보의 회오리를 피해 간신히 성문을 열고 빠져나가는 내 등 뒤에서, 오디는 빛에 잠기기 직전까지 재잘대며 소름 끼치는 인사를 전하고 있었다.

"한층 넓어질 모험과 신비의 나라를 기대해줘! 나도 새로올 친구들을 손꼽아 기다리고 있을게!"

* * *

상황을 전달받은 동료들이 도착했을 때, 빛의 기둥은 이미 성 꼭대기를 뚫고 아득히 솟아오르는 중이었다. 섬의 주인 레무리아조차 주춤주춤 물러나게 할 정도의 막대한 정보 격류였다. 하지만 그 정보량 이상으로 내게 충격적이었던 건 격류 속에서 모습을 드러낸 세이의 얼굴이었다. 거대한 인어의 하반신과 새의 날개가 달린 몸으로 파편을 하나둘씩 빨아들이며 푸른빛 깃털에 둘러싸인 그 얼굴은 땅바닥에서 멍하니 경악하는 우리의 모습을 그저 차갑게 내려다보고 있었다. 왜 그렇게 벌벌 떠는지 전혀 모르겠다는 듯이. 이제부터 자신이 일으키려는 대재해가 어떤 참상을 낳든 조금도 신경 쓰이지 않는다는 듯이.

"폭발 자체도 문제긴 한데, 지금 쟤 말은 송파구를 통째로 사이버스페이스에 가두겠단 소리 아니냐? 여기랑 똑같이 아무도 들락날락 못 하게 되는 거 아니냐고."

"그게 다가 아니죠. 놀이공원이 확장되면, 여기에 고립돼서 진화한 놀이기구 놈들도 송파구로 풀려날 거예요. 폭발에서 살아남아도 그것들하고 영원히 싸워야 한다고요."

"아마도 그렇겠죠. 하지만 여러분께 중요한 일은 아니잖아요?"

무슨 수로 말소리를 들은 건지, 세이가 날개를 세차게 펄럭이며 입을 열었다. 뒤이어 강렬한 정보의 잡음이 바람에 실려 머릿속을 파고들어 왔다. 수천 갈래 바늘로 동시에 머리를 찌르는 듯한 두통이 엄습했다. 주변 풍경이 어지러이 일그러졌다.

"물론 제가 통제 권한을 얻는다고 놀이기구를 전부 얌전히 만들진 못할 거예요. 실력이 부족하니까요. 하지만 여러분의 소원을 이뤄드리는 것 정도라면 가능하죠. 원하시는 건 돈인가요?"

뒤틀린 풍경이 재조립되며 궁전 응접실을 연상시키는 휘황찬란한 방이 나타났다. 보석으로 장식된 사방의 문에서는 너구리 인형 탈을 쓴 집사들이 저마다 금덩이를 들고 걸어 들어오는 중이었다.

"아니면 영광인가요? 뭐든 만족시켜드릴 수 있어요. 그게 제 역할이니까."

이번에 나타난 풍경은 잠실종합투기장을 닮은 원형극장이었다. 관객석에 빼곡히 앉은 건 이번에도 어김없이 너구리들. 제각기 흔들어대는 깃발과 플래카드엔 하나같이 한나의 이름이 적혀 있었다.

"또 뭐가 있을지 보죠. 기억 속에서 찾았는데, 혹시 관심 있으신가요?"

한층 더 괴로운 두통이 머릿속을 마구 뚫고 지나가더니, 다음 순간 내 눈앞엔 웬 꽃밭이 펼쳐져 있었다. 그 저편에서 제각기 풍선이며 츄러스 따위를 든 채로 행복하게 손을 흔드는 사람들의 얼굴을 나는 바로 알아보았다. 세라 버스드라이버, 재인 C. S. 매니저, 주리 페이스트리셰프, 전부 은마에 두고 온…. 아냐. 이런 게 아니야. 고개를 세차게 흔들자 옛 동료들의 얼굴은 흐려지고 꽃밭은 데이터 속으로 흩어졌다. 대신 눈에 들어온 건 얼떨떨해하면서도 자세를 바로잡는 지금의 동료들, 그리고 빛의 기둥 속에서 분노에 차 얼굴을 일그러뜨리는 세이의 모습이었다.

"왜 아무도 즐거워하지 않으시는 거죠? 기껏 소원을 이뤄드렸는데, 기껏 모험과 신비의 나라에 오셨는데…. 그렇다면야 어디! 만족하실 때까지! 실컷 놀아보시죠!"

하늘에선 비가 쏟아지고, 땅에선 불꽃이 뿜어져 나왔다. 눈에 띄는 모든 표면에서 비눗방울이 춤추듯 끓어올랐다. 레무리아가 다시 움직이기 시작하자 유진은 한나와 나를 황급히 태우고서 사륜차에 다시 시동을 걸었지만, 1인승 차에 운전사를 빼고 둘이 더 매달린 채이니 우천 시 비행이 수월할 리 만무했다. 위태롭게 붕붕거리며 올라간 차는 불기둥 하나를 피해 가려고만 해도 마구 휘청였다. 한층 더 지옥처럼 변한 놀이공원의 풍경이 발밑에서 춤을 췄다. 그런 상황에서도 용케 칼을 들어 촉수를 쳐내면서 한나가 외쳤다.

"이게 도망쳐서 될 상황이냐? 송파구가 박살 난다잖아!"

"아, 몰라요! 나한테 어쩌라고! 사기꾼한테 속아서 지금 다 죽게 생겼는데!"

다른 촉수 하나를 간신히 비껴가며 유진이 울먹였다. 울고 싶은 건 나도 마찬가지였지만, 동시에 여전히 뭔가 석연찮다는 생각이 눈물샘을 막고 있는 기분도 들었다. 이상했다. 상황이 이렇게까지 치달았다는 사실 자체가.

"선배는 눈 감고 뭐 해요! 기도나 할 거면 그냥 내려, 진짜!"

"생각하는 중이거든! 이해가 안 된단 말이야. 15년 동안 갇혀 있어서 화난 건 알겠지만, 기껏 밖에 메시지 보낼 권한을 얻었으면 도움부터 청해도 되지 않아? 왜 굳이 재앙을 일으키려고 해?"

"궁금한 것도 많다! 서울 놈들도 나하곤 상식이 생판 다르던데, 파주도 아니고 이딴 데서 15년 살았으면 사고방식이 완전히 바뀔 수도 있지!"

한나의 그 호통이 별안간 뇌리를 강타했다. 상식이 달라? 사고방식이 바뀌어? 확실히 이곳 놀이공원을 지배하는 상식은 바깥과는 전혀 달랐다. 가능한 한 많은 손님을 확보하고자 경쟁하는 놀이기구로 이루어진 세상이니까. 물론 그건 놀이기구 하나하나의 의사가 아니라 과거 거대기업에서 짜 넣은 행동원칙이니, 아무리 손님이 많아지길 바란들 입장권을 공짜로 뿌린다거나 일반 시민을 강제로 놀이공원에 끌어들인단 결정을 스스로 내릴 순 없겠지. 그런 정책적 결정만큼은 누군가의 의지가 개입하지 않고는 불가능하도록 막아 두었을 테니까. 하지만 만일 의지를 가진 누군가의 정신에 그러한 행동 원칙이 침투한다면? 기존의 상식보다 놀이공원의 목표를 우선시하도록 사고 구조가 점점 바뀌어, 손님 확보를 위해서라면 파국을 불러올 결정조차 서슴없이 내리는 인간이 되어버리지 않을까?

"그거야! 머리 부상을 이곳의 데이터로 메꾸는 바람에, 무의식적으로 손님을 최대한 끌어모으려 하는 거지! 설령 송파구를 통째로 놀이공원으로 만드는 한이 있어도!"

"네 말은, 그 세이란 애가 지금 놀이기구가 됐단 소리냐?"

"아직 그 지경까진 아닐 거야. 이성도 있고, 목숨 걸고 우릴 도와주기도 했잖아. 놀이공원 행동원칙에서 벗어나게만 만들면 설득도 될 거야. 하지만 그러려면…. 먼저 데이터가 침투한 부위로 날 데려다줘야 해."

긴박한 회피기동 속에서 잠깐 정적이 흘렀다. 유진이 침을 꿀꺽 삼키고서 먼저 입을 열었다.

"선배, 진짜 진짜 진심이세요?"

"그래. 내 소원이다."

"알았어요. 그럼 이제부터 제가 신기한 거 보여줄게요."

그 말을 신호로 사륜차의 주행 궤도가 급격히 꺾였다. 하늘로 더 높이, 세이에게로 더 가까이. 무리한 방향 전환에 휘말린 차는 이제 조종간에 손만 대도 빙빙 돌려고 했지만, 유진은 정확한 타이밍에 전자 탄환을 쏘아 그 반동으로 관성을 절묘하게 상쇄하며 불기둥 사이로 운전을 계속했다. 거대한 꽃이 아래에서 치고 올라오려 할 때는 일부러 호버링 엔진을 끄더니, 비행 도중에 사용할 수 없는 보조 부스터를 점화해 차를 상공으로 쏘아내는 묘기까지 부렸다. 그렇게 온 출력을 끌어모은 부스터는 결국 세이의 얼굴이 내려다보이는 장소까지 우리를 인도했다. 하지만 여전히 그냥 뛰어내리기엔 거리가 멀고, 갈고리를 걸 지형지물도 보이지 않는 상황. 그때 칼 하나를 단호히 던져버린 한나의 손아귀가 대신 내 손목을 붙들었다. 차의 회전과 파주식 축복이 더해진 무지막지한 던지기가 그 뒤를 이었다.

"미아 치킨프라이어여, 그대에게 조상의 가호가 함께하길!"

조상의 가호라고? 하지만 내 조상들이 한 일은…. 그래, 새를 튀겨 파는 일이긴 했다. 지금은 바로 그 가호가 필요할지도 모른다고 생각하며, 나는 삼단봉을 거꾸로 쥔 채 푸른 깃털에 덮인 정수리를 향해 대포알처럼 떨어졌다. 거센 정보의 물결이 몸을 밀어내려 해도 멈추는 일 없이. 이윽고 봉 끄트머리가 세이의 머리에 닿는 바로 그 순간이었다. 한계까지 집적된 금빛 사이버스페이스 기둥 속을 찬란한 폭발이 휩쓸었다. 현실의 해상도 따위로는 절대로 담아낼 수 없는, 말하자면 형이상학적인 광채의 폭발이.

* * *

처음 계획은 정말 단순했다. 사이버스페이스 농도가 높을수록 특수효과의 폭발력도 커지니, 빛의 기둥 속에서 세이의 머리를 후려치면 데이터로 된 부분을 싹 날려버릴 만큼 강한 폭발이 일어나지 않을까 하는 바보 같은 발상이 전부였으니까. 절체절명의 순간 짜낸 작전이란 대체로 그 수준이게 마련. 절체절명의 순간이라면 지겹도록 겪어온 전직 위험지대 리뷰어인 내가 보증하는 사실이다.

무슨 말인가 하면, 일이 이렇게 되리라곤 나도 예상치 못했단 뜻이다.

시간도 공간도 느껴지지 않는, 현실이라 부를 수조차 없는 아득한 공백 한가운데서 나는 세이와 마주 보고 서 있었다. 여전히 인어의 푸른빛 머리카락이 흘러내리는 그 머리에 삼단봉을 박아 넣은 채로. 여기가 어디일까? 내가 뭘 하는 걸까? 또렷이 이해할 수는 없었다. 어쩌면 현실이 담아내지 못하는 정밀도의 특수효과로 말미암아 현실 자체에 구멍이 뚫렸으며, 그 너머에 존재하는 세계의 풍경은 인간의 열등한 감각으론 이런 형태로밖에 인식할 수 없는 것뿐인지도 모르는 일이었다. 내 목소리도, 내 행동조차도 의식과는 완전히 분리되어 느껴지는 걸 보니.

"말해봐, 세이. 네 소원은 뭐야?"

미아 치킨프라이어가 물었다. 세이 S. W. 디벨로퍼는 태연히 대답했다.

"말씀드렸잖아요. 놀이공원을 넓히는 거예요. 더 많은 사람이 올 수 있게."

"거짓말. 그러려고 놀이공원에 오는 사람이 어딨어? 15년 전 네가 처음으로 여기에 왔을 때는, 사이버스페이스에 잡아먹히기 전에는 분명히 다른 기대를 하고 있었을 거야. 나는 그게 알고 싶어."

"하지만 당신들도 한심한 소원이나 빌려고 여기 왔잖아요. 큰돈을 벌고 싶다, 엄청난 명예를 얻고 싶다, 그리고…"

"과거의 실수를 되돌리고 싶다. 뭐, 그게 내 오랜 소원이긴 하지."

누가 안 그러고 싶겠는가. 하지만 그게 불가능하단 사실도 물론 알고 있다. 가능한 일이었다면 현실로부터 눈을 돌리려고 도박에나 빠져 있을 리가. 무슨 수를 쓰더라도 과거는 결코 바뀌지 않는다. 그런데도 나는 굳이 이곳에 왔다. 불가능한 소원을 빌기 위해서가 아니라, 훨씬 대수롭지 않은 소원을 새로

이 이루기 위해서.

"내가 촬영기사로 따라온 이유가 뭔지 계속 궁금했지? 별거 아녔어. 전에 실패했던 걸 이번엔 성공해보고 싶었던 거야. 위험지대에 용감히 들어가서 목표를 달성하고, 다 함께 무사히 살아나오는 일 말이야. 상황이 어떻게 돌아가든, 팀원이 아무리 의심스러운 녀석이든. 그게 다야."

아마 유진이나 한나도 비슷했으리라. 여기서 정말 떼돈을 벌어서 빚을 다 갚기로 작정했다기보단, 그럴 기회나마 손에 넣은 채로 나올 수 있길 막연히 바랐겠지. 명예 또한 이곳에서 아무한테나 찬사를 듣는다고 생기는 게 아니라, 고향의 반려자가 이곳에서 있었던 일을 서사시로 써냈을 때야 비로소 손에 들어오는 것이다. 놀이공원이란 그런 공간이다. 무슨 대단한 소원을 이루려고 찾는 장소가 아니라, 기쁜 마음을 안고 떠나기 위해 잠시 들르는 장소다. 15년 전의 세이에게도 틀림없이 그런 소박한 기대가 있었으리라.

"이제 네가 대답할 차례야, 세이."

"당연, 당연한 걸 묻고 있네요, 진짜로."

세이의 목소리에 옅은 물기가 번졌다. 푸른 깃털이 하나둘씩 떨어져 나왔다.

"친구들하고 놀러 온 거예요. 새로 개장하면서 엄청 재밌어진다길래, 시간 내서 다 같이 왔어요. 신나게 놀고, 줄 오래 서고, 사진 찍고, 간식 먹고, 우스운 기념품도 막 사려고. 그렇게 추억 많이 만들고서 잔뜩 지쳐서 돌아가고 싶었어요. 그런데, 그런데…."

"그럼 그렇게 소원을 빌어. 네 진짜 소원을."

점점 더 거세게 쏟아져 내리는 깃털 사이로, 이윽고 입술이 아주 희미하게 달싹였다. 다음 순간 셀 수 없이 많은 데이터의 점과 선이 세계를 도화지 삼아 모든 가능한 방향을 일제히 가로질렀다. 나무와 구름과 놀이기구의 윤곽이 먼저 빛 사이를 수놓았고, 빈 부분에는 사람의 밑그림이 빼곡히 들어찼다. 열 명. 백 명. 그리고 순식간에 아마도 수만 명까지.

그중 어떤 얼굴들은 특히 또렷하게 그려져 있었다. 세이가 아는 사람들일까? 함께 운명을 나눴던 생존자들? 아니면 같이 왔던 친구들? 하지만 그 얼굴들조차도 이내 사상 최대의 인파를 기록했던 15년 전 그날의 풍경에 파묻혀서 보이지 않게 되었다. 자신의 마지막으로 행복했던 기억 속에서 세이의 몸이 점점 희미해져 가는 동안, 여전히 머리에 삼단봉이 꽂힌 채인 인어 마스코트 오디는 하늘로 날아올라 신나게 헤엄을 쳤다. 회전목마와 함께, 길로틴 코스터와 함께, 즐거이 노래하고 또 노래하면서.

"세상에! 이렇게나 많은 친구가 이 오디를 찾아와준 거야? 지금까지 중에서 최고로 기뻐! 그러니까 그 보답으로, 우리 친구들에게도 세상에서 제일 즐거운 하루를 선물할게~! 두 손 번쩍, 준비는 단단히, 안전 바가 내려오고 있어…."

노랫소리가 점점 멀어져 갔다. 빛이 사그라진 곳에 현실이 다시 자리를 잡았다. 유진의 차가 요란하게 털털거리는 소리, 한나가 나를 들쳐메고 달리는 움직임, 사지가 느껴지지 않을 정도의 격통이 하나둘씩 몸을 때려 왔다. 냉혹한 현실이었다. 뼈가 몇 대나 부러진 건지 이젠 가늠조차 되지 않았다.

한편 그처럼 냉혹한 현실 위에 신기루처럼 겹쳐진 또 하나의 현실도 보였다. 고공 그네타기의 주둥이마다, 그래비티 드롭의 꽃잎마다, 레무리아의 촉수 하나하나마다 올라타 유쾌한 비명을 질러대는 사람들. 기괴하게 변형된 놀이기구 떼에게 아무리 잡아먹혀도 결코 길이가 줄어들지 않는 듯한 대기 줄. 15년 전의 기억 속 인파가 덧씌워진 놀이공원이 비로소 본모습을 되찾아 가고 있었다. 이 풍경 역시 놀이공원의 행동원칙만으론 절대로 내릴 수 없었을, 누군가의 의지가 개입되었기에 가능했을 결정의 산물이리라. 기나긴 줄 끄트머리에서는 롱패딩을 걸치고 너구리 모자를 쓴 손님 하나가 친구들과 하염없이 깔깔대며 수다를 떠는 중이었다. 그 얼굴이 잠깐 이쪽을 향한 순간 놀랍도록 환한 미소가 반짝 빛났다.

엄지를 세운 손 아이콘을 띄워 그 반짝임에 답했을 때, 이미 미소의 주인은 까마득한 인파 속으로 사라진 뒤였다.

* * *

우리가 마법의 성에서 겪은 그 모든 우여곡절에도 불구하고, 이후 벌어진 일들은 그렇게까지 극적이진 못했다. 보물을 갖고 나오긴커녕 차 수리비만 잔뜩 깨진 유진은 결국 본가에 다시 손을 벌렸다. 어머니에게 진 빚을 갚고 자기 사업을 시작하겠단 꿈이 한 발짝 더 멀어진 셈이었다. 한나는 내가 찍은 영상에 자신의 활약이 별로 많이 담기지 않았다고 한동안 불평을 늘어놓았는데, 막판에 상황이 워낙 긴박했다곤 하지만 촬영을 제대로 못 해준 건 분명 내 잘못이었기에 뭐라 할 말도 없었다. 한편 나는 몇 주씩이나 병상 신세를 져야 했고, 내 훌륭한 동료들은 그동안 내가 도로맥주 한 방울이라도 입에 대는 일이 없도록 돌아가며 감시까지 해주었다. 참으로 고맙기도 하지.

그래도 소득이 전혀 없진 않았다. 마법의 성 내에 생존자가 남아 있었단 정보를 미끼로 거대기업과 거래를 틀 수 있을지 모른다며 유진은 곧 다시 기대감에 부풀었다. 한나의 반려자인 호안 북에디터슨은 한나와 지네 괴물의 사투를 다룬 짧은 찬가를 지어 보내주었는데, 한나는 그게 마음에 들었는지 한 주 내내 우리에게 자랑하느라 여념이 없었다. 그리고 나는? 글쎄, 무사히 살아 나온 데다가 목표까지 어느 정도 이루었다. 과거를 바꾸지는 못했을지언정 꽤 후련한 경험은 했으니까. 그 이상 무엇을 더 바라겠는가.

뭐, 사실 한 가지 더 얻은 게 있긴 했지만.

동료들이 돌아간 병실에 홀로 누워서, 나는 눈앞에 가만히 화면을 띄워보았다. 며칠 전 아무런 설명도 없이 내게 보내진 파일 하나가 그곳에서 반짝이고 있었다. 유럽풍 성 모양 로고가 박힌 분홍색 쿠폰 한 장. 마법의 성에 들어갈 때 썼던 것과 똑같이 생긴 쿠폰이었지만, 그 이름은 '자유이용권'이 아닌 '평생회원권'이었다. 언젠가 다시 와 달라는 듯이. 저 위험천만한 놀이공원이 무수히 많은 환상의 손님으로 배를 채워 안정되면, 종종 찾아와서 마음 편히 즐기다가 가도 좋다는 듯이.

어쩌면 그땐 같이 롤러코스터를 탈 수도 있으리라.

놀이공원은 그러려고 가는 곳이니까.

CYBERPUNK
SEOUL
2123

돈은 돈이고 인생은 인생이다

김이환

육체가 없이 사이버스페이스에 데이터 인격으로만 남아 있는 나에게 노이즈 고스트의 습격은 사람들이 겪는 어지럼증과 비슷했다.

오후 일곱 시가 되자 11년째 신체로 사용 중인 로봇 '들개'의 충전을 끝내고 가동했다. 방화벽을 해제하고 인터넷에 접속해 지난밤 자동 해킹 프로그램이 훔쳐온 데이터를 정리했는데, 대부분은 쓸모없었고 일부는 팔면 돈이 될 것 같았다. 골목에 행인이 북적이기 시작했다. 서울은 잠들지 않는다. 내 데이터 인격은 멀쩡했지만, 들개는 노이즈 고스트를 이기지 못하고 골목에서 비틀거려서 균형을 잡느라 애를 먹었다. 들개는 내가 신체로 사용하는, 개처럼 생겼고 크기도 중형견 비슷한 사족보행 로봇의 이름이자 곧 내 이름이었다. 노이즈 고스트는 늘 웹 어딘가 숨어 있다가 내가 잠에서 깨면 찾아와 습격하는데, 그럴 때면 들개는 제대로 움직이지 못했다.

골목을 바쁘게 달려오던 덩치 큰 남자가, 비틀거리는 들개의 배를 발로 세게 걷어차서 옆으로 밀친 다음 뛰었다. 바쁘게 가던 차에 길을 막은 로봇이 귀찮았던 모양이었다. 원래 들개는 발에 걷어차이는 정도의 충격에는 쉽게 균형을 잡지만 하필 노이즈 고스트 때문에 어지럽던 참이라서 그대로 진창에 쓰러졌다. 로봇 신체였으니 통증은 없으나 감정은 있었다. 분노가 머리끝까지 치밀었다.

아무리 싸구려 로봇이라도, 좁은 골목에서 걸리적거려도, 바쁜 와중에 앞을 막고 있어서 짜증이 나도, 굳이 세게 걷어차 하수구와 쓰레기 썩은 물과 더러운 빗물이 섞인 진창에 빠트릴 이유는 없었다.

금속보다 단단하지만 중량은 훨씬 가벼운 강화 플라스틱 다리를 움직여 벌떡 일어나 남자를 뒤쫓았다. 주둥이를 벌려 으르렁거리며 날카로운 이빨을 갈았다. 사람에게 상해를 입힐 만한 강력한 이빨을 로봇에 장착하면 불법이긴 하지만 사실 아무 로봇 수리 센터에 들어가 5만 원만 내면 달 수 있었다. 개를 걷어차는 개만도 못한 인간의 뒤를 따라, 골목에 흩어진 쓰레기를 건너뛰며 달렸다. 덩치 큰 남자는 내가 따라가도 눈치채지 못했다. 어렵지 않게 따라잡아 주둥이가 닿을 만큼 가까워지자 발목을 물었다. 주둥이에 낡은 청바지가 닿는 순간 낼 수 있는 최대 힘을 줬고, 날카로운 금속 이빨이 발목 살을 뚫고 뼈에 닿으면서 우지끈 소리를 냈다. 남자가 비명을 지르고 골목에 쓰러졌을 때 떨어뜨린 가방을 낚아채고 물러났다. 일부러 가방을 주운 건 아니었다. 가끔 길 가다가 떨어진 값나가는 물건을 보면 들개가 무조건 줍도록 프로그래밍했기 때문이었다.

쓰러진 남자와 멀어지면서 동시에 무선으로 인터넷에 접속해 남자의 신분을 찾아냈고, 119 신고센터의 인터넷에 접근해 성북구 월곡에서 사족보행 로봇에 물렸다는 신고가 오면 장난 전화로 처리하라는 가짜 명령을 슬쩍 넣었다. 주변 병원 컴퓨터에도 접근해 해킹한 다음, 로봇한테 발목을 물린 환자가 오면 상처가 심하니 바로 절단하라는 가짜 명령도 넣었다. 남자가 119에 아무리 신고해도 응급차가 도착하기까지 시간이 걸릴 것이다. 머리가 조금 돌아간다면 택시를 타고 병원에 갈 테고. 택시 기사가 내려준 병원 응급실에서 게으른 의사가 남자를 제대로 확인하지 않고 외과 로봇에 맡겨 컴퓨터에 있는 기록만으로 남자를 처리했다간 남자는 발목을 절단당할 수도 있었다.

그러면 남자는 다시는 오른쪽 발로 누구를 걸어차지 못할 것이다.

들개가 가방을 질질 끌며 더 좁고 어두운 골목으로 들어가는 동안, 나는 나를 촬영하는 CCTV를 전부 해킹해 더미 데이터를 넣었다. 인터넷으로 알아낸 남자의 신분은 별 볼 일 없어서, 이름과 나이만 확인하고 그냥 대충 넘겼다. 들개가 주운 가방은 검은색 나이키 스포츠 백이었는데 촌스럽고 낡은 데다가 가짜였다.

들개는 사족보행 로봇이지만 앞발 관절과 발가락은 인간 손처럼 움직였다. 지퍼를 열자 가방에서 빨래가 쏟아져 나와서 가방을 그대로 버릴 뻔했다. 그런데 들개의 후각이 빨래로 둘둘 말린 흰색 비닐봉지에 있는 마약 냄새를 맡았다. 분홍색 가루를 보고 종류를 바로 알아차렸다. 최근 서울에 퍼지고 있는 신종 마약 '코끼리'였다. 나는 놀라서 그대로 동작을 멈췄다가 얼른 가방을 끌고 골목을 달렸다. 이렇게 중요한 가방이라면 반드시 찾고 있을 테니 남자가 쓰러진 장소에서 멀어져야 했다. 골목 사방에서 증기가 쏟아졌는데, 골목에 줄지어 있는 식당들이 밥이라도 하는 모양이었다. 마약은 족히 3킬로는 넘어 보였다. 어마어마한 양이었다. 가방을 가지고 있던 남자의 신분을 다시 들여다봐도 별 내용이 없다. 분명 이름, 나이 모두 더미 데이터일 것이다. 누구였을까? 마약은 누구 것일까? 조직일까? 조직이라면 어느 조직? 나는 누구를 피해서 도망 다녀야 하는가?

마약을 팔수 있을까?

팔아 돈을 만든다면 어떻게 쓸까?

큰돈이 만들어줄 가능성을 상상하니 흥분이 가라앉지 않았다. 삶을 바꿀 수 있다. 개처럼 생긴 로봇이 아니라 인간의 몸을 구할 수 있을 것이다. 신분도 바꿀 수 있었다. 잃어버린 삶을 되찾을 수도 있었다.

＊＊＊

　'돈은 돈이고 인생은 인생이다―네잎클로버'.

　성북구의 불법 사이버스페이스 메루는 불법이지만 거대하고 부유하고 활기 넘쳤다.

　사이버스페이스에 접속할 땐 보통 유선 케이블을 사용했다. 들개의 배 안에 케이블이 있어서 입에서 토해내듯 꺼내서 허브에 꽂으면 된다. 유선 접속이 무선보다 빠르고 안정적이고 결정적으로 해킹을 쉽게 피할 수 있었다. 불법 접속 허브는 도시 골목에 널려 있어서 아무 골목에나 들어가서 천 원도 안 하는 접속료를 내면 사용할 수 있었다. 케이블을 꽂고 메루에 접속하면 가장 먼저 중앙 광장이 보이고 그곳을 가로지르는 붉은 강, 그리고 강 한가운데에 서 있는 회색 거인 석상이 보였다. 메루 설립자의 동상인데 어지간히 자신에게 도취되었던 사람 같으나 나르시시스트답지 않게 얼굴은 못생겼다. 동상 이마에 걸린 알록달록한 광고판은 메루에 접속하자마자 보이는 광고판답게 광고료가 가장 비쌌고, 그곳엔 늘 사채업계 1위 회사 네잎클로버의 광고가 걸려 있었다. 돈은 돈이고 인생은 인생이다… 광고가 끝나야 주변 풍경이 로딩됐고, 복잡하고 화려하고 천박하며 더러운 중앙 광장 풍경이 눈에 들어왔다.

　처음 메루에 접속해 네잎클로버의 광고를 봤을 때의 흥분을 기억한다. 멋진 말이라고 생각했다. 정말로 돈은 돈이고, 인생은 인생 아닌가? 이 말이 헛소리라는 걸 깨닫기까지 오랜 시간이 걸렸다. 자기계발서에 나오는 성공한 누군가가 말한 명언 같지만, 사실은 인공지능이 만든 말이었다. 과학자들이 인기 있는 명언 수백 개를 인공지능에 입력한 다음 비슷한 걸 만들라고 명령하자 인공지능이 출력한 가짜 명언 중 하나라고 했다. 사채 회사가 그걸 카피로 가져다 썼고 말이다.

그러니까, 아무 말이다.

그런데 그럴듯하다. 돈은 돈이고 인생은 인생이다….

붉은 강 주변에는 온갖 불법 쇼핑몰이 아바타를 유혹했다. 서울에서 가장 큰 규모의 불법 사이버스페이스였기 때문에 시장 규모도 상당했다. 누구는 한국 정부의 정식 사이버스페이스 브라흐만보다도 크다고 했다. 사실은 그렇지 않지만, 그러거나 아니거나 상관없다. 브라흐만에서 가능한 일은 메루에서도 가능하며 그 이상의 일들이, 불법인 일들도 돈만 있다면 얼마든지 가능하다.

한눈팔 시간이 없었으므로, 데이터 관리 흥신소로 들어가 더미 데이터를 사서 지금까지 지나온 CCTV에 뿌렸다. 마약 주인이 분명 나를 쫓고 있을 테니까. 흥신소에 더 비싼 사용료를 지불하고 내 데이터 세탁 속도를 올렸다. 온전한 데이터는 단 한 곳의 백업 장소에만 있고, 나머지 데이터는 클라우드를 주기적으로 옮기며 데이터를 세탁해 왔는데 속도를 더 빠르게 한 것이다. 일이 끝나자마자 메루 접속은 무선으로 돌리고 케이블을 뺀 다음 더 안전한 장소로 이동했다.

＊＊＊

이런 사람이 있다.

2060년 말에 태어나 '사이버스페이스'의 등장부터 최고 활황과 절정을 겪으며 성장했다. 초등학교에 들어갔을 무렵 사이버스페이스가 세상에 등장했을 때, 사람들은 비트코인, 특이점, 메타버스 같은 것들처럼 금방 사라질 유행이라고 여겼다. 그러나 스마트 글래스, 홀로그램, 뇌신경 접속 기술의 생각지도 못한 발전과 함께 사이버스페이스도 폭발적으로 성장했다. 십 년 후 국가가 정식으로 채택한 사이버스페이스 브라흐만의 경제는 한국을 집어삼켰다.

그때 나는 고등학생이었다.

키도 작고 눈이 나빴고 소심하고 인기도 없었다. 고등학생은 사이버스페이스 접속에 제한이 많아서 빨리 성인이 돼서 SP에 접속해 신나게 놀고 싶었다. 벌써 불법 SP에 들어가 재미를 본 아이도 주변에 많았다. 신경전달물질의 속도를 빨리 처리해서 접속을 빠르게 하는 마약 '레드 스노'를 한 아이도 있었다. 빨간색 가루 마약이었는데, 아이들 말에 따르면 마약을 하고 SP에 접속하면 자신이 빛의 속도로 움직이는 기분이 들어 무척 황홀하다고 했다. 그때 친했던 친구 하나가 나에게 레드 스노를 한번 해보자고 부추겼다. 왜 그래도 된다고 생각했는지 잘 기억나질 않았다. 왜 그런 친구를 사귀었을까? 일단 내가 돈을 내고 산 다음 친구가 만나서 마약값 절반을 주기로 했는데, 정작 마약이 도착했을 때 약속 장소에 나오지도 않고 꽁무니를 뺐다. 돈이라도 달라고 하자 싫다고 하고는 연락을 끊었다. 그리고 약속 장소에 다른 친구가 나타났다. 친구가 아니라 같은 반 일진이었다. 일진은 나에게 뭐 하냐고 캐물었다. 나는 왜 거짓말을 둘러대지 못하고 레드 스노가 있다고 곧이곧대로 말했는지 지금도 모른다. 일진의 집으로 끌려가 같이 마약을 했다. 정말 끝내줬다. 다른 사람들보다 수십 배는 빠른 속도로 SP를 누비며 한참 황홀경에 빠져 있을 무렵 부작용 때문에 일진과 내 신체가 정지했다. 일진이 자기가 레드 스노를 해봐서 어떻게 하는지 잘 안다면서 지나치게 많은 약을 먹인 데다가 약이 저급한 불량품이어서 뇌졸중이 왔다. 내가 119에 신고했는데, 사이버 경찰이 먼저 SP 안으로 의식을 옮기라고 했다. 원래는 의식 업로드가 불가능하지만, 마약으로 연산이 빨라진 상태에서 경찰이 게이트를 열면 가능했다. 나는 제대로 업로드해 데이터 인격을 완성했으나 친구는 두뇌 손상이 심해 인격을 완성하지 못하고 업로드하고 싶다는 욕구만 남아 노이즈 고스트가 됐다. 경찰은 화를 내며 나에게 감옥에 갈 준비를 하라고 다그쳤다. 마약을 구입했고 한 명이 죽었고 내 신체는 코마 상태였다. 평생 감옥에 있을 거라고 경찰이 을러대서, 겁이 난 나는 신체와 접속을 완전히 끊고 게이트를 나와 SP 속으로 도망쳤다. 경찰이 따라왔지만 운 좋게 따돌렸다. 마약을 하다가 죽은 일진은, 일진의 부모는, 그리고 내 부모는 그후 어떻게 됐는지 모른다.

나는 아무것도 모르는 고등학생이었다.

그 일이 생각날 때마다 나에게 말한다. 나는 아무것도 몰랐다… 하지만 나 자신도 내 변명을 믿지 않았다.

이후 신체를 잃고 데이터 인격이 되어 SP에서 살고 있다. 내가 가진 몸은 사족보행 로봇뿐이다. 가끔 드론도 사용했지만, 단속이 심해서 자주 붙잡히기 때문에 중요한 정보를 넣지 않았다. 내 인격은 들개와 다른 안전한 SP에 둔 백업뿐이었다. 사이버스페이스에서 해킹 프로그램을 돌려 여기저기서 데이터를 훔쳐서 팔았다. 사족보행 로봇으로 마약 심부름도 했다. 사람들은 사족보행 사냥개 로봇을 사용하는 나를 들개라고 불렀다.

노이즈 고스트가 된 일진은 나를 끈질기게 따라다닌다. 죽은 자의 원한이 유령으로 남은 셈이었다. 현실에서 유령은 존재하지 않는데 사이버스페이스에서는 존재한다니 웃긴 일이었다.

나를 배신한 친구 놈은 뭐 하는지 모른다. 왜 약속 장소에 친구가 아닌 일진이 나타났는지 수상한데, 친구는 뭔가 알고 있을 것이다. 한동안은 밤마다 친구를 원망했고 찾아가서 대답이라도 듣고 싶다고 생각했다. 지금은 이름도 기억나지 않는다.

무게 3.4킬로그램, 30억 원어치 순수한 코끼리였다. 마약 봉지를 한 번 더 비닐로 감고 냄새나는 헌 티셔츠와 운동복 바지에 둘둘 말아서 가방에 넣었다. 어마어마한 돈이 될 것이다. 데이터 해킹이나 하던 잡범이 마약을 팔려니 머릿속이 복잡했다. 3년 전 성북구를 주름잡는 조폭인 흑호파 밑에서 마약 전달책을 잠깐 했었다. 마약을 입에 물고 서울 곳곳에 숨겨 놓는 일이었는데 드론과 사족보행 로봇 단속이 심해지면서 그만뒀다. 지금은 사람이 직접 옮긴다. 나도 코끼리를 팔려면 사람의 신체가 필요했다. 조직도 잘 피해야 한다. 성북구 마약 시장은 사자파와 흑호파 두 조직이 나눠 가지고 있었다. 그 틈에 끼면 안 된다.

개인이 큰 마약을 팔 방법이 있나? 성북구는 안 된다. 강남으로 가자. 강남에는 두 개의 큰 불법 사이버스페이스 '바카수라'와 '검은 바다'가 있다. 워낙 거대하니 개인이 코끼리를 팔기 쉬울 것이다.

골목 틈 사이로 멀리 강남 풍경이 보였다. 높은 빌딩이 가득한 곳이었다. 나도 고등학생일 때는 그곳에 살았다. 이후 신체도 십 년의 시간도 빼앗긴 채 이곳에 있었다. 나는 이런 곳에 있어선 안 된다. 삶을 되찾아야 한다. 물론 내 잘못 때문에 이렇게 됐지만, 많이 잘못한 것도 아니다. 마약을 내려다보며 마음을 가다듬었다. 이건 내 거야. 정신 똑바로 차려. 마약을 팔아 돈을 모으면 삶을 되찾을 수 있어. 몸도, 신분도 새로 사서 브라흐만에 접속하면 돌아갈 수 있다. 떳떳하게 살 수 있다.

강서구의 불법 사이버스페이스 검은 바다에 다이브했다.

검은 바다의 규모는 메루보다 작으나 쇼핑몰은 꽤 발달했다. 이곳에서는 비싼 물건을 쉽게 살 수 있는데, 마약도 비싼 물건에 속했다. 검은 바다에 접속하면 거대한 사거리가 있고, 수많은 쇼핑몰이 열려 있다. 어디선가 2000년대 일렉트로니카 음악이 들렸다. 궁금해하는 순간 당신은 광고에 낚이는 것이다. 그럴 시간이 없다. 수없는 광고판이 사이버스페이스에 걸려 있다. 영화 개봉을 앞둔 디즈니와 디시코믹스의 광고가 가장 컸다. 엘사와 배트맨이 광고판 속에서 서로를 노려보았다. 픽사의 우디와 윌이가 허공에서 사람들에게 손을 흔들었다. 새로운 세대 포켓몬이 허공을 날아다녔다. 버버리, 샤넬, 생 로랑, 휴고 보스, 발망, 베르사체, 지방시, 루이비통, 디올, 에르메스의 간판들, 구찌를 입은 슈퍼모델들, 향수를 공중에 뿜고 있는 톰 포드의 홀로그램, 좋은 VR을 쓰면 냄새도 맡을 수 있었다. 나이키, 언더아머, 크로스핏 챔피언을 앞세운 리복 광고판, 벤츠, 아우디, 포르셰, 컴퓨터, 정말 재미없는 컴퓨터 광고들, 애플, 애플의 스마트 위치와 스마트 글래스, 컨버스 신발을 신은 헐리우드 배우들, 스타벅스, 렉사프로와 브린텔릭스 같은 우울증약 광고들, 카르티에, 롤렉스, 파텍 필립, 비틀즈와 밥 딜런의 카달로그 광고, 프린스의 미발표 앨범 광고, 인도 유튜버의 광고들, 포르노허브, 온리팬즈, 등산용품, 다이어트약 광고들, 발모제, 화장품들. 내가 다가가자 화장품 광고판이 일제히 남성 화장품 광고로 바뀌었으나 미안하지만 나는 화장품을 살 수 없다. 폼폼푸린, 헬로키티, 도라에몽, 드래곤볼, 크리스마스 선물을 미리 싸게 사라는 코카콜라 광고, 누가 저런 광고를 좋아할까? 여름에 만나는 산타클로스의 미소가 기이하게 느껴졌다. 온라인 게임 할인 광고들, 트위치 스트리머 광고들, 돈만 낸다면 누구나 광고를 걸 수 있다. '도널드 트럼프를 석방하라—카렌'. 케이팝 아이돌 누구의 생일, 누구의 데뷔 기념일, 어느 그룹을 축하하고, 누군가 축복받고, 누군가 팬들이 너무나 사랑하고, 누군가 아이돌이 너무 좋아서 기쁘다는 광고, 중국 아이돌, 나이지리아 팝 스타, 필리핀 록 스타의 광고, 나는 그 많은 광고판의 뒤로, 뒤로, 뒷골목으로, 공간은 존재하지 않으나 뒷골목은 존재하는 그곳으로 깊이 더 깊이 다이브했다.

팔이 여섯 개 달린 푸른색 남신 아바타를 새로 사서 교체했다. 파란 후광이 몸을 감싸고 여섯 개의 팔이 달린 멋진 아바타였다. 추적당할 때를 대비해 더미 데이터도 넣었다.

머리는 표범이고 몸통은 사람인 아바타를 찾아가 말을 걸었다.

—오래간만이야.

'표범 머리'가 낯선 아바타 모습을 보고 움찔거리다가, 내가 더미 데이터를 없애고 진짜 데이터 내밀자 알아챘다.

—들개 아니야? 여기서 뭣 해?

—물건 팔려고.

―뭘 팔 건데?

―코끼리.

표범 머리는 놀랐는지 믿지 않는 눈치인지 잠시 말이 없다가 물었다.

―코끼리는 어디서 났어?

―촌스럽게 그런 건 왜 물어?

표범 머리가 촌스럽다는 표현을 상당히 싫어한다는 걸 잘 알고 있었다. 나는 같이 마약을 팔 판매책이 필요했다. 멍청하지 않지만 너무 똑똑하지 않고, 너무 큰 규모로 움직이지 않고, 적당히 돈을 밝히는 사람이 필요했다. 표범 머리가 가장 적당했다.

―진짜로? 코끼리를? 누구 밑에서 파는 거야? 지금 누구 밑에 있는데?

―흑호파.

나는 거짓말을 했다.

―정말?

―왜 못 믿어? 너는 누구 밑에 있는데?

―나야 혼자 있지. 여기서는 안 돼. 안전한 곳으로 가자. 사설 사이버스페이스를 알려줄게.

그가 '헬'이라는 SP의 주소를 알려주는 동안 표범 머리 옆에 여자 아바타가 나타났다. 몸이 물로 되어 있는 아바타는 자신을 '물의 여신'이라고 소개했다. 꽤 돈이 많이 들어간 아바타 같았다. 표범 머리와 함께 오래 일을 한 모양이었다. 주소를 받고 검은 바다 접속을 끊었을 때 마지막으로 표범 머리가 인사했다.

"지옥에서 만나자고."

소규모 사설 사이버스페이스는 주로 성북구 월곡 고가도로에 밀집해 있었다. 낡아서 폐쇄된 고가도로에 천장을 씌우고 창문과 출입구를 달고 시멘트벽으로 촘촘히 구역을 나눠서 거대한 상가로 탈바꿈한 곳이었다. 그곳엔 지나다니는 통로를 제외한 모든 곳이 컴퓨터로 가득했다. 컴퓨터에 연결된 배터리와 케이블과 냉각기와 환풍기가 건물 외곽에 덕지덕지 붙어 있었다. 그곳에 사설 SP가 몇 개가 있는지 아무도 몰랐다. SP 관리자와 불법 물건을 은밀히 찾는 손님과 물건을 파는 상인과 상인의 드론과 로봇이 모여서 늘 야시장처럼 북적댔다. 사람들은 SP를 만들었다가 단속을 피해 도망쳤다가 돌아와서 새로 만들고 그곳에서 마약과 귀중품과 데이터를 거래하기를 반복했다.

사람과 자동차가 뒤섞여서 움직이는 복잡한 길에서 바쁘게 움직여 고가도로로 향했다. 들개는 낡고 느리고 걸음도 정확하지 않지만 적어도 지치지 않았다. 네온사인과 가로등이 반짝이는 고가도로 입구에서는 사자파와 흑호파의 조폭이 서로 으르렁대며 주변을 지키고 차량을 통제했다. 고가도로에서 뿜어져 나오는 열기와 악취, 불빛이 주변 도심으로 퍼져나갔다. 지나치게 많은 전선과 케이블의 누전 때문에 화재도 잦았고 그때마다 사람이 많이 죽었지만, 언제나 입구에는 딱 봐도 상태가 좋지 않은 마약 중독자들이 얼쩡거렸다. 경찰도 이곳을 단속하기 어려운 이유는 사설 SP가 사람을 갈아 넣어서 만들기 때문이었다. 고가도로 중심엔 낡은 전봇대가 있는데, 그곳에 머리는 전봇대 안으로 들어갔고 케이블에 온몸이 얽혀 있는데도 여전히 살아 있는 남자가 있었다. 이름은 모르고 사람들은 그냥 '전봇대 인간'이라고 부른다. 남자의 뇌와 신경을 컴퓨터 하드웨어 삼고 몸의 구멍으로 전원 케이블을 연결해 사설 SP를 만들었다. 사설 SP가 된 인간들은 놀랍게도 대부분 스스로 원해서 된 것이다. 사이버스페이스 중독인 사람이 현실로 나오길 거부하고 본인이 직접 컴퓨터가 된 것이다. 고가도로 이곳저곳에 사람을 박아 놓은 다음 사족보행 로봇이 입에 꽂은 튜브로 영양을 공급하고 항문에 꽂은 튜브에서 나온 배설물을 치웠다. 나도 배설물 치우는 일을 했었다. 상상보다 훨씬 더 끔찍하다.

볼 때마다 나는 저런 일을 당하고 싶지 않다고 되새기지만, 어차피 나는 몸도 없다.

표범 머리가 만나자고 한 사설 SP '헬'도 사람으로 만든 사설 스페이스인데, 고가도로 외진 곳에 있었다. 본체는 고가도로 깊이 넣어 놨는지 밖으로 연결된 케이블만 있었다. 케이블을 꽂고 접속을 준비할 때였다. 사설 SP에 들어갔다간 무슨 바이러스가 들어올지 모르기 때문에 주의해야 한다. 나처럼 약한 전자두뇌를 가진 사족보행 로봇은 특히 그렇다. 접속에 정신이 팔려 다른 건 신경 쓰지 않았다. 누가 내 쪽으로 다가오는 건 알았으나, 행인인 줄 알았고 신경 쓰지 않았는데 그가 다가와서 갑자기 케이블을 강제로 뽑았다.

유선 접속이 종료되면서 사설 SP에서 튕겨 나왔다. 그는 내 주둥이를 붙잡더니 자신의 케이블을 안에 꽂고 강제로 안으로 해킹해서 들어왔다.

시야에 커다란 덩치에 머리카락은 흰색이고 얼굴에 칼자국이 있는 남자가 보였다. 그는 말했다.

"뭘 보고 있었지?"

그의 얼굴을 스캔해, 가지고 있던 사자파 명단에 대조했다. 칼리굴라라는 이름의 사자파 행동책이었다. 내가 가진 명단 중에서는 가장 위험한 인물이었다. 나는 칼리굴라에게 아무것도 보고 있지 않았고, 아무것도 모른다고 대답했지만, 칼리굴라는 나를 케이블을 꽂은 채로 질질 끌고 마주 보는 공터 안으로 데리고 들어갔다. 그때까지만 해도 표범 머리가 나를 일러바쳤거나 아니면 마약을 들켰거나 그런 줄만 알았다.

공터에 다른 사자파 둘이서 자동차에 불을 붙이고 있었다. 펑 소리와 함께 타오르는 자동차에서 비명이 들렸다. 쓸모없어진 인체 컴퓨터를 소각하는 중이겠지. 그제야 알아차렸다. 우연히 사자파가 사람을 처리하고 있는 현장에 재수 없게 내가 있었던 것이다.

칼리굴라, 흰 스키마스크를 쓴 덩치 큰 남자와, 역시 흰 스키마스크를 쓴 덩치 작은 남자가 나를 가운데 두고 둘러앉았다. 셋은 번갈아 나를 걷어차고 일어나라고 윽박지른 다음 다시 걷어찼다. 그동안 칼리굴라는 케이블로 나를 해킹해서 들어오고 있었다. 나는 이럴 때를 대비해 신분을 감출 더미 데이터를 가지고 있었다. 하지만 칼리굴라가 말했다.

"누군지 감출 생각 않는 게 좋아."

그래서 나는 솔직하게 말했다.

"들개라고 합니다. 데이터 마이닝을 합니다. 전혀 몰랐습니다. 데이터 거래하려고 접속했는데…."

덩치 큰 스키마스크가 가방을 뒤지기 시작했다. 코끼리는 비닐에 넣어서 헌 옷에 말아놓았다. 지금 들키면 그대로 빼앗긴다… 그러면 내 꿈도 다 날아간다. 절대로 빼앗기면 안 된다. 들개의 전자두뇌 해킹에 성공한 칼리굴라가 말했다.

"더 깊이 들어가지 못하게 막아 놨네."

칼리굴라가 케이블을 뽑았고, 갑작스럽게 접속이 단절되면서 가해진 접속 오류 때문에 몸을 움직이지 못했다. 나는 오로지 가방 생각뿐이었다. 어떻게 도망치지? 이대로 앉아서 마약을 빼앗길 순 없다.

"이건 뭐야?"

큰 덩치가 헌 옷 사이에서 마약 봉지를 꺼냈다.

"암페타민입니다."

작은 덩치가 말했다. 바보 같은 놈들이 코끼리도 못 알아보고 엉뚱한 말을 했다. 칼리굴라가 사족보행 로봇이 암페타민으로 뭐 하냐고 물었다. 여기서 팔려고 했냐고, 사자파 구역에서 장사하면 안 된다는 것도 모르냐고 물었다. 나는 거짓말을 했다.

"성북구 사자파라면 누구나 다 아는데 제가 왜 팔겠습니까? 팔려던 게 아니라 우연히 주운 겁니다. 정말입니다. 우연히 주웠습니다. 칼리굴라님께 드리겠습니다. 정말 팔 생각 없었습니다."

세 사람은 다시 나를 걷어찼고 들개의 전자두뇌가 두부의 손상을 보고했다. 손상 따위 돈으로 고치면 된다. 코끼리만 지키면 된다. 내가 돈만 있으면 이딴 놈들 정도 죽이는 건 일도 아니다….

"사자파는 남의 물건은 가지지 않아."

칼리굴라는 말하고 가방을 던져 놓고 주차된 차를 타고 자리를 떴다.

나는 한동안 누워 있었다. 하나 깨달은 사실은, 이 가방이 사자파의 것이 아니라는 점이다. 그 많은 양의 코끼리를 잃어버렸다면 암페타민으로 착각하진 않겠지. 그러면 누구의 코끼리였을까? 나는 주변의 신호등을 접속해 해킹하고 일정을 조종했다. 한 달 후 칼리굴라의 자동차가 신호등에 접근할 때 오류를 일으켜 교통사고가 나도록 만들었다. 계획이 잘되면 정말 사고가 나겠지.

그때는 그들이 자동차에서 불에 타는 신세가 될 것이다.

다시 고가도로로 돌아와 헬에 케이블을 꽂았다. 이번에는 누가 오지 않는지 조심하면서 표범 머리와의 약속 장소에 접속했다. 그동안에도 공터에서 자동차가 불타고 있었다.

표범 머리가 만나자고 한 사설 SP 헬은 거대한 수족관이었다. 수조 안에서 파란색과 보라색 조명을 받으며 조용히 헤엄치는 물고기를 사람들이 멍하니 보고 있었다. 물고기는 가끔은 유리 밖으로 나와 복도를 헤엄치다가 다시 유리 너머로 돌아갔다. 수족관에는 고래상어도 있고 희귀한 열대 어류도 있고 지금은 존재하지 않는 멸종된 판피어만 모인 수조도 있었다. 사람들은 조용히 물고기를 구경했다. 내가 예상한 환각과 오르가슴에 빠져서 허우적거리는 아바타들로 우글거리는 사설 SP가 아니었다.

약속 장소인 해파리 수조 앞에서 기다리자, 표범 머리가 불쑥 나타나 말을 걸었다.

—멋지지? 물고기는 그냥 물고기가 아니라 신호야. 접속하는 사람들이 각자 물고기를 배정받고 지켜보고 있으면 물고기가 신호로 마약 위치를 알려줘. 위치로 가면 물건이 있지. 거기서 드론으로 돈을 보내면 거래 완료야. 어때, 똑똑한 방법이지?

정말 멍청한 방법이었다. 경찰이 그걸 모를까? 누가 불법 사이버스페이스에 와서 수족관을 구경하나? 하지만 놀랍게도 수족관에는 수십 명의 사람이 북적이고 있었다.

어쨌든 이 중에는 코끼리를 찾는 사람도 많을 것이다. 이들에게 팔면 된다.

표범 머리 뒤로 두 명의 동업자가 나타났다. 한 명은 물의 여신이고 다른 새로운 사람은 방독면을 쓴 남자 아바타였다. 물의 여신은 표범 머리를 따라 다니면서 가끔 마약을 얻는 사이 같았다. 둘이 사이버스페이스가 아닌 밖에서도 만난 적 있는지 궁금했다. 방독면 남자는 데이터 마이닝을 취급한다고 자신을 소개했다. 내가 가진 데이터를 팔까 해서 조건을 물어보니 가격이 너무 좋지 않았다.

여러 사람이 엮여서 좋을 것 없지만, 표범 머리가 안전하니 걱정하지 말라고 반복해서 말했다. 표범은 오랫동안 마약을 거래해 왔다. 안전한 방법을 잘 알 것이다.

표범은 내가 대화할 물고기도 배정해줬다. 고래상어가 천천히 유리를 통과해 다가와 머리 위를 맴돌더니 조용히 말을 걸었다.

―어떤 약을 사고 싶으세요?

나는 사고 싶지 않고 팔고 싶으며, 코끼리 몇 백 그램이 있다고 대답했다. 잠시 후 드론이 하늘에서 날아와 케이블 충전 중인 들개 옆에 도착했다. 내가 코끼리 일부를 건네자 드론에 내장된 저울로 무게를 바로 확인하고는 고래상어가 말했다.

―정말이네요. 더 있나요?

―아마도.

드론은 들개에게 돈을 건네고 바로 날아갔다. 마약만 있던 나이키 스포츠 백은 이제 돈으로 찼다. 고래상어는 수조 안으로 돌아갔다. 정말 거대한 물고기여서, 고래상어가 내뿜는 빛 때문에 밝아졌던 복도는 다시 어두침침해졌다.

표범 머리가 드론으로 받은 코끼리를 확인하고 말했다.

—코끼리 상태 좋은데? 더 있으면 줘. 한꺼번에 많은 양도 가능해. 경찰 걱정은 할 필요 없어. 사자파와 흑호파만 조심해. 최근에 마약값이 올라서 둘이 자기 구역을 지키려고 극성이거든. 이 근처에는 안 나타나니까 안전하지만.

방금 칼리굴라에게 실컷 두들겨 맞아서 잘 알고 있었다. 이 자식은 칼리굴라와 정말 아무 상관없을까? 하지만 표범이 나를 밀고했다면 칼리굴라가 코끼리를 암페타민으로 착각하진 않았겠지.

표범 머리가 예상치 못한 제안을 했다.

—드론으로 거래하려면 한계가 있어. 큰 거래는 사람이 직접 만나야 해. 드론이나 로봇은 단속이 심하고 고객들이 잘 믿지 않아. 너도 알지? 괜찮은 신체가 있는데 어때? 팔천만 내면 바로 배달해줄게.

인간의 몸… 표범 머리 말이 옳다. 로봇으로는 복잡한 거래가 어렵다. 게다가 애초에 돈을 벌면 몸을 사려고 계획하고 있었다. 하지만 갑자기 몸을 얻는다니 내키지 않았다. 제대로 된 신체를 구해야 하는데 표범 머리를 믿을 수 있을까? 두뇌가 망가졌다거나 마약에 중독됐다거나 살날이 두 달밖에 안 남았다거나, 이런 신체는 곤란하다.

내가 가만히 있자 물의 여신이 말을 걸었다.

─뭘 걱정해? 정말 겁도 많아.

표범과 여신이 의료 기록을 확인하면 된다고 했지만, 의료 기록 정도의 더미 데이터는 나도 만들 수 있었다. 내가 망설이며 수족관을 쳐다보는 동안, 둘은 제시한 가격을 계속 깎았고 결국 사천오백만까지 내렸다.

─너무 싼 가격을 부르면 불량품밖에 없어.

물의 여신이 화를 냈지만, 나는 철저히 확인한 후 신체를 구매하겠다고 고집했다. 방독면 사내가 아는 브로커를 바로 찾아 연결해줘서 사설 SP에서 약속을 잡았다. 나는 헬의 접속을 끝내고 가방을 입에 물고 고가도로를 떠났다.

장기 밀매는 마약 밀매보다 훨씬 단속이 심해서, 사설 SP 안에서 다른 SP를 경유하고 더미 데이터를 뿌리는 등 복잡한 방식으로 경찰의 추적을 따돌렸다. 새로운 사설 SP에서 다양한 브로커와 만날 때마다 표범과 여신과 방독면이 소개비를 요구했다. 한번은 새로운 신체 계약 직전까지 갔다가 내가 직접 신체를 스캔해서 확인하니 완전히 엉망이어서 안 한다고 거절했다. 여신이 신체를 구하느라 얼마나 애를 썼는지 아느냐면서 화를 냈지만, 뇌에 이식된 칩에 해킹 프로그램이 들어와 있는 신체를 사용할 이유가 없었다. 분명 표범 머리가 프로그램을 심었을 것이다. 어떤 해킹 프로그램은 사람을 세뇌해서 좀비처럼 조종할 수도 있었다. 프로그램이 깔리지 않은 두뇌를 요구했건만 그다음 받은 신체에도 똑같이 또 칩이 있었다. 내가 화를 내자 방독면 남자가 어쩔 수 없다고 말했다. 데이터 인격이 뇌에 오류 없이 접속하려면 둘을 물리적으로 연결하는 칩이 있어야 한다고 반복해서 강조했다. 내가 다른 경로로 얻은 정보에도 그렇긴 했다.

방독면 남자가 연결해준 브로커들은 내가 돈을 제때 지급할 수 있는지 의심하는 눈치였는데, 내가 돈을 일시불로 건네자 이번에는 표범 머리가 겁을 냈다. 액수가 크다면서 나한테 코끼리가 얼마나 있는지 궁금해했다. 일부는 본인이 사용하는 것도 같았는데, 품질이 좋다는 말을 자주 반복했기 때문이었다. 곧 표범에게 내가 얼마나 가지고 있고 돈을 얼마나 벌 생각인지 말할 계획이었다. 큰 금액을 거래하려면 언젠간 털어놓아야 했다.

사이버스페이스에서 거래하는 시간이 길어지면서 사람들이 나를 '들개'가 아니라 '여섯 팔'로 부르며 상대할 때가 더 많았다.

사천만 원을 들여 얻은 신체는 대머리 아저씨였다. 멀쩡했을 때 어떤 사람이었는지는 몰랐다. 살아 있는 사람이 아니라 실험용으로 배양한 불법 복제인간이었을 수도 있다. 브로커를 따라서 시술소로 갔더니 그곳에 방독면 남자와 무허가 시술사와 수술대 위에 흰 천으로 덮인 내 신체가 있었다. 앞치마를 입은 무허가 시술사는 바닥에 네발로 서 있는 사족보행 로봇인 나를 씁쓸한 표정으로 바라보고는 말했다.

"그래서 이름이 들개였군."

시술사가 신체 다이브를 돕는 접속 장치에서 케이블을 꺼내 내 입안의 케이블에 연결했다. 나는 먼저 무선으로 칩에 접속했다. 신체로 다이브하기 전, 칩에 깔려 있던 해킹 프로그램을 모두 없앤 다음 칩을 자극하려고 하면 역추적해서 공격하는 프로그램을 깔았다. 표범과 여신과 방독면 중 누가 해킹 프로그램을 깔았는지 모르지만, 내 프로그램에 공격받으면 한동안은 뇌 연산 기능이 망가져 멍청한 인간이 될 것이다. 그리고 케이블을 통해 들개에서 신체로 다이브해서 눈을 떴다.

놀라움의 연속이었다. 땅바닥을 기어 다니다 두 발로 걸으니 시야가 높아졌다. 온몸에 통증이 엄습했는데 괴로우면서도 새로웠다. 들개의 깨끗한 렌즈가 아닌 불투명하고 불완전한 안구로 보는 시야도 달랐다. 시술대에서 피와 체액이 말라붙은 끔찍한 악취가 풍겼다. 화장실로 들어가 토하고 돌아왔다. 시술자가 미리 준비해 둔 더러운 옷을 챙겨 입었다. 스마트 글래스를 쓰자 표범 머리가 기분이 어떠냐고 말을 걸었는데, 나는 잠시 들개를 산책시키겠다고만 대답하고 들개의 목에 줄을 묶어서 그곳을 나왔다. 십일 년 만에 인간으로 외출했다. 표범 머리가 스마트 글래스로 전화를 걸어서는 계속 기분이 어떠냐고 물어서, 혼자 있고 싶다고 대답한 다음 접속을 껐다.

도시 안개에서 수많은 냄새가 났는데 냄새를 차단할 수 없어서 불편하면서도 흥분됐다. 어둠 속에서 다닥다닥 붙은 건물들이 잘 구별되지 않고 엉켜 있는 모습이 혼란스러웠다. 서울 밤길을 계속 걸으면서 바람을 쐬었다. 행인들은 나를 피해서 걸었는데, 더럽고 냄새 풍기는 아저씨가 줄에 묶은 로봇을 데리고 멍한 표정으로 돌아다니니까 당연히 피하고 싶을 것이다. 미지근한 이슬비가 내렸다. 최근 십 년 동안 서울에 비가 지나치게 자주 내렸다. 지구온난화 때문임이 분명했지만, 미국 정부는 아니라고 주장하곤 했다. 걷고 걸어서 한강 변으로 왔다. 도망치기 전 살았던 동네가 멀리 보였다. 동네로 들어갈 수 없었다. 브라흐만에 들어가려면 신분을 증명해야 한다.

비를 맞으면서 눈물을 흘렸다.

가족도 있고 친구도 있고 학교에 다니던 과거가 떠올랐다. 그때는 앞으로 모든 게 잘될 거라는 희망을 품고 살았다. 이렇게 밤길을 걸으면서 울 줄은 몰랐다. 딱 한 번 저지른 잘못 때문에 인생에서 제일 좋은 시간을 날렸다는 후회에 눈물이 흘렀다. 곧 후회가 분노로 바뀌었는데, 내 잘못이 아니라는 억울한 마음 때문이었다. 나는 더 좋은 삶을 누릴 자격이 있었다. 뺏긴 권리를 찾을 것이다. 다시 희망을 품을 것이다. 반드시 저곳으로 돌아갈 것이다.

새로운 사설 사이버스페이스에 접속했다. 한남동 사설 SP

'게슈탈트 붕괴' 내부는 아웃사이더 아트에 영감을 얻은 건축물이었다.

인도 열대우림 안에 있을 법한 오래된 사원 같은 건축물이었다. 돌을 쌓아 만든 벽에 조각과 장식과 초록색 덩굴식물이 가득했고, 건물 안에 유명한 예술가의 작품 카피가 있었다. 데미안 허스트, 올라푸르 엘리아손, 서도호, 제프 쿤스… 제니 홀저의 작품 〈protect me from what I want〉를 멍하니 보고 있는데, 만나기로 한 해커 두 명이 나타났다. 머리 위에 후광이 달리고 눈동자가 없는 남자 '헤일로맨', 얼굴에 피를 칠갑해서 눈코입이 보이지 않는 남자 '블러드맨', 두 명이었다.

그들은 내게 뭘 원하냐고 물었고, 방어 프로그램을 원한다고 대답했다.

—식스 피겨스, 아키라, 아이스 나인, 신의 지팡이, 이런 프로그램들.

블러드맨이 고개를 끄덕였다.

그리고 11년 전 경찰에 수배된 남자 고등학생의 뒤를 조사해 달라고 했다. 친구와 같이 레드 스노를 했다가 마약 과다 복용으로 친구는 죽었고 고등학생은 신체를 남기고 사이버스페이스로 도망쳤다고 설명했다. 그뒤에 고등학생과 고등학생의 부모는 어떻게 됐는지 알아 달라고 부탁하자, 두 해커는 착수금으로 천만 원을 달라고 했고 나는 요구를 들어줬다.

성북구로 돌아올 때는 아주 오랜만에 대중교통을 이용했

다. 만원 지하철 안에서 들개는 얌전히 앉아 있었다.

표범 머리가 더 큰 거래를 제안해서 신체를 가지고 직접 마약 거래에 나섰다. 표범 머리의 심부름꾼을 비 내리는 밤 성북구 고가도로 근처 편의점 앞에서 만났다. 표범 머리는 나타나지 않고 스마트 글래스로 전화만 걸었다. 방독면 남자와 물의 여신은 그렇게 친한 척하더니 이후 연락이 없었다. 뭐, 거래는 끝났으니까. 심부름꾼 '마시멜로'는 덩치 큰 뚱뚱한 남자였고 편의점 캔커피를 마시고 있다가 나를 보자 세게 보이고 싶었는지 거만한 표정으로 손을 흔들었다. 어두운 골목으로 들어가 코끼리가 든 봉지를 건넸다. 계좌로 들어온 돈을 확인하는 동안, 표범 머리는 마시멜로에게 내가 돈을 많이 벌어서 최근에 새로운 신체를 샀다는 말과 함께, 마시멜로도 열심히 마약을 팔면 돈을 많이 벌 날이 올 거라고 말했다. 마시멜로는 경솔한 성격이었는지, 내가 목줄을 묶어 끌고 온 들개를 보더니 대뜸 물었다.

"로봇은 왜 가지고 다녀요? 버리지 그래요? 낡아서 팔기도 그렇고."

나는 바로 들개에게 마시멜로를 공격하라고 명령했다. 들개가 옷자락을 물어뜯자 마시멜로가 피하다가 빗물이 고인 바닥에 엉덩방아를 찧었다. 스마트 글래스로 지켜보던 표범 머리가 킬킬 웃었다.

"아직도 필요 없다고 생각해?"

내가 묻자 마시멜로는 욕을 퍼부으면서 화를 냈지만 덤비진 못하고 그냥 자리를 피했다.

편의점에 들어가 캔맥주를 사서 나왔다. 무인 편의점은 좁고 지저분해서 골목을 나와 비를 맞으며 맥주를 마셨다. 몇 년 만에 마시는지 모를 도로맥주의 맛이 낯설었다. 길로는 가끔 전기 자동차가 지나갔다.

표범 머리가 물었다.

—몸을 가지고 다니니 어때?

나는 마음에 안 들고 더 좋은 몸을 갖고 싶다고 대답했다. 표범 머리가 놀라서 되물었다.

—하나 샀는데 또 산다고?

나는 내친김에 신분도 새로 사서 브라흐만으로 거주지를 옮기고 싶다고 털어놓았다. 그곳에서 진짜 인간으로 살고 싶다고 솔직히 말했다. 표범 머리는 내가 계속 새로운 계획을 늘어놓자 불안한 목소리였다.

—신분 따위 뭐가 필요해? 돈도 많으면서. 브라흐만은 왜 또 들어가려고?

"브라흐만 안에서도 마약은 팔 수 있지."

—혹시 너 원래 거기 출신이야?

나는 알 필요 없다고 대답했다. 맥주 캔을 버리려는데 갑자기 표범 머리가 웃기 시작했다.

—저 사람 좀 봐.

스마트 글래스를 통해서 보고 있었는지 길에 박스를 깔고 누워 있는 젊은 남자를 보라고 말했다. 웬 노숙인이 머리에 싸구려 헬멧을 쓰고 사이버스페이스에 무선으로 접속 중이었다. 아마 마약에 잔뜩 취해 있을 것이다. 고가도로 주변에서는 흔히 보이는 풍경이었다.

표범이 그가 자기 고객이었다면서 계속 웃었다.

—8개월 전까지만 해도 멀쩡했거든. 아내도 있고 직장도 있고 집도 있고. 나 때문에 약물 중독된 다음에는 집도 팔고 아내하고도 이혼하고 직장에서도 쫓겨나고 아무것도 없어. 약에 취해 길에서 자고 있어. 약물이 참 무서워. 안 그래? 곧 살아 있는 하드 드라이브 신세가 되겠지. 들개 너도 중독 조심해라.

이제 나도 신체가 있으니 주의해야 한다.

신체가 생긴 이후 머무는 캡슐 호텔로 이것저것 먹을 걸 사서 돌아왔다. 위장이 생기니 늘 먹고 싶은 게 많아서 술이며 고기며 이것저것 잔뜩 먹어대고 캡슐 호텔로 들어와서 또 먹어서 항상 속이 더부룩했다. 새로운 자극이 늘 신기했다. 캡슐에 누워 멍하니 불을 껐다가 켰다가 하고 온도를 올렸다가 내렸다가 했다. 잠이 들었다가 오후 늦게야 일어났는데 신분 세탁 브로커에게서 연락이 왔다. 신분을 구한다고 메루에 올린 글에 답이 온 것이다. 은평구의 사이버스페이스 '엠파이어'에서 만나자며 아무나 접속할 수 없는 곳이니 어떻게 접속해야 하는지 주의사항을 알려줬다.

캡슐 호텔에서는 SP를 경유하기 쉽진 않지만, 들개를 통해 무선 접속하면 가능했다. 다른 불법 SP를 두 번 경유해서 엠파이어로 들어갔다.

내부는 교통수단 박물관이었다. 전투기, 기차, 자동차 등을 전시해 놓았고 사람은 없었다. 1950년대 미국에서 생산한 자동차를 보고 있는데, 중세시대 수도사 옷을 입고 머리에 후드를 써서 얼굴은 보이지 않는 아바타 '수도승'이 다가왔다.

—여섯 팔?

신분을 원한다고 하자 자동차에 타라고 말했다. 자동차 앞 창문이 스크린으로 변하면서 외부 CCTV를 연결해 남자를 보여줬다. 중절모를 쓴 할아버지가 침울한 표정으로 지하철역에 앉아 있었다. 내가 신분을 살 사람이었다.

사업이 망해서 한국을 떠나면서 신분을 팔려고 한다는 거였다. 수도승이 물었다.

—할아버지가 파산 상태라서 계좌는 전부 정지됐어. 돈거래는 못해. 하지만 어차피 다른 신분으로 할 거지?

그럴 것이다. 브라흐만을 통과만 하면 된다. 내가 건넨 돈을 확인하자 수도승이 접속을 끊었고 새로운 신분 데이터가 나에게 넘어왔다. 신체와 신분은 마약과는 차원이 다르게 위험한 거래다. 이제는 접속할 때도 접속을 끊을 때도 많은 더미 데이터를 깔아야 했다. 그래도 추적은 가능해서, 추적 프로그램을 막는 방어 프로그램을 사용해야 할 때가 곧 올 것이다. 아직 내 진짜 신체가 어떻게 됐는지 게슈탈트 붕괴에서 연락은 오지 않았다.

정보를 확인하면 그때 브라흐만으로 들어가자고 마음먹고 계획을 세웠다.

마약을 팔고, 돈을 받고, 다시 마약을 팔고, 돈을 받았다. 거래는 대부분 순조롭게 진행됐고, 가끔 마약만 받고 입금하지 않거나 마약을 힘으로 뺏으려는 고객을 만날 때면 표범 머리가 찾아가서 알아서 처리했다. 열두 개의 분산된 계좌에 5억 8천을 채웠을 때쯤 게슈탈트 붕괴에서 연락이 왔다. 메루에 보안을 철저히 한 비밀 방을 개설한 다음 헤일로맨과 블러드맨을 초대했다. 그들은 들으면 바로 사라지는 음성 데이터로만 정보를 건넸다.

헤일로맨이 말했다.

—고등학생은 실종됐고 경찰에서 여전히 수배 중이지만 흔적은 없어. 사라졌거나 사설 스페이스에 갇혀 있겠지.

블러드맨이 말했다.

—신체는 경찰 소유였어. 이런 경우 원칙적으로 소각하지만 실제로는 빼돌려서 사설 사이버스페이스에 팔아넘기는데, 이 사람은 부모가 대신 사들여서 병원에 코마 환자로 입원시켰어. 부모는 학생이 돌아올 줄 알았나 봐. 계속 보관하다가 부모는 최근에 죽었고 소유가 네잎클로버로 넘어갔어. 생체 컴퓨터

용으로 샀겠지.

하필 네잎클로버….

나는 감정을 드러내지 않기 위해 입을 다물었다. 사이버스
페이스에서 아바타로 만나면 이럴 땐 편하다. 두 사람은 주문
한 해킹 프로그램은 시간이 더 걸린다고 말했다. 나는 고맙다
고 말하고 나머지 잔금을 건넸고 두 사람은 접속을 끊었다. 나
도 접속을 끊고 나왔다.

캡슐 안에서 불을 끄고 몸을 웅크린 채 반나절 동안 누워만
있었다.

신체가 남아 있다… 브라흐만 안에. 부모님이 보관하고 있
었다. 경찰이 죽었다고 했는데도 내가 돌아올 줄 믿었을까? 그
동안 나는 길에서 들개로 살고 있었다.

신체를 다시 찾을 수 있을까. 네잎클로버에서 빼돌릴 수 있
을까. 일단 브라흐만 안으로 들어가기만 한다면… 돈은 얼마든
지 있으니 사람을 구해서 작전을 잘 짜면 된다.

생각을 정리하고 인터넷에 접속하자 표범 머리가 말을 걸
더니 화를 냈다.

—뭐 하는데 열 시간 넘게 연락이 안 돼? 배달 좀 해.

가방을 들고 다니며 구매자에게 직접 건네거나 심부름꾼에
게 건네거나 정해진 장소에 숨기며 성북구를 돌아다녔다. 신체
가 아직 있다는 생각에 빠져 정신을 팔고 다녔다가, 누가 따라
오는 줄도 몰랐다.

대담하게도, 골목도 아니고 큰길을 걷고 있는데 둘이 뒤에서 주먹으로 머리와 등을 동시에 쳤다. 나는 길바닥에 철썩 쓰러졌다. 들개일 때는 얻어맞아도 고통이 없었지만 이제는 있었다. 행인들은 알아서 싸움을 피해 길에서 사라졌다. 바닥에 누워 머리를 감싼 채로 누구 짓일까 생각했다. 사자파? 칼리굴라? 들개는 내가 걸음을 멈추자 같이 정지했다. 내가 위험할 때면 나를 보호하도록 자동 프로그램을 넣었어야 했는데 깜박 잊고 있었다. 잊지 말아야 했다.

입술에 상처가 있는 뚱뚱한 남자 다가와서 군화를 신은 발로 내 머리를 누르며 물었다.

"넌 뭔데 우리 구역에서 거래하지?"

스마트 글래스로 접속 중이던 표범 머리가 그는 '여자박사'라는 이름의 흑호파 멤버고 나머지 하나 '독사'라고 알려준 순간, 여자박사가 스마트 글래스를 벗겨 집어 던져서 그다음 말은 못 들었다. 독사는 여자박사보다 덩치가 작고 목에 주렁주렁 목걸이를 걸고 있었다. 둘은 멱살을 잡고 나를 일으켰다. 무릎을 걷어차며 꿇으라고 해서, 아스팔트 바닥에 무릎을 꿇고 앉아 대답했다.

"사자파 심부름꾼입니다."

"이름이 뭔데?"

"들개라고 합니다."

"사자파 누구 밑에 있는데?"

"칼리굴라…."

여자박사가 내 뺨을 때리고, 내가 옆으로 쓰러지면 똑바로 앉으라고 명령하고 다시 앉으면 때리고, 넘어지면 다시 앉으라고 명령했다. 양쪽 코에서는 진즉 코피가 나기 시작했다. 목걸이가 가방을 뒤졌다. 코끼리를 담은 봉지가 바로 드러났다.

"암페타민인가?"

여자박사도 코끼리인 줄 못 알아보았다. 그는 봉지를 보면서 생각에 잠기더니 독사에게 물었다.

"칼리굴라 얼마 전에 자동차 사고당하지 않았나?"

독사는 모르겠다고 대답했고, 여자박사는 봉지를 미심쩍은 표정으로 보며 물었다.

"암페타민… 거짓말 아닐까? 심부름으로 판다고? 너무 양이 많은데?"

독사가 말했다.

"칼리굴라는 지독한 놈이야. 건들지 않는 편이 좋아. 손가락을 잘라 간다면서."

"여기는 우리 구역이야."

여자박사가 어린아이 혼내듯이 내 귀를 잡아당겼다. 나는 그들에게 빌기 시작했다.

"죄송합니다. 정말 죄송합니다. 살려만 주세요. 정말 구역을 넘었는지 몰랐습니다. 이쪽은 무서워서 오기 싫다고 했는데 칼리굴라가 괜찮다고 해서 왔습니다. 구역을 넘지 않으려고 조심했습니다. 죄송합니다."

나는 빌고 또 빌었다. 돈만 있으면 이런 놈들 죽이는 것쯤 아무것도 아니다….

여자 박사가 귀를 잡아당기면서 말했다.

"우리는 사자파 물건을 뺏지 않아. 하지만 구역을 넘어오면 안 되잖아. 안 그래? 앞으로 조심해."

발로 머리를 걷어차고 사라졌다. 발에 머리를 맞고 한동안 정신을 잃어서 그들이 떠났는지도 몰랐다. 일어나 앉았을 때 행인들이 주변을 무심히 지나고 있었다. 피 섞인 침을 뱉은 다음 가방을 챙기고 스마트 글래스를 찾아서 썼다.

인터넷에 접속해 함정 프로그램 '포춘 쿠키'를 풀어 여자박 사와 독사를 추적하도록 했다. 포춘 쿠키는 두 사람을 따라다 니며 경찰을 폭행산 전과가 있다는 가짜 데이터를 심을 것이 다. 운 나쁘게 경찰의 검문에 걸렸다간 흠씬 두들겨 맞을 테고.

그러면 두 조폭도 다른 사람을 함부로 때리면 안 된다는 사 실을 깨달을까.

스마트 글래스를 찾아서 쓰자 표범 머리가 겁에 질린 목소 리로 말을 걸었다.

—너 분명 흑호파는 아니지, 사자파도 아니고. 그 많은 코 끼리는 어디서 났어?

귀가 아파서 소리가 물속에서 듣는 것처럼 웅웅 울리며 들 렸다. 나는 얻어맞아서 욱신거리는 턱을 간신히 움직여 말했다.

"나눠줄게."

―뭘?

"몫을 나눠줄게. 코끼리를 다 팔면 20억은 훨씬 넘어. 네 몫으로 5억을 줄게. 어때? 그리고 브라흐만으로 들어갈 거야. 도와줘."

―도대체 코끼리는 어디서 났는데?

"나도 몰라. 그리고 내 몸을 찾아야 해. 지금 네잎클로버에 있어. 빼내면 돼. 어렵지 않아. 찾으면 바로 다이브할 거야. 도와줘."

브라흐만에서 내 몸을 빼낼 사람들이 필요했다. 노원구에 있는 사이버스페이스 '판옵티콘'은 언덕 위에 있는 아름다운 전원주택 모습이었는데, 집 주변에 사계절이 한꺼번에 몰아치고 있었다. 집으로 다가가자 봄이었다가, 정원으로 들어가자 여름이고, 문에 도착하자 가을이었다가 곧 겨울이 되었다. 집 안은 모래에 파묻혀 있었다. 어차피 컴퓨터 그래픽이니 진짜 모래는 아니지만 물리 엔진은 적용돼서 모래를 헤치고 걷기 어려웠다. 응접실에 들어가자 담배 피우는 남자 아바타 '스모킹맨'이 있었다. 수화기를 들고 누군가와 통화 중이다가 끊었다. 등 뒤에서 사람인데 머리 대신 텔레비전이 달린 남자 '티비맨'이 나타났다.

스모킹맨이 말했다.

—네잎클로버에서 신체를 꺼내겠다고? 그럴 사람을 사려면 돈이 많이 들어.

—돈은 얼마든지 있어. 빼내서 나에게 보내주면 돼.

—네잎클로버 방화벽을 어떻게 뚫지?

—사람을 구할 거야.

—믿을 만한 사람이어야 해.

—그래.

그가 언제 착수할 거냐고 물었다. 나는 날짜는 빠를수록 좋다고 대답했다. 그는 말했다.

—돈만 있다면….

접속을 끊었을 때, 게슈탈트 붕괴에서 도착한 음성메일이 울리기 시작했다.

—스칸다… 식스 피겨스… 펀치 더 나찌… 스칸다… 식스 피겨스… 펀치 더 나찌… 스칸다… 식스 피겨스… 펀치 더 나찌….

여러 사이버스페이스를 우회해 게슈탈트에 접속했다. 헤일로맨과 블러드맨한테 방어 프로그램을 받고 수고비를 건넸다. 네잎클로버의 방화벽을 뚫을 수 있냐고 물었더니 블러드맨이 뜻밖의 대답을 했다.

—일을 너무 벌이고 다니는데, 이 정도면 경찰도 알 거야.

그렇다라도 일을 무사히 끝내고 한동안 조용히 살면 된다고 하자, 헤일로맨이 대답했다.

—문제가 생기면 우리 안전부터 챙기겠어.

상관없다고 대답했다. 나도 그럴 테니까.

브라흐만은 검은 모래로 덮고 그 위에 화려한 색의 크고 작은 보석을 뿌린 언덕에 둘러싸여 있었다. 건물은 금색과 흰색으로 빛났다. 하지만 세밀한 모습은 밖에서 자세히 보이지 않았다. 언덕 사이로 길이 뻗어 있지만, 중간부터 시야가 흐려졌다. 길 입구에 방화벽인 거대한 유리 건물이 있어서 브라흐만을 출입하는 아바타는 그곳에서 신분을 증명하는데, 그곳을 통과해야 브라흐만이 명확히 보였다.

그곳이 서울의 공식 사이버스페이스였다. 부자와 신분이 확실한 사람만이 접속할 수 있는 곳이며 사이버스페이스에 존재하지만 현실에도 존재했다.

서울엔 브라흐만에 접속 가능한 사람만 모여 사는 거주 구역이 있었다. 원한다면 누구나 들어갈 수 있다. 하지만 브라흐만 인증을 받지 못하면 아무것도 거래할 수 없고 어느 건물도 들어갈 수 없었다. 사방에 있는 CCTV가 행인을 촬영하고 브라흐만인지 판별해 아닌 사람은 가까운 경호 시설에 바로 연락했다. 길을 걸으면 여기저기서 경찰을 자처하는 사람이 나타나 뭐 하러 들어왔냐고 묻고 밖으로 내쫓았다. 그들은 경찰처럼 행동하지만, 경찰이 아니라 경비거나 경호원이었다. 하지만 누구도 항의할 수 없었다. 그게 브라흐만 주민의 권력이었다.

나는 통과하고 그곳 사람이 될 것이다. 그럴 권리가 있다. 이제 나는 부자니까.

유리 건물에서 차례를 기다리는 아바타 중에는 개인도 있고 단체도 있고 기업도 있었다. 나 같은 사이버 인공지능도 있었다. 검사는 상당히 까다로워서 이름과 나이와 주민등록번호와 범죄 기록과 재산과 최근의 금융 거래 기록까지 전부 확인했다. 나는 잠시 브라흐만을 떠나 미국에 있다가 다시 들어온 중년 남자였다. 아바타도 중절모를 쓴 점잖은 아저씨 모습이었다.

블러드맨이 말했다.

—네잎클로버 방화벽이 강하지 않아.

헤일로맨도 말했다.

—순조롭게 해킹하고 있어. 곧 시스템을 정지할 거야. 목표물 감시 시스템을 정지할게. 그러면 들어가서 더미 데이터를 내고 목표물을 빼내면 돼.

—오케이.

스모킹맨과 티비맨이 대답했다.

목표물은 생체 컴퓨터로 사용되고 있는 내 진짜 몸이었다. 스모킹맨과 티비맨이 신체를 빼돌린 다음, 브라흐만에 접속한 내가 두뇌로 다이브하면 끝이었다. 그러면 나는 새로 태어나는 것이다.

내 신분을 검사하는 아바타는 스튜어디스 복장의 여성 아바타였다. 진짜 사람인지 인공지능인지 혹은 둘이 섞인 존재인지 궁금했지만 정체는 누구도 몰랐다. 많은 업무를 한꺼번에 처리하려면 인공지능이어야 하므로, 나는 브라흐만의 수많은 인공지능 중 하나라고 짐작했다.

스튜어디스는 내가 제출한 데이터가 더미 데이터인지를 검사하더니 말했다.

─잠시만 대기해주세요. 데이터가 연속적이지 않아서 추가 검사가 필요합니다. 브라흐만을 나왔다가 다시 접속하시는 분에게는 간혹 이런 일이 있습니다. 구역을 이동해주시겠어요?

나는 놀라지 않았다. 이 정도는 예상했으니까. 신분은 완벽하니 문제없을 것이다. 정말 존재하는 사람의 신분이니까 말이다. 유리벽으로 이미지화된 방화벽이 내려와 내 주변을 차단하기 시작했다. 검사를 기다리는데 블러드맨이 말했다.

─함정이야.

헤일로맨이 말했다.

─방화벽에 침입하자 바로 역으로 공격이 들어왔어. 누군가 지키고 있었어. 이렇게 강한 공격은 처음이야. 막을 수가 없었어.

─방화벽이 약하다며?

─숨어 있었어. 더 강한 것이.

─네잎클로버인데 방화벽이야 당연히 강하겠지.

─모습을 감췄다가 우리가 다가오기를 기다린 다음 공격했어. 분명히 함정이야. 네가 올 줄 알고 지키고 있다가 덮친 거

야. 간신히 접속 기록을 지우고 도망쳤어.

　—누가 덮쳤는데?

　—못 알아냈어. 네잎클로버는 아니야.

　다른 누가 내 몸을 지키고 있었단 말인가? 그럴 이유가 없다. 블러드맨이 되물었다.

　—우리가 모르는 공격을 사용할 만큼 힘이 강력하고, 숨어서 공격할 만큼 집요한 사람이 누구지?

　사자파 아니면 흑호파여야 하는데… 하지만 단순한 조폭이 이렇게까지 큰 규모로 공격할 수 있나?

　—위험하면 내 안전 먼저 챙긴다고 분명히 말했지? 우리도 위험해. 큰 손해를 봤어. 한동안은 도망쳐야 해.

　블러드맨과 헤일로맨은 그 말을 끝으로 사라졌다. 나는 티비맨과 스모킹맨을 불렀는데, 이들은 아예 연결되지 않았다. 네잎클로버 주변으로 다가갔다가 경호원에게 붙들렸을까?

　표범 머리만 나에게 접속하고 있었다.

　—무슨 일이야?

　그 말이 끝나기도 전에 접속이 끊겼다. 스튜어디스 아바타가 다가와 말했다.

　—접속을 리셋하겠습니다. 괜찮겠죠?

　인터넷과의 접속이 전부 끊겼다. 브라흐만처럼 공식 사이버스페이스에 접속할 때면 흔한 절차였다. 하지만 나에게는 아니었다. 현기증이 일기 시작했다. 잊고 있었다. 접속을 리셋하면 나를 따라오는 노이즈 고스트를 말이다.

갑자기 비웃는 목소리가 들렸다.

—너 경찰 다리를 문 적 있던가?

접속이 끊기고 캡슐 호텔에 누워 있던 내 몸으로 돌아왔다. 경찰이 캡슐 문을 열고 내 다리를 붙잡더니 끌어내 사람들이 보는 앞에서 복도와 계단을 지나 질질 끌고 간 다음 경찰차 안에 집어넣었다. 내가 사는 곳까지 어떻게 알고 있었지? 벽과 계단 여기저기 부딪혀 멍이 들었지만, 현기증 때문에 몸을 가눌 수가 없었다. 경찰은 들개도 같이 끌고 와서 나와 같이 뒷좌석에 구겨서 넣었다.

경찰차 안 스피커에서, 두 경찰보다 계급이 더 높은 듯한 사람이 목소리로만 나에게 말했다.

—이름은 김성준. 고등학교 때 마약 투약 혐의로 수배 중 행방불명 처리… 그동안 더미 데이터로 신분을 위조해서 썼어… 잡범이군… 마약 거래, 데이터 해킹, 절도… 경찰 입수품인 코끼리 3.4킬로그램을 우연히 주웠지. 팔아서 번 돈으로 위조 신분을 사서 브라흐만에 잠입하려다가 겨우 잡았어. 코끼리는 우리 거다.

나를 끌고 온 두 경찰이 눈앞에서 나이키 가방과 마약을 흔들었다. 부패한 경찰의 마약이라… 마약을 숨기려고 바쁘게 움직이던 경찰이 나를 건어챘다니 어이가 없어서 웃음이 나왔다. 그동안 나를 잡으려고 애썼고 과거 정보까지 캐내서 브라흐만과 네잎클로버에서 지키고 있었던 것이다. 수갑에 뒤로 묶인 손에 뒷좌석에 있던 들개가 닿았다. 나는 손목에 힘을 줘서 안에 이식된 케이블을 내밀었고 들개를 더듬어 주둥이 안의 허브에 연결했다. 손목에 미리 유선 케이블을 심어 놓았을 때는 언젠가 필요할 거라고 생각했다.

오랜만에 직접 들개와 접속해 유선으로 연결해 다이브할 준비를 했다. 몇 십 초만 있으면 된다. 몇 십 초만….

스피커 너머의 경찰이 말했다.

―지금 몸은 누가 쓰고 버린 복제인간이고… 사족보행 로봇이면 얌전히 음식이나 배달할 것이지… 둘 다 소거해버려. 데이터 인격은 파기하고. 잘됐군. 처리가 간단하겠어.

데이터 파기. 사이버에 남은 의식이 없어진다. 도망치지 못하면 죽는다. 경찰이 독극물이 든 주사기를 들고 앞좌석에서 몸을 내밀어 팔로 나를 잡았다.

나는 뒤로 물러나면서 얼른 다급하게 말했다.

"제가 죽으면 돈은 어쩌시려고요? 많이 남았는데요. 돈을 드리겠습니다."

스피커가 대답했다.

―돈은 우리가 회수해야지.

"찾기 어려우시잖아요. 살려만 주신다면 다 드리겠습니다. 돈도 남은 코끼리도…"

횡설수설 말을 끌면서 데이터가 전송되길 기다렸다. 돈만 있으면 이딴 인간들 죽이는 건 아무것도 아니다.

─아니 살려둘 순 없어. 어차피 찾을 거야. 데이터를 뒤지면 다 나와.

그동안 나는 두 경찰에게 어떻게 하고 싶냐는 눈짓을 했다. 경찰이 잠시 멈칫했을 때 스피커에서 경고했다.

─우리 구워삶을 생각 하지 말고 얌전히 죽어.

경찰들이 한숨을 쉬고는 주사기를 들고 다가왔다. 그때 들개로 전송이 끝나고 바로 다이브했다. 접속을 끊자 몸은 바로 기절했고 나는 들개를 가동했다. 신체가 쓰러지는 모습을 보고 놀란 경찰이 뒷좌석을 열고 이제는 시신이 된 내 신체를 일으켰을 때, 들개는 좌석에서 튀어 올라 경찰을 들이받은 다음 허벅지를 물었다.

"경찰 다리를 문 적 없냐고?"

내 질문과 살이 뜯기는 우지끈 소리와 함께 경찰이 비명을 질렀다. 그들을 밀치고 나는 달렸다. 들개는 인간보다 작고 날렵했다. 성북구 차도로 뛰어들었고, 경찰이 달리는 자동차를 피하느라 속도가 느려진 동안 나는 자동차 사이를 요리조리 빠져나갔다. 동시에 무선으로 가장 가깝고 빠른 사이버스페이스 메루에 접속해 데이터를 업로드하고 이동할 준비를 했다. 사이버스페이스 메루는 부유하고 번화했다. 붉은 강에 잠긴 개발자 동상 이마에 여전히 같은 광고가 번쩍였다. 돈은 돈이고 인생은 인생이다….

나는 근처 사설 허브를 찾아 유선으로 접속할 준비를 했다. 무선은 너무 느렸고 경찰과 점점 거리가 좁혀졌기 때문이었다. 골목에 숨어 주둥이에서 케이블을 내밀어 불법 허브에 꽂았다. 더 빨리 데이터를 업로드했다. 경찰이 뒤늦게 골목으로 들어와 들개를 강제로 잡아당겼지만, 이미 업로드는 끝난 다음이었다. 경찰은 발로 밟아서 들개를 정지시켰다. 전원이 꺼지면서 그렇게 들개와도 이별했다. 정말 오랫동안 사용한 내 신체였다.

―어떻게 됐어?

정지해 가는 들개의 귀로 경찰이 떠드는 소리가 들렸다.

―메루로 이동했습니다.

―체포 프로그램 가동해.

경찰의 추적 프로그램은 강력해서, 사이버스페이스 자체를 변화시키며 아바타를 추격한다. 마치 마법처럼 세계가 변화해 나를 잡으러 왔다. 나는 여섯 개의 팔이 달린 아바타가 되어 경찰 아바타를 피해 도망쳤다. 나도 나의 의지대로 세계를 바꾸면 된다.

―코드 체인지, 식스 피겨스.

바로 적용할 수 있도록 빠른 클라우드에 걸어놓은 프로그램을 작동해 나와 주변의 코드를 파괴했다. 여섯 개의 팔이 날개로 변해 하늘로 날아갔다. 달려오던 경찰 아바타가 경찰차로 변화해 사이버스페이스에서 나를 추격했다. 날개 여섯 쌍을 퍼덕여 공간을 솟아오르자 경찰차도 비행기로 변화해 날아오면서 동시에 총을 쏘았다. 나는 몸을 열세 조각으로 나눠 총알을 피하고 다시 합쳤다. 경찰은 나를 붉은 강으로 몰고 갔다가 동상에 부딪히도록 유인했다. 나는 그대로 동상으로 돌진했다. 코드를 파고들어 동상의 모습을 복사하고 분리하고 다시 합체해 동상을 통과해 빠져나왔다. 반대편에서 경찰 아바타들이 나를 포위해 오고 있었다. 수십 개, 다시 수백 개로 늘어난 아바타가 속도를 높여 나를 추적했다. 나는 주변을 방어하는 벽을 세웠다. 식스 피겨스는 정말 강력하지만, 경찰 역시 집요했다. 바로 식스 피겨스를 무력화하고 벽을 파고들었다.

　—코드 체인지, 펀치 더 나찌.

　나는 가짜 아바타를 만들어 흩뿌렸다. 경찰 아바타가 벽을 통과했을 때 수천 개의 가짜 아바타가 경찰을 덮쳤다. 그것들이 경찰을 따돌리는 동안 나는 그들이 찾아내기 까다로운 메루의 수많은 간판 사이로 파고들었다. 경찰이 가짜를 구분하는 프로그램을 발동해서 진짜 나를 따라오기 시작했다. 가짜를 알아내는 프로그램은 사이버스페이스 자체에 영향을 주기 때문에 사용이 금지되어 있는데, 불법 프로그램까지 동원하다니 경찰이 어지간히 마음이 급했던 모양이었다. 수많은 간판이 무너졌다. 디즈니, 디시코믹스, 픽사, 포켓몬, 버버리, 샤넬, 베르사체, 프라다, 루이비통, 톰 포드, 나이키, 언더아머, 리복, 벤츠, 아우디, 포르셰, 애플, 스타벅스, 카르티에, 롤렉스 그리고 온리팬즈… 나는 간판을 통과하고 피하고 부수고 때로는 무너지는 간판인 척 위장하면서 경찰 아바타를 통과했다. 그러자 경찰 아바타가 산처럼 거대한 방어막을 세웠다. 나는 어렵지 않게 산을 일곱 조각으로 부수어 통과했다. 산 너머에는 인도 여신처럼 수천 개의 팔을 가진 아바타가 기다리고 있다가 내 복제들을 붙잡기 시작했다. 브라흐만에서 악명 높은 해커들을 추적할 때 사용하는 프로그램 비슈바미트라였다. 나는 더 많은 가짜 아바타를 흩뿌린 다음 아주 작게 몸을 줄여 여신의 손 사이를 빠져나갔다.

나는 다른 사이버스페이스로 도망칠 방법을 찾았다. 메루는 정말 넓고 숨기 편한 곳이지만 이곳에 머물 생각은 없었다.

—코드 체인지, 스칸다.

나는 메루를 빠져나가 성북구와 은평구를, 강서와 강북과 강남을 경유하고, 다시 여러 크고 작은 스페이스를 거쳤다. 더 세밀하게 몸을 줄이고 숨고 또 숨었다. 여섯 개의 팔을 떨궜다. 머리와 날개도 없앴다. 데이터를 버릴 수 있을 만큼 버렸다. 나 자신만 있으면 되는데 다른 게 무슨 소용인가? 어차피 모든 싸움은 자신을 지키기 위해 하는 것이다. 마지막 아무도 모르는 사설 스페이스로 도망쳤다. 가장 중요한 내 데이터 인격의 원본을 숨겨둔, 내가 직접 만든 사설 사이버스페이스였다.

성북구 고가도로에 있는 수많은 스페이스 중 하나였다. 그곳에 들어간 다음 버튼을 눌러 주변과 연결한 모든 케이블을 끊었다. 물리적으로 연결되어 있지 않으니 이제 아무도 나를 찾지 못할 것이다.

나는 그곳을 만들 때 '천국'이라고 이름 붙였지만 좋게 봐줘야 연옥이었다. 외부와 연결할 방법이 없으니 누가 찾을 수 없지만 반대로 나갈 수도 없었다. 이전이라면 나중에 들개가 찾아와 케이블을 연결하도록 미리 프로그래밍했겠지만 이번엔 들개가 없었다. 누군가 찾아와서 케이블을 꽂아야 나갈 수 있었다. 문제는 노이즈 고스트와 함께 남았다는 것이다.

나는 노이즈 고스트 앞에 무릎을 꿇고 빌었다.

―제발 부탁이야. 그만 괴롭혀.

좁은 사이버스페이스에서 노이즈 고스트를 피해 도망갈 곳이 없었다. 숨으면 따라오고 도망치면 따라오고 떠난 듯했다가 따라왔다. 그게 노이즈 고스트니까. 피하고 화를 내다가 제발 살려 달라고 애걸복걸했다. 데이터 인격이 아니라 말이 통하지 않는다는 걸 알면서도 그렇게 했다.

―이게 다 너 때문이잖아. 네가 레드 스노를 잔뜩 먹었다고. 너 때문에 이 꼴이 됐어. 그런데 왜 나를 괴롭혀? 내가 너를 괴롭혀야지!

분명 노이즈 고스트는 의식이 없다. 그런데 천천히 모습을 갖추기 시작했다. 처음엔 어두운 그림자였다가 완전히 검은색으로 짙어졌다가 모습도 덩어리에서 사람 모습 그림자로 모양을 갖춰 나갔다. 어떤 때는 인간의 모습을 흉내 내서 걷기도 했다. 나를 따라오면 그 앞에 무릎을 꿇고 앉아서 제발 그만 좀 괴롭히라고 빌었다.

그러자 갑자기 시커먼 얼굴에서 눈만 두 개가 생기더니 나를 내려다보았다. 내가 만든 사이버스페이스에서 내가 의도하지 않은 변화가 일어났다니, 그건 정말 이상한 사건이었기 때문에 놀라서 한동안 말이 나오지 않았다. 혹시 곧 입이 생겨서 나에게 말을 걸까? 내가 앉아서 기다리는데 노이즈 고스트가 고개를 들어 하늘을 쳐다보았다.

천국에 케이블이 꽂히고 게이트가 열리더니 하늘에 거대한 머리가 나타나 구름 사이로 머리를 들이밀었다. 표범 머리였다.

나는 물었다.

—얼마나 지났지?

—40일.

—내 신체는?

—내 돈은?

표범 머리가 화난 표정으로 이빨을 드러내면서 되물었다.

—모은 돈은 어느 계좌에 숨겼지? 내 몫을 받아야겠어.

나는 표범 머리의 케이블을 통해 천국을 빠져나가려고 했지만 되지 않았다. 표범이 콧수염을 부르르 떨면서 화를 냈다.

—어딜 도망가려고. 5억을 줘야 하잖아. 나한테 약속한 돈 말이야.

—내 신체를 못 챙겼는데 돈을 왜 줘?

─그건 네 사정이고. 나는 네가 하라는 대로 다 했어. 경찰 피해 다니느라 내 구역도 뺏겼어. 헬도 문을 닫았어. 아무것도 못 한다고. 그 돈이라도 있어야 덜 억울할 거 아냐. 돈 어디 숨겼어? 내놓지 않으면 천국 하드 드라이브를 부수겠어. 데이터를 망가뜨리면 데이터 인격도 사라져. 너라는 존재는 영원히 없어지는 거야.

미친 듯이 떠들어대는 동안 노이즈 고스트가 땅을 박차고 올라서는 하늘로 날아가기 시작했다. 나에게는 고스트가 보였지만 표범 머리에게는 안 보이는 듯했다. 아니면 흥분해서 알아차리지 못하고 있었거나. 나는 시간을 끌기 시작했다.

─돈은 경찰이 가져갔어.

─아닌 거 알아. 어디 있지? 숨겼을 거 아냐. 돈만 주면 풀어줄 테니까 좋게 말할 때 넘겨.

─내 원래 몸은 어떻게 됐지?

─네 몸 따위 알 게 뭐야. 네잎클로버에서 잘 쓰고 있겠지.

노이즈 고스트가 표범을 습격했다. 나를 괴롭혀야 하는데 표범을 공격한 이유는 모르겠다. 표범 머리를 덮친 순간 노이즈 고스트의 모습이 조금 변한 것도 같았다. 얼굴이 사람이었을 때의 모습으로 변한 것도 같았지만, 사실 일진 얼굴이 기억나지 않아서 모르겠다. 표범 머리가 현기증 때문에 괴로워하는 동안 나는 케이블을 통해 외부로 빠져나와 메루에 접속한 다음 표범 머리를 천국에 집어넣고 케이블의 물리적 접속을 끊었다.

그렇게 천국에서 탈출했다.

표범 머리가 나중에 천국에서 나왔는지 어쨌는지는 모르겠다.

나는 서울 중심가를 맴도는 모노레일에 앉아, 브라흐만의 건물 사이로 해가 지는 모습을 유리창을 통해 멍하니 바라보았다. 무척 아름다운 광경이었다.

"로봇 개를 데리고 계시네요."

맞은편에 앉은 여자가 물었다. 옆 좌석의 남편은 꾸벅꾸벅 졸고 있었다. 나는 중절모를 괜히 벗었다가 다시 쓴 다음 대답했다.

"들개라고 합니다."

"예쁘네요."

거의 다 부서진 낡은 사족보행 로봇은 어떻게 봐줘도 예쁘지 않겠지만, 사람들은 내 옆에 앉아 얌전히 있는 들개를 보면 괜히 이런저런 칭찬을 하곤 했다. 나는 모노레일은 처음 탔고 그래서 즐겁다고 말했다.

"오랫동안 고향을 떠나 있어서 모노레일을 탈 기회가 없었거든요."

"네."

건성으로 대답하는 여자에게, 나는 물었다.

"돈은 돈이고 인생은 인생이다, 라는 말을 아시나요?"

"그… 사채 광고요?

"맞습니다. 네잎클로버의 사체 광고 카피죠. 그런데 네잎클로버에서 불법으로 사람 시신을 사다가 생체 컴퓨터로 쓴다고 하더라고요."

여자는 왜 이 사람이 갑자기 그런 말을 하나 싶은 표정으로 되물었다.

"그건 헛소문 아닌가요?"

"아뇨, 사실입니다. 얼마 전에는 수배 중인 범죄자가 버리고 도망간 신체를 네잎클로버가 샀는데, 경찰이 신체를 지키고 있다가 몸을 다시 찾으러 온 범죄자를 잡았답니다."

"그래요?"

여전히 여자는 내가 왜 그런 말을 하는지 이해하지 못해 혼란스러운 표정이었다. 그때 모노레일이 멈추고 내가 원래 살았던 동네에서 멈췄다. 문이 열렸을 때 나는 자리에서 일어나서 말했다.

"범죄자가 경찰이 빼돌렸던 마약을 훔쳤다더군요."

졸고 있던 남편이 일어나서 나를 올려다보았다. 경찰은 그제야 내 얼굴을 알아보았다. 나는 모노레일에서 내리면서 들개에게 명령을 내렸고, 들개는 일어나 경찰을 물었다. 들개에 미리 장착한 시한폭탄이 폭발하는 소리를 뒤로하고 역을 빠져나왔다.

그다음 어떻게 됐는지는 모른다. 관심도 없다.

나는 자유롭고 아무도 나를 찾지 못할 것이다.

작품 후기

CYBERPUNK
SEOUL
2123

언제나 마지막에는 한잔 더 이서영

작품을 구상하기 위한 미팅 자리에서 우리는 서울의 한 장소를 선정하여 사이버펑크를 구현하자고 합의했다. 처음에는 좀 혼란스러웠다. '사이버펑크 서울'을 쓰겠다고 마음먹자마자 나는 곧바로 한 군데를 생각했기 때문이었다. 결국 약간 우회해서 그 장소 근처에 있는 청계천을 무대로 쓰겠다고 했다. 종로 3가에 있는 바 '락커스'를 무대로 쓰고 싶었다. 내가 20대 초반일 때부터 30대 중반이 넘어가기까지 아무래도 변한 게 없어 보이는 사장님은 사실 의체를 써 왔다고 해도 믿을 수 있었으니까.

사이버펑크는 근미래를 다루는 이야기지만 동시에 과거의 장르다. 현실에서 실제로 드러난 사이버펑크는 우리가 1980년대에 꿈꿨던 것과는 조금 다르다. 최근 나오는 사이버펑크 작품들도 결국 본질적으로는 과거에 우리가 꿈꿨던 것들을 다시 구현해 놓았다. 그래서 내 머릿속에 사이버펑크의 BGM은 80년대의 로큰롤이다. 내가 좋아하는 노래들은 대중적이니, 소설을 읽는 사람들도 즐겁게 떠올리면서 읽을 수 있었으면 좋겠다.

쇼켓 꽂은 고양이 박애진

사이버펑크는 대체로 암울하지만 나는 귀여운 요소를 넣고 싶었다. 고양이를 등장시키기로 한 이상, 어두운 면이 있더라도 귀여움은 필수라고 생각했다. 참치 캔을 들고 나가면, 똥고발랄한 댕댕이가 퇴근한 견주를 반기듯, 자기 흥분을 이기지 못해 엉덩이춤을 추던 하얀 고양이가 있었다. 무늬를 제외하면 「쇼켓 꽂은 고양이」의 기린과 그 아이는 조금도 닮지 않았다. 갑자기 거리감을 훅 좁히며 다가와 케이지에 넣으려는 나로 인해 최대치로 튀어나왔던 발톱은, 단 한 순간도 내 쪽으로는 오지 않았다. 그런데도 굳이 미안함과 그리움을 담아 이 글을 썼다.

언제나 열정에 넘치는 정명섭 작가님이 사이버펑크 앤솔러지를 하자고 제안했다. 늘 신경 써주시는 정명섭 작가님에게 감사드린다. 착상이 안 떠오른다고, 파김치가 되어 퇴근한 직장인을 괴롭혔던 날 어엿비 받아준 오랜 친구 김기연 님에게도 감사의 말을 남긴다.

부드럽고 향기로운 것 박하루

별로 놀라운 일은 아니겠지만 저는 고양이를 매우 좋아합니다. 강아지파보다는 고양이파예요. 그렇다고 해서 강아지를 싫어한다거나 지나가다 만난 강아지에게 무례하게 대할 필요는 없다고 생각합니다. 설령 개한테 물린 경험이 있더라도(전 몇 번 있거든요) 가능하면 개별 개체와 주인의 관계 맺는 방식과 개라는 종에 대한 것은 구분해야 한다고 생각합니다. 세상 일은 그런 게 아닐까요? 세상을 이분법으로 보게 된다면 정말 많은 것을 놓치게 된다고 생각해요. 그렇다고 해서 이분법을 나쁜 것으로 보는 것은 이분법이다! 하는 식으로 흘러서도 곤란하겠죠. 제 담당구역인 용산은 원래도 그랬지만 글을 쓰던 도중 이 기획이 처음 나왔을 때보다도 더욱 복잡미묘하게 되었습니다. 작중 등장하는 국제업무지구는 현실의 위치와 역사를 그대로 따왔습니다. 사실 저는 지금의 용산이 장차 한국이 사이버펑크로 흐르느냐 아니면 밝고 명랑한 미래를 맞이하느냐 하는 갈림길을 보여준다고 생각합니다. 여러모로 착잡한 마음이 들기도 하지만 그래도 용산에 고양이를 사랑하는 사람이 많다는 점이 한 가지 위안이 된달까요. 1월의 이상 한파 속에서 이 글을 적고 있는데 바깥에서 살아가는 생물들이 너무 걱정되네요. 부디 작은 존재들에게도 따뜻한 세상이 되었으면! 우리 모두 인간성을 잃지 말고 살자고요.

마지막 변호사 정명섭

인공지능이 실용화가 되면 심판과 법관을 가장 먼저 대체할 것이라는 농담 아닌 농담이 있습니다. 저를 포함한 야구팬들은 오심도 경기의 일부라는 어처구니없는 소리를 더 이상 듣고 싶지 않거든요. 재판도 마찬가지입니다. 공평해야 할 판결이 돈이 있고 없고, 권력과 얼마나 가까운지 아닌지로 납득할 수 없는 결정이 나는 걸 수도 없이 많이 봤으니까요. 그래서 이 두 분야만큼은 인공지능으로 대체하는 데 적극적으로 찬성하고 싶습니다. 만약 그렇게 된다면 사라져야 할 직업들이 있습니다. 바로 심판과 변호사죠. 그렇게 되면 정말 불공평한 판결들이 사라질까요? 확실한 건 그때가 되어도 인간들의 갈등은 사라지지 않을 것이라는 점입니다. 구로구의 구로디지털단지는 예전에 구로공단이었습니다. 공장들은 사라지고 빌딩이 들어섰습니다. 하지만 아직도 한 켠에는 그 시절의 흔적들이 남아 있습니다. 마지막 인간 변호사가 남아 있을 만한 곳이라 구로구를 무대로 이 작품을 썼습니다.

마법의 성에서 나가고 싶어 이산화

이 소설의 주된 배경인 '마법의 성'에는 명확한 모델이 있습니다. 어릴 때부터 자주 방문해 많은 추억을 만든 놀이공원이에요. 등장한 놀이기구들도 전부 그곳에 있던 것들이 모티브이고, '오디'는 이미 철거되어 역사의 뒤안길로 사라진 두 어트랙션에서 따온 캐릭터입니다.

한편 그 모든 즐거운 추억들을 사이버펑크라는 어두컴컴한 장르 아래에 집어넣고 뒤섞는 과정에선, 아마 이 장르에서 가장 덜 어두컴컴한 형태의 성취라 할 만한 애니메이션 시리즈 《프리파라》와 《반짝이는 프리☆채널》에 큰 영감을 받았습니다. 디스토피아적 관습에 의존하지 않으면서도 사이버스페이스라는 중심 소재의 가능성을 최대한 끌어낸 놀라운 작품이었어요.

이 장르 내의 주된 관심사는 『오류가 발생했습니다』에서 전부 풀어냈기 때문에, 여기서 무슨 이야기를 더 할 수 있을지 처음에는 좀 걱정했습니다. 하지만 결과적으로는 이전과 다른 방향에서 사이버펑크에 다시 도전해볼 수 있었던 듯해 기뻐요. 역시 《반짝이는 프리☆채널》이 가르쳐준 교훈은 틀리지 않았네요.

"해보지 않으면 모르잖아! 모르니까 도전해보면 되는 거라고!"

돈은 돈이고 인생은 인생이다 김이환

나에게 사이버펑크는 이미지의 세계다. 세기말적이고, 위험하고, 퇴폐적이고, 미래적이면서 또는 레트로한 이미지로 가득하다. '방송이 끝난 텔레비전 색 하늘'부터 건물에서 뛰어내리는 쿠사나기에 이르기까지, 소설과 영화와 애니메이션 속의 이미지에 매료되어 왔다. 오랫동안 머릿속에서 상상으로만 존재했던 이미지를 이번에 글로 남길 수 있어서 기쁘다. 이미지가 과잉으로 넘쳐나는 글, 그 안을 주인공이 거침없이 달려가는 글을 쓰고 싶었다. 독자들이 즐겁게 감상하셨으면 한다.

지금, 다이브
사이버펑크 서울 2123

지은이 ─ 김이환, 박애진, 박하루, 이산화, 이서영, 정명섭

2023년 3월 15일 초판 1쇄 펴냄

펴낸이 ─ 최지영
펴낸곳 ─ 에디토리얼
등록 ─ 제2020-000298호(2018년 2월 7일)
주소 ─ 서울시 마포구 신촌로2길 19, 306호
전화 ─ 02-996-9430   팩스 ─ 0303-3447-9430
홈페이지 ─ www.editorialbooks.com
투고·문의 ─ editorial@editorialbooks.com
인스타그램 ─ @editorial.books   페이스북 ─ @editorialbooks
디자인 ─ 형태와내용사이   제작 ─ 세걸음

ISBN 979-11-90254-24-3 04800
ISBN 979-11-90254-09-0(세트)

잘못된 책은 구입처에서 교환해드립니다.
도서정가는 뒤표지에 적혀 있습니다.

"... the Night City wasn't there for its inhabitants, but as a deliberately unsupervised playground for technology itself."

— William Gibson, *Neuromancer*

마로 시리즈 Maro Series

치료탑 행성

오에 겐자부로 | 김난주 옮김

핵과 인류의 운명에 대한 깊은 성찰이 돋보이는 노벨문학상 수상작가의 SF소설. 핵전쟁을 일으키고 황폐해진 지구를 떠난 소수의 선택받은 자 vs 오염된 지구에 남겨진 대다수 잔류자. 행성 이주 10년 후 선택받은 자들이 불모의 땅 지구로 돌아온 까닭은? 새로운 지구에서 발견한 '치료탑'은 인류를 구원할 희망일까 재앙일까?

진매퍼-풀빌드-

Gene Mapper-full build-

후지이 다이오 | 최윤정 옮김

일본 양대 SF문학상(세이운상, 일본SF대상)과 요시카와 에이지 문학신인상 수상 작가의 데뷔작이자 출세작이 된 소설. AR과 VR이 현실과 대등해진 미래, 유전자 프로그래머인 진매퍼라는 직업이 생겨나고, 유전공학은 변형/편집(modified)을 넘어 용도에 맞는 설계(designed) 생물을 생산한다. 과학과 기술에 정통한 전직 컴퓨터 엔지니어가 치밀하게 설계한 미래소설.

우리가 먼저 가볼게요

SF 허스토리 앤솔러지

김하율 오정연 윤여경 이루카 이산화 홍지운 이수현

여성주의 주제의식하에 창작된 한국문단의 첫 SF소설집. 반세기에 이르는 페미니즘SF의 계보를 우리의 서사로서 정립 및 잇고자 한 여섯 작가의 단편을 수록했다. 오래도록 SF 명저를 번역해 온 이수현 작가가 페미니즘SF를 6개의 주제로 나눠 해설하고 추천하는 부록도 담았다.

요하네스버그의 천사들

미야우치 유스케 | 이수영 옮김

제34회 일본SF대상 특별상 수상

41년 만에 나오키상에 2년 연속 후보작을 올리고, 일본SF대상 2회 연속 수상, 일본SF 최선두로 평가받는 작가의 연작소설집. "이 작품은 … '우리는 누구고, 어디로 가려고 하는가?'를 생각하기 위해 읽는 것입니다."라는 미야베 미유키의 서평처럼 'DX9'이라는 로봇을 통해 인간의 모순과 부조리가 고대로부터 현대까지 반복되는 이유를 되돌아보게 한다. 아프리카가 현생인류의 요람이었듯, 인간의 의식을 전사한 DX9이 신인류로 태어나 세상에 첫발을 내딛는다.

두 번째 달

기록보관소 운행 일지

최이수

제8회 SF어워드 장편소설 부문 대상 수상

인간의 감정, 생성과 소멸 그리고 인공지능만이 가질 수 있는 우직한 임무 수행을 조화롭게 담아내면서 별과 진화에 대한 아름다운 서사시를 과학으로 써 내려간 작가(심사평). 초고대 문명은 지구온난화를 막지 못하고 종말을 맞는다. 그들의 지구복원과 인간재생 프로젝트는 성공했을까? 지금 우리 눈앞에 나타난 검은 인공천체 '두 번째 달'에 저장된 놀라운 기록의 비밀이 벗겨진다.